[redacted]

目次

プロローグ 5
第一章　事件の点景 11
第二章　テロルの通貨 36
第三章　偽札洗浄器 133
第四章　仄暗き運河 218
エピローグ 301

ウルトラ・ダラー

プロローグ

木槌の音が浮世絵のオークション会場に小気味よく響き渡った。

「ようござんすか。それでは競《せ》りを始めさせていただきます」

京都馬町の旧小林古径邸に集まった浮世絵商は、しめて八十四人。競り人はひとわたり大広間を見回し、ディーラーズ・オークションの始まりを告げた。渋く、凄みのある声だった。

金屛風を背にした競り人がかすかに頷くと、東洲斎写楽が描く「三代目瀬川菊之丞の田辺文蔵妻おしづ」が競り台にしずしずと運ばれてきた。会場からはどよめきが沸き起こった。当代の目利きを一堂にあつめたこのディーラーズ・オークションでも、数年にいちどといわれる逸品だった。写楽は、仇討ちの助っ人に駆けつける夫、文蔵の身を案じる「おしづ」の鬱屈を奔放な筆致で描いて畢生《ひっせい》の大作とした。

田辺文蔵の妻「おしづ」は、まず四人のあいだをすすんでいった。懐古洞、栄泉、龍山、翠晶堂。この世界で誰ともなく「大審問官」と呼ぶ浮世絵界の重鎮たちだ。「おしづ」は、上手から下手へと手渡されていく。

懐古洞が下手をちらりと見て探りをいれた。

「栄泉さん。これ、大丈夫かね」

栄泉は黙ったまま応えようとしない。

お前さんがそう思うなら黙っておりればいい——その視線は冷ややかだった。

栄泉は「おしづ」を手にとると、そっとまぶたを閉じた。人差し指と中指のうえに浮世絵の右すみを載せてうえから親指でなぞってみた。丹精こめて漉きあげられた奉書紙《ほうしょし》からは、桑の葉に触れたときのような、ホンモノだけがもつ肌理《きめ》の感触がつたわってくるはずだ。だが、栄泉はその日、風邪気味だった。指先にいつもの感覚がよみがえってこない。かすかな不安に襲われた。

龍山は鷲のような目を細めて写楽の落款を覗き込んだ。死んだ先代は昭和九年の春峰庵《しゅんぽうあん》事件に連座して浮世絵の世界から放逐されている。関東大震災で焼けて一点しか残っていないといわれた写楽の肉筆をはじめ十九点が「世紀の大発見」と騒がれて、春峰庵と呼ばれる旧大名家から競売にかけられた。だが、それらは渋谷に住む神主や浮世絵商が共謀し、絵師に新たに描かせた真っ赤な偽物だった。汚点に塗れた一族の過去を抱える龍山。贋作の怖さを誰よりも知りぬいているその表情には苦悶が浮き出ていた。

最後に「おしづ」を受けとった翠晶堂は、洒脱につぶやいてみせた。

「なるほど、これでは菊之丞を怒らせたわけや」

どの女よりも女らしく描かれたい。歌舞伎の女形は美しくかかれることに執着する。だが、写楽の天才は、おしづに扮した菊之丞のうなじに忍び寄る老いをリアルに描き出した。それが稀代の女形といわれたひとの憤怒をどれほどかきたてたことか――。だが、翠晶堂も真贋については触れようとしなかった。そして、下手にずらりと控える浮世絵商たちに「おしづ」を突き出した。ディーラーズ・オークションでは、四人の「大審問官」が、まずじっくりと品定めをし、異を唱えなければホンモノとして競りにかけられる。

畳敷きのオークション会場に、ひとりのイギリス人が行儀よく正座していた。主催者の許しを得て浮世絵のオークションを取材していたＢＢＣ（英国放送協会）のラジオ特派員、スティーブン・ブラッドレーだった。録音装置は事前に競り人のマイク脇にしつらえられていた。明るい栗色の髪がやわらかくカールしたこのイギリス人は、背筋をぴんとのばして両手をひざに置いたまま、浮世絵商たちの肩越しにおしづと対面していた。

情報こそ命。美術品を商う者が、幾多の修羅場から学びとった教訓のはずだ。だが、名うての浮世絵商たちも、このイギリス人が世界的な浮世絵コレクターとして知られるブラッドレー家の嫡流だとは知らなかった。

ヘーゼル色の瞳が、菊之丞扮するおしづの視線とかちあったその時、この英国人特派員が「よう、浜村屋大明神」と低くつぶやいたことに気づいた者はいない。

スティーブンは、いま目の前を通り過ぎていくおしづを、幼い日を過ごしたブラッドレー邸の「役者絵の間」に飾られていた写楽の大首絵、一枚一枚と重ね合わせていた。

「ちがう。やはり、ちがう。おしづの眼が死んでいる」

スティーブンは、ひとりごちたのだが、主催者には何も告げなかった。

競り人は、「おしづ」がひとわたり浮世絵商たちに回覧されたのを見届けて、木槌を鳴らした。

「さあ、それでは、東洲斎写楽の『田辺文蔵妻おしづ』。競らせていただきます」

どの浮世絵商たちにも「われこそは写楽の逸品をものにしてやる」との気迫がみなぎっていた。

一斉に競り札が掲げられた。

「さあ、一千二百六十万、さあ、二百八十万」

会場の競り札は一向に減らない。

「では、一千八百万、八百二十万、さあ八百四十万では」

それでも誰もおりようとはしない。

二千万の大台を超えていった。

「二千百八十万。さあ、二千二百万ちょうどでは」

資金力があり、よい客筋を握っている有力な画商数人に勝負は絞られていった。だが、おしづが誰の手に落ちるかまだわからない。

「さあ、二千九百八十万、九百九十万」

「では、三千万ちょうどではいかがですか」

会場には低いざわめきが広がっていった。

値を鋭角的に吊り上げている買い方の主役は、新興勢力の雄、目黒の白鳳堂だった。焦げ茶の大島を着て、競り人の真正面に座を占めていた。この位置取りこそ、白鳳堂の意気込みを雄弁に物語っていた。すぐ後ろに、ダブルの背広をきりりと着こなした五十代半ばの紳士が控えている。競りの指値を出しているのだろう。値が上がるたびに白鳳堂が男の声に浅く頷いている。

「三千二百四十万、三千二百八十万、三千三百万ちょうど、さあ」

スティーブンは男の斜め後ろに座り、競りの成り行きを見守っていた。男は右手のこぶしをぎゅっと握りしめ、左手はズボンの折り目をわし摑みにしている。

ミュンヘンの浮世絵コレクターは栄泉を、ロンドンのクリスティーズは龍山を通して、勝負を挑んできていた。白鳳堂、栄泉、龍山。競りは三つ巴の様相を呈してきた。

「三千五百二十万、三千五百四十万、さあ、いかがですか」

ここで栄泉が脱落した。ミュンヘンから出ていた指値を超えてしまったのだろう。一方の龍山はなおも高値を追っていた。ひりひりするような焦りがこみあげてくる。これほどの高値になるならクリスティーズと細かい指値を詰めておくべきだった。たとえ落札しても果たして引き取ってくれるだろうか。その場合もこちらの利鞘はうんと薄くなってしまう。そしてなにより真贋への不安を拭い去ることができなかった。

俺が落として会場をあっと言わせてやる——。白鳳堂を通じて競っている男はハイテク長者と呼ばれる橋浦雄三《はしうらゆうぞう》だった。一見、剛毅にみえるこの会社社長も直線的に吊り上がっていく競り値を前に逡巡し始めていた。おもわず救いを求めるように、白鳳堂に何事かを語りかけている。だが、美術商は酷薄にもただ冷ややかに見返しただけだった。白鳳堂は、龍山が売主と気脈を通じて巧みに値を吊り上げているのではと疑い始めていたが、橋浦には何も明かさなかった。

「もうやめなはれ」と橋浦の経営者としての理性は囁いている。が、コレクターとしての橋浦の感情はなんとしてもこの大首絵を競り落としたがっている。

「三千七百二十万、三千七百四十万、さあ、ございませんか」

その瞬間だった。龍山が降りた。

「よろしいですか。おられませんか。三千七百四十万円。お買いあげです」

木槌がひときわ高く鳴って、会場からはため息がもれた。

橋浦は笑顔を浮かべようとするのだが、頬がひきつったまま動かない。

スティーブンはこの男の額に脂汗がうっすらとにじんでいるのを見逃さなかった。と、そのときだった。スティーブンの携帯電話が点滅した。ボタンを押して画面を覗き込む。


ダブリンに新種の偽百ドル札「ウルトラ・ダラー」あらわる。ただちに帰京されたし。委細は通信回線にて

第一章　事件の点景

一九六八年十二月十四日、東京・荒川

古びた石油ストーブにのった薬缶が、汽笛のような音をたてて湯気を吐きだしていた。わずか十二畳ほどの作業場だ。彫刻用機械が三台据えつけてある。鋭利な切っ先が金属板を刻んでいく。切削音がキーンとうなりをたてる。都電荒川線の三ノ輪橋駅を出て商店街を抜けると、鉄工所、電機屋、水道屋、そしてかつては一杯が十円だった「びっくりうどん屋」などがびっしりと建てこんでいる。荒川一丁目の細い路地を突き当ると、そこが荒井機械彫刻所だった。看板さえ掲げていない。働き手は親方の荒井峰治と弟子の濱道勝夫《はまみちかつお》のたったふたり。

親方の荒井は、まず研磨機で刃を丁寧に研ぎあげて、彫刻機械にはめ込む。ついで文字版を収めてある棚からプラスチック・プレートを取りだし、鋼鉄製の台にしっかりと固定する。このプレートの溝を左手でなぞりながら、連動する鋭利な彫刻刃に右手を添えて、鋼鈑に文字を彫りこんでいく。荒井が使っているのはドイツ・デッケル社のマシーンを複製した彫刻印刷機だ。原版に刻みつけた文字も切れ味のいいデッケル式の書体に仕上がっている。

日本全国の郵便局の窓口で使うスタンプは、荒井のように確かな腕を持つ彫刻職人が選ばれて彫っている。郵政省が特殊な字体を考案し、極秘の仕様書にまとめて彫刻印刷の職人たちに手渡す。仕上がってくると、一メートルもある役所のスクリーンに拡大して映し出し、徹底した検査が行われる。郵便スタンプには偽造を防ぐための巧妙な仕掛けが施されているのである。荒井がいま刻んでいる「那覇中央郵便局」の覇の文字も、「西」と「革」がわずかに離れていなければ検査は通らない。

都電が走り抜けていった。作業所の窓ガラスがかすかに震えた。電車のパンタグラフが送電線にスパークし火花が飛び散る。鉄工所のとがった屋根のシルエットがくもりガラスに浮かびあがった。荒井は手を休め、後ろの彫刻機械に張りついている弟子の濱道勝夫を振り返った。

「お前のほうは何個あがった」

「百二十個くらいですか」

右手で彫刻刀を操り、小さな金属片に眼を近づけたまま、勝夫がぼそりと答えた。

「バルカンの担当者が横田からまわってくるのはいつだった」

「来週の水曜日です。昨日電話がありました」

「勝夫、もうすこしがんばってみるか」

「今夜中にあと三十個はあげたいですから」

そういうと、勝夫は仕上げた品を油が染みこんだぼろ切れで拭った。荒井がこの弟子にまかせているのは米軍用のオイル・ライターの彫りこみだった。銀メッキのおもてにベトナムの細長い国境を隈取り、サイゴンには星印を、ビエン・ホアやソン・ミーといった五つの戦略拠点には、地名だけ刻みつけていく。オクラホマ州に本社をもつバルカン社は銀メッキを施したまっさらなオイル・ライターを日本の町工場に大量に持ち込んでいた。下請け工場はそれに文字や図柄を彫りこんで、在日アメリカ軍横田基地のＰＸに納める。そうすればバルカン社の利幅がぐんと大きくなるらしい。

「やつは無駄な動きをしねぇ。しかも仕事は、がさつじゃない」

荒井は近所の仕事仲間に手筋のいい勝夫を褒め、たったひとりの弟子に目をかけていた。

「いいか、勝夫。この仕事は張りすぎてもだめ、たるんでもだめだ。ちょうどいいあんばい、そこを自分の勘で探りあてるんだぞ」

濱道勝夫は十六の歳に集団就職列車で郷里の津軽からひとり上京してきた。一九六一年のことだった。

「手先の器用な気の利く子供がほしい」

荒井が青森の知人に頼みこみ、やってきたのが勝夫だった。死んだ荒井の父親も鰺ヶ沢の出身だった。津軽者にはどことなく親しみを抱いていたのである。勝夫を三河島の定時制高校に通わせながら彫刻機械の扱いを仕込んで七年。いまではひと通りの仕事を手堅くこなせる職人に育ってくれた。

「親方、先に帰ってください。俺は片づけ済ましていくから」

「遅くならないようにな。銭湯が閉まるまでにはきりあげろよ」

「アライ・グレービング」という英文のロゴを手早く彫りこみながら、勝夫はちょこんと頭をさげた。その笑顔のなんと素直なことか。荒井は思わず「おい、弁天湯へ行こう」と誘いかけたくなった。だが、朝から晩まで顔を突き合わせている親方と風呂屋まで一緒じゃ、勝夫もうざったかろう、と思いとどまった。荒井は、愛弟子の丸めた背中をいたわるように見て、作業所の戸をそっと閉めた。

ベトナムでは旧正月を意味するテトを機に、ベトコンが一斉に攻勢に出て、現地の戦局は険しくなっていた。在日米軍の兵士や荷物の動きがいつになく慌しくなり、その余波はこんな小さな作業所にも及んでいた。メコン・デルタの最前線で戦うアメリカ兵は、このオイル・ライターを胸のポケットに収めたまま死んでいくのだろう。

「地図入りのオイル・ライターはやつらのお守りなんですよ」

バルカン社の担当者がそう言っていた。

人生は裏街だ。喧騒と絶望の果てに沈んでいく

どこかの詩人のことばなのだろう。これを特注してきた兵隊は、まだ生きているのだろうか。

勝夫はオイル・ライターを作業ズボンに勢いよく擦りつけた。カチンと音をたてて蓋があいた。手首をひねって、やすりの石をズボンにこすって火を点けた。青白い炎がほのかにたゆとうた。芯に染みこんだ揮発油がかすかに臭う。勝夫は、ちょうど百五十個を彫り終えたところで、削りくずを手早く片づけ、戸締りをして作業所を出た。

弁天湯の暖簾《のれん》をくぐったのは午後十一時まえだった。番台に頭をさげて、あずけてあるタオルと石鹸を受けとった。津軽を出てもう七年になるのだが「こんばんは」という挨拶がどうしても

でてこない。

勝夫は湯船にざぶんと飛びこんだ。両手で湯を掬《すく》って顔をぬらし目をあけると、そこにはいつものタイル画の風景が広がっていた。手前に満開の桜並木、遠くには天守閣が聳《そび》えている。小学生だった勝夫が母親に手を引かれて出かけた弘前のお城を思い出した。若かった母ちゃんの面影が勝夫の脳裏をよぎったそのときだった。「イムジン河」が聞こえてきた。ラジオの深夜放送で最近よく流れるフォーク・クルセダーズのヒット曲だ。湯気の向こうに顔見知りの姿があった。豊かな声量で「北の大地から　南の空へ」と口ずさんでいた。

イムジン河水清く　とうとうと流る
水鳥自由に　群がり飛び交うよ
我が祖国　南の地　想いはるか
イムジン河水清く　とうとうと流る

プラスチック成型の町工場に勤めながら、同じ定時制高校に通っていた金山茂だった。勝夫は、しばらく金山の歌に耳を傾け、すぐには声をかけなかった。

「やあ、勝夫。仕事だったのか。ずいぶん遅いじゃないか」

「ああ、年の瀬だからな」

勝夫はそう言うと、無精髭がうっすらとのびた顎を湯につけたまま眼を閉じた。

「お前、最近、三河島の集まりにさっぱり顔を見せないな。美和が寂しがってたぜ。濱道君はちっともこないって。彼女とつきあってたんじゃないのか」

「そんなことない。集まりのあとで西日暮里のスナックに行っただけだ。みんなといっしょだ」

「忙しいったって、集まりは日曜日だぞ。休めないのか」

野太い金山の声が洗い場にも響き渡った。

「いまは、米軍関係の仕事がたてこんでるんだ。それに俺、政治のことはあんまし興味ねぇからな」

湯煙りのなかから、もうひとつの視線が自分に注がれていることに勝夫は気づかなかった。勝夫が「それじゃ」と湯船からあがったその時、視線が金山と絡みあった。

勝夫はいつものように三ノ輪商店街のおでん屋に立ち寄り、ゆで卵、チクワ、ごぼう天、ハンペンを注文した。間借りの四畳半でとる遅い夕食の惣菜だった。おでん屋のおかみさんが熱々の大根をおまけしてくれたのに頭を下げた。

「風邪引かないようにね。これで暖まって」

勝夫は、八十五円を財布からだして店を出た。午後十一時四十分すぎだった。ＮＨＫのＦＭラジオで声優の高井章子が朗読する『メリー・ポピンズ』のテーマがちょうど流れていた。

濱道勝夫の失踪届が出されたのは、弁天湯の出来事からちょうど十日目だった。荒川署の刑事が荒井機械彫刻所を訪ねてきた。

「おい、荒井さんよ。最近、妙な仕事の注文を受けたことはなかったか」

「そんなものはやってないな。もっとも、俺たちゃ、注文の品が万力でつかめれば何でも受けるよ。でもやばい仕事は受けてねぇ」

荒井は彫刻刀の先から視線を外さずぼそりといった。

「姿を消した濱道が受けてたってことはないのか」

「仕事の受注はぜんぶ俺が仕切っている」

デカは狭い部屋の隅々を睨《ね》めまわして訊ねた。

「濱道が印刷労組の過激な集まりに出入りしていた節はないのか」

「おれんとこは彫刻印刷の同業者組合にも入ってねえ。ありえないな。家出人の捜索にどうしてそんなことまで訊くんだ」

刑事は無言だった。その足で濱道が間借りしていた家も訪ねている。作業場から歩いて七分ほどのところだった。住所は南千住、四畳半の小部屋は、あの朝、勝夫がでかけたままになっていた。不審な様子は露ほども窺えない。部屋には預金通帳が印鑑とともに残されており、下着も洗ってきちんと重ねられていた。家賃の四千五百円は親方の荒井が立て替えており、勝夫の帰りを待ち続けているという。

こうして三ヶ月が過ぎていった。だが手がかりは何ひとつあがってこなかった。母親の時枝が津軽から上京して、勝夫が立ち寄った場所すべてを尋ね歩いたのだが、消息は依然として不明のままだった。勝夫らしい青年を見たという人すら現れなかった。

勝夫は、鰺ヶ沢の時枝に一枚の葉書をだしていた。消印は失踪する前日の十二月十三日だった。

母ちゃん、作業場も年の瀬で大忙しです。俺は寝るひまも惜しんで働いています。親方は、最近ではずいぶんとむずかしい仕事も任せてくれるようになりました。母ちゃんもあまり無理をしないで、体に気をつけて暮らしてください。親方も仕事がすこしひまになる来月のなかばには母ちゃんに顔をみせてやれと言ってくれています。だからヤブ入りには帰省できそうです。あと一と月です。母ちゃんも体に気をつけて俺の帰りを待っていてください。東京の土産も買っていきます。　勝夫

時枝は、手垢で汚れてしまったこの葉書を握りしめ、村の役場や警察に日参した。

「うちの勝夫は家出なんかする子じゃねぇ。東京はほんとうにおっかねとこだ。きっと人さらいにあったんだべ。勝夫は、誰かが助けに来るのを待ってるのかもしれねぇ。助けてやってけれ。お願げぇします」

はじめは同情して話を聞いてくれた役人も、時が経つにつれて迷惑そうな顔を見せるようになっていった。時枝は葉書をハンドバッグに大切にしまって地元選出の国会議員の事務所にも出かけていった。秘書の名刺をもった年寄りが「うん、うん」と頷きながら話を聞いてくれた。

「あんたもえらい苦労したたな。うちの先生は国会の法務委員会の委員さしてるからな。検察や警察にはたいした顔がきくでな。さっそく国帰りなさったときにむすこさんの話をして、よーく頼んでおく」

この老秘書は、香典袋に代議士の名を墨痕鮮やかに書き入れ、地元の葬式をはしごするのが仕事だった。毛筆で失踪のいきさつを便箋に数行書きとめ、書類綴りに綴じこんだ。だが、それで終わりだった。

時枝が最後にすがったのが津軽のイタコだった。ひとづてに小泊にイタコのウメ女がいると聞いて訪ねていった。四月だというのに海は鈍色《にびいろ》に染まり荒れ狂っていた。ウメ女の家の窓ガラスは浜から吹きつけてくる砂まじりの風でカタカタと鳴っていた。

神床と呼ばれる部屋には祭壇がまつられ、床がわずかにかしいでいる。ウメ女は白い浄衣をまとってあらわれた。真っ白になった髪を肩までたらし、黄ばんだ皮膚には深い皺が刻まれている。眼球はうすく白濁しており、ほとんど見えないのだろう。闇の底を泳ぐようにして祭壇を背にすわり、オシラ祭文を聞き取れぬほどの声で唱えて、時枝に尋ねた。

「そんで誰さ降ろすんだべ」

「あんちゃの濱道勝夫です」

「いつさ死んだべか」

「いいや、死んだか、神隠しさあったか、わからねぇ。去年の暮れの十四日、勝夫がいなくなった」

ウメ女は、やがて祭壇に向き直り、何ごとかをつぶやきだした。

海峡から響いてくる海鳴りの音をはるか彼方に聞きながら、ウメ女はただ一心に祈り続けたが、ついに憑依しなかった。

ウメ女は時枝を振り返って、しわがれた声で言った。

「おめぇのわらし、死んでねぇべ」

一九八八年七月一日、マサチューセッツ州ダルトン

マエストロは豊かな髪を掻きあげ、野性の輝きを秘めた眼差しで黒衣の男女をゆっくりと見渡した。次の瞬間、右手の指揮棒が虚空を切り裂き、百五十五人の歌声が樫の森を揺るがした。合唱曲は暮れなずむ夕空にたち昇っていった。それは神の声をおもわせて清らかだった。免罪符を贖《あがな》って巨万の富を手にするローマ・カトリック教会にいまこそ糾弾の狼煙《のろし》をあげようぞ。ヨハン・セバスチャン・バッハ作曲の『カンタータ八十番』、題して『われらが神は堅き砦』だった。

鷲の視線に射すくめられている——合唱団の誰もがそう感じていた。指揮台の小澤征爾が放つオーラはそれほどに強烈だった。マエストロの瞳の奥をひとたび覗きこめば、たちまち声を喪うと感じてしまう。それゆえ小澤から視線を逸らし、朱に染まった稜線を見て歌いつづけなければならなかった。樹齢二百年を超す樫の木に覆われたタングルウッドの森を貫いて流れる小川のせせらぎがカンタータに唱和している。

ニューヨーク州と境を接するウェスト・マサチューセッツの夏は、ボストン交響楽団の野外コンサートとともに訪れる。その年、五十周年を迎えたタングルウッドの野外音楽祭は、幕開けにバッハの『われらが神は堅き砦』を選び、三千人の聴衆の心を捉えて離さなかった。

このタングルウッドの森から直線距離にして二・七キロ。『カンタータ八十番』を狼煙に「堅き砦」への攻略は始まった。アメリカ造幣局に紙幣の用紙を独占的に供給してきた名門企業、ノートン社が標的だった。ダルトンの町のそこかしこに点在する古びた赤レンガの工場群。その鉄

扉のひとつが静かに開こうとしていた。三台の大型トラックが敷地に滑りこんでいった。

ノートン社のオーナーは、毎年、タングルウッドの野外コンサートが幕を開ける七月一日には、工場の従業員を家族ぐるみで招待する。これがノートン社が掲げる家族主義経営の良き伝統とされてきた。

その日、従業員たちは皆、仕事を早々にきりあげて家路に就いた。

「ことしはターキーのサンドイッチにスモーク・サーモンのサラダでいくよ」

「うちは仔牛の赤ワイン煮込みだ。かみさんが二日も前から鍋でじっくりと煮込んだ特製だ」

「おれんところは、とっておきのストロベリー・タルトを用意した。お前さんにもお裾分けするよ」

夕暮れが近づくと、籐のバスケットにワインやデザートを詰めこんで、人々は思い思いに森の劇場に出かけていった。

永年の慣わしに従って、ノートン社の製紙工場はすべて操業を止めた。煉瓦の煙突にはワシが一羽とまり彼方のブナ林を睨んでいた。

この年は工場廃棄物を運び出す日程をどうしても動かせなかった。マサチューセッツ州の環境規制が年毎に厳しくなり、廃棄物を引きとる運送業者の都合を優先させなければならなかったからだ。このため保守要員を居残らせなければならなかった。

「いいよ、俺が引き受けてやるぜ。どうせ、連れて行くつもりだった女友達の都合がつかないんだ」

このとき、すすんで留守番を申し出たのは、オーイン・ハッセーだった。赤みがかった髪をバンダナで束ねたこの男は工員仲間の人気者だった。アイルランドのドニゴール半島から三年前にやってきた新入りだ。こまめに働き、汚れ仕事もいとわなかった。

「なかなかいい奴じゃないか。俺たちと同じアイリッシュの血が流れているからな」

北大西洋に浮かぶアイルランドの先住民ケルト族にちなんで名づけられた「セルティックス」。ボストンを本拠とするこのプロ・バスケットボールの名門チームが、新参のドニゴール男をまたたくまに工場の人気者にした。工員たちは工場が引けると決まって正門前のアイリッシュ・パブに繰りだしていく。そしてジョッキに溢れるサミュエル・アダムスをぐいと飲みほし、テレビの試合を見ながら「セルティックス」談義に興じるのである。

オーインは、パブのカウンターにビールの泡でアイルランドの地図を描いて見せ、リング・オブ・ケリーとドニゴール半島に挟まれたメイヨ郡を指差した。

「ここだよ。切り立った崖から大西洋の荒波を望むと、彼方に大小さまざまな島が見渡せるんだ。メイヨの男たちは自分たちをアイランダーと呼ぶ。島に生きる者という意味さ。峻烈な波しぶきに立ち向かい、たとえひとりになっても荒海と戦い続ける。われらがセルティックスの闘将、バードこそ、まさしくアイランダーにして、誇り高き男のなかの男だ」

アイリッシュの血をひく工員たちは、パブの壁に掛けられたバードの写真に向かってオーッと喚声をあげながら乾杯した。

ひとたび工場を出たら、仕事の話を口にしてはならない。これがノートン社の不文律だった。工員たちもパブでは決して仕事の話はしない。パブの主人も、目の前の製紙工場でどんな製品が造られているのか、よそ者に尋ねられても答えられないのだ。

口の軽い者は知らず知らずのうちに工場から消えていった。それほどに情報管理は厳しかった。「ノートン方式」と呼ばれる独特の人事システムがこの統制を支えていた。ＦＢＩの退職者を雇い入れて、まず親族や交友関係の徹底した身元調査をおこなう。わずかな瑕《きず》でもあれば決して採用しない。勢い親子三代にわたってこの工場に勤めているといったケースも珍しくない。ドニゴール半島からやって来たオーインが就職できたのは、母方の叔父がボストンで警察官をしていたからだった。

工場の扉に鍵を差し込んで三台のトラックを迎え入れたのはオーインだった。トラックの運転手たちは、廃棄物には目もくれず、パルプから原紙を製造する工場棟に横づけした。運転席から降りてきた六人の男たちが、工程の半ばに差しかかっていたパルプの原料を手早く積みこんでいった。綿七十五％、麻二十五％、それに少量の赤と青の繊維を混ぜた、ドル紙幣の原材料だ。この配合こそ「ノートン家の秘密」とされるものだった。

トラックの運転手たちは、守衛に再び入構証を示して工場の裏門から走り去っていった。工場への侵入からちょうど二十八分。タングルウッドの森に夜の帳《とばり》がせまり、バッハの『カンタータ八十番』は第八楽章にさしかかっていた。

一九八九年二月、スイス・ローザンヌ

機械工場から、引込み線の鉄路がまっすぐに延びている。線路の面には純白のサヴォア・アルプスがくっきりと映り、その山稜がきらきらと輝いていた。工場の正門にはスイス国旗と社旗が翻り、この一帯の領主は自分だといわんばかりにまわりの工場群を睥睨《へいげい》している。切っ先が鋭く尖った鉄柵がぐるりと工場を取り囲んでいる。

ローザンヌの美しい街並みを抜けて車で山沿いを二十分ほどいくと、工作機械の工場群が点々と広がっている。なかでもひときわ眼を引くのがファブリ社の工場だった。

鋼鉄製の自動扉がゆっくりと開き、ディーゼル機関車に牽引された貨物車両が引込み線を滑り出してきた。午後二時ちょうどのことだった。厳重に封印された貨物車両には、幾重にも梱包された荷物が積み込まれている。ファブリ社で完成したばかりの製品だ。

ファブリ社は、「紙幣造りのタイクーン」と呼ばれる伝説の印刷機械メーカーだった。ドルもマルクも、この紙幣印刷機なくして世に出ることはない。そのファブリ社がいままた一台、紙幣の印刷機を送り出そうとしている。最終の仕向け地は「マカオ」と記されていた。

殷賑を極める店は静まり返って声なし。ローザンヌのラ・ペ通りにあるファブリ社の本社は、まさしくそうした佇まいだった。一階部分の左右には有名ブティックが軒を並べ、建物の中央にファブリ社の入り口がある。玄関は他の住人たちと共用であり、小ぶりな表札を掲げているにすぎない。この建物のテナントにも、ファブリ社が欧州を代表する名門企業だと知らない者さえいる。それほどひっそりとした構えなのである。金のプレートに刻まれた鷲のエンブレムだけが、紙幣創造の王たる矜持を物語っていた。

ファブリ社の本社をふだんはみかけない男たちが訪ねてきたのは、ちょうど半年前。仕立てのいい背広を着て上質の黒鞄を抱えた香港のビジネスマンだった。一階の受付にはカイゼル髭《ひげ》の守衛がいた。

「恐れ入りますが、こちらで三分ほどお待ち願えますでしょうか。五階の事務所にご案内するよう申しつかっております」

守衛のデスクに置かれた電話が鳴った。きっかり三分だった。古風なエレベーターは、三人の客人と守衛を乗せてゆっくりと上昇していった。天井の左隅に仕込まれた極小のカメラが訪問客を映している。直ちに顧客のリストを管理するコンピューターに入力された。精巧を極めたセキュリティー・システムが随所に施されている。エレベーターの扉が開くと、秘書がすでに待ち受けていた。

「どうぞこちらに。主人がお待ち申しあげております」

楕円形のテーブルの向こう側には、中央に当主、左右に経理担当役員と顧問弁護士が待ち受けていた。真っ青なレマン湖が見える大きな窓から、初秋の明るい陽光が射し込んでいるのだが、逆光のために当主の表情は窺えない。

「すでに書類は点検が済んでおります。あとは皆さまにそれぞれ二通ずつの書類にご署名いただければ、お取り引きは完了いたします」

当主は客が現れた時に立ちあがって握手をしたほかは、ひとことも言葉を発しなかった。黒い革製の書類挟みに収められた契約書類が静かに回覧されていく。それぞれが背広の内ポケットから万年筆を取り出して一気に署名していった。経理担当役員と顧問弁護士が全てを取り仕切った。儀式は淡々と進み、この間わずか十三分。

最高級の凹版印刷機械を買い付けたのは、ベルギーの首都ブリュッセルに本社を置く香港の貿易商社だった。東晋公司と名乗るこの商社は、マカオにある証券印刷会社の依頼を受けて輸入業務を代行した。この取り引きに備えて、スイス・チューリッヒの商業銀行にはドル建てで五千五百万ドルが積み立てられていた。入金を確認したこの商業銀行は、預金の残高証明書を発行してファブリ社に送付した。

「東晋公司の信用状態は良好と認められます」

商談は順調に進み、東晋公司はファブリ社の銀行口座に機械の購入代金を三度にわたって振り込んだ。

これを受けて、ファブリ社は、出荷の期日を一日もたがえることなく、凹版印刷機械をマカオに向けて積み出した。それはスイスの高級時計パテック・フィリップの正確さを思わせた。

製品の引き渡しからちょうど半年後、ファブリ社は、東晋公司を通じてマカオの証券印刷会社に一通の書簡を送った。

お客様へのサービスの一環といたしまして、メインテナンスの係員を御社に派遣させていただきたく存じます。ご都合のよい日時をご指定くだされば幸甚です。なお、保守点検にかかわる一切の費用は弊社が負担させていただきます。

こうしたアフター・ケアの周到さこそファブリ社の信用を揺るぎないものとしてきた。この申し出から三週間後、東晋公司からの返答がローザンヌのファブリ社に寄せられた。正確なフランス語で綴られていた。

現在、御社から購入した凹版印刷機械は何らの故障もなく順調に稼動しております。従いまして、お申し越しのありましたメインテナンスは特段必要と致しませんので謹んで辞退させていただきます。

メインテナンス要員の派遣を拒絶されたファブリ社は、直ちに緊急の役員会を招集した。ファブリ社は、定期点検を名目に補修要員をユーザー企業に派遣することで、凹版印刷の機械が紙幣や株券の偽造に使われていないかどうかを監視してきた。定期点検を拒む企業があれば警察当局に通報すべし。これがファブリ社のセキュリティーに関する社内規定だった。

いつ、いかなるときも、善意の者たれ――。

この社是には、幾多の戦乱を生き抜いて、永世中立を守り抜いてきたスイスのしたたかな知恵が凝縮されている。

ファブリ社の役員会は、地元の警察を介して直ちにインターポール（国際刑事警察機構）に通報した。

「メインテナンス拒絶」の情報は、アメリカ財務省のシークレット・サービスにも転電され、ワシントンからは、捜査員がひそかにヨーロッパとマカオに派遣された。

ヨーロッパでは、まずブリュッセルの東晋公司が徹底して洗われた。ラーケン通りには、ペンキを扱う塗料店、小さな花屋、アフリカからの小物をさばく雑貨店などが立ち並んでいる。夏の強い陽射しを受けて雑多なひとびとが行き交っていた。

その一角に建つ古びた三階建てのビルに東晋公司は入居していた。このビルの筋向いには、ラ・ロング・マルシェが中華料理の惣菜を商っている。中国語で「大長征」。毛沢東に率いられた紅軍が延安にいたって革命の根拠地を築いた旅にちなんで命名したのだろう。ここから徒歩で五分ほどいくと、小ぶりなチャイナタウンがあり、入り口には「唐人街」と漢字の看板が掲げられている。この一帯ならアジア系の人たちが頻繁に出入りしても誰も奇異に思うまい。

捜査員が窓ガラス越しに窺うと、赤いカーディガンを羽織ったベルギー女が電話番をしていた。茶色い髪の毛先をいじりながら、物憂げにモード誌のページをめくっている。机は三つ。電話とファックス、それにテレックスが置かれてあるだけだ。

そのたたずまいからすれば、東晋公司は雑貨や玩具の取り引きがせいぜいの個人商社と誰もが思うだろう。だが、その取り引きを仔細に追跡した捜査員は、実に手堅い仕事ぶりに目をとめた。貿易相手は格式を誇るスイスのファブリ社であり、世界最高級と折り紙のつく凹版印刷機械をマカオに輸出する商談をまとめあげている。船荷証券の貨物名には「凹版印刷機械」と記載され、輸出手続きには一点の曇りもなかった。

だが、東晋公司は船荷がマカオに着くや、とりすました顔をかなぐり捨て、素顔をあらわにした。マカオ港の倉庫群の一角で、作業員は凹版印刷機械を木箱から取り出して、部品ごとに解体した。そして屑鉄のなかに紛れ込ませる作業を五時間以上にわたって続けたのだった。やがて待機していた香港籍の貨物船にこの屑鉄が積み込まれていった。マカオ港から出航する際、税関当局への申請書類には「電炉用の屑鉄」として記載されていた。積み出し先は、中国・大連港。積荷の総量は七十二トン。価格はわずか六万七千三百ドル。

中国政府は、アメリカのシークレット・サービスの度重なる照会にも一切の回答を拒み続けた。

マカオ港から積み出された屑鉄は、中国の国家主権の壁に阻まれて行方知れずとなった。

一九九〇年十二月、デンマーク・コペンハーゲン

濃い海霧のなかから豪壮な邸宅がようやく姿をあらわした。コペンハーゲンの市街地を抜け、北を目指してエーアスン海峡沿いに二十五キロほど走ったところだった。海峡をはさんで向こう岸はもうスウェーデン領だ。だが、この季節は日中でも霧が深くたちこめて陸地の影すら望めない。

ボルボのハンドルを握っているのは、京都でグラビア印刷の会社を営む細田義弘だった。宿泊先のホテルが手配してくれたレンタカーを駆って、デンマークの作家、カーレン・ブリクセンが生まれ育った屋敷を目指してやってきた。

細田はかつてカーレン・ブリクセンの小品『冬のメルヘン』の挿絵をグラビア美術印刷で手がけたことがあった。それ以来、ブリクセンの作品に魅せられ、かの地を旅することがあれば、彼女が終の棲家としたルングステッズ亭を訪れてみたい、と思い続けてきた。コペンハーゲンで開かれる「童話絵本フェア」に参加したのを機に永年の憧れがようやくかなったのだった。

北ヨーロッパの風土が生んだ二十世紀の偉大な語り部といわれたひとは、海抜二千メートルのアフリカ高地で、十七年に及んだコーヒー園の経営に敗れ、最愛の恋人も失って、この地に帰ってきた。失意の男爵夫人は、あのアフリカ高地の日々をこの静謐のなかでひとしずくひとしずく蒸留させ、「アイザック・ディネセン」という男の筆名で、類まれな現代のサガを紡ぎだしてい

った。

まだ三時半だというのに、細田がルングステッズ亭の門をくぐった時には、すでに陽はすっかり落ちていた。あたりはすっぽりと夕闇に包まれ、ガス灯が霧のなかに揺れていた。コートの襟に顎を埋めるようにして石造りの門をくぐると、若い日本人女性がたたずんでいるのに気づいた。

「すんませんが、シャッター押してくれはりませんか」

彼女は快く応じてくれた。だが、折からの湿気と寒さのためだろう。細田が持っていた高級カメラのフラッシュがなぜか作動しなかった。

「わたしのカメラで撮って、あとで写真をお送りしましょうか」

「すんませんな。それにしても、こんな寂しい季節によう訪ねてきはりましたな」

「大阪外語大でデンマーク語を専攻しているんです。どうしてもここを一目見ておきたくて。ちょうど冬休みなんです」

細田は、この女子大生に礼を言い、名刺を渡して別れたのだった。

高級美術印刷の分野では、細田の会社は小兵ながら群を抜いた技術力を誇り、受注もおおむね順調だった。パリのギメ東洋美術館のキュレーターも、その優れたグラビア印刷技術にほれ込み、浮世絵の画集は全てここに発注していたほどだった。そんな実績と技術力に眼をつけた上海の出版社が、ハンブルクの出版エージェントを介して、大きな商談を持ちかけてきた。コペンハーゲンで開かれる恒例の「童話絵本フェア」で直接会って話をしたいという。

「いま、この会社は、アンデルセンの童話シリーズを中国語で出版する企画をすすめています。どうやら、そのグラビア印刷を細田さんの会社に引き受けてほしいという打診らしいんです。細田さんが手がけた浮世絵の画集をひどく気に入っている様子です」

細田はその商談にすぐにも飛びつきたかったのだが、ことさら冷静を装って尋ねてみた。

「まあ、条件次第ですね。暮れの繁忙期も絡んでいますから、かなりの着手金を現金でいただかないと」

担当者は当然といった表情でいった。

「それは先方のたってのお願いなのですから。価格も日本国内とさして遜色はないと思います。細かい取引条件や納期はブック・フェアでじかに詰めましょう。商談がまとまれば、その場で契約したいと先方はいっています」

いまはどんな注文でも喉から手がでるほど欲しい。細田の美術印刷会社はそれほどに資金繰りに苦しんでいた。印刷業界に吹き荒れていたデジタル革命にこの会社もすっぽりと呑みこまれていた。パソコンを駆使したエレクトロニクス技術が、製版用の画像処理技術を一変させてしまったのだ。その主力となったのがＤＴＰと呼ばれる新しい印刷システムだった。従来は、写真製版と印刷工程は、それぞれ別の会社が行っていた。だが、ＤＴＰの登場は、従来の製版会社をほとんど消滅させてしまった。かわって印刷会社が製版から印刷までを一貫して手がけなければならなくなった。この印刷革命によって出版のコストは下がり、折からの好景気もあって豪華な美術全集が次々に生み出された。

だが、こうした高級美術印刷の世界で生き残ろうとすれば、膨大な投資が必要だった。新しいコンピューターのシステムを導入できる企業だけが生き残り、残りの中小の印刷会社は淘汰されていった。バブル期で資金が有り余っていた取り引き銀行は、こう細田に持ちかけた。

「細田さんの会社は、自社の土地に本社ビルと工場が併設されていますから、何の心配もありません。お宅の土地の担保価値なら、いくらでもご用立てします。この際、思い切った設備投資をして、将来の布石を打っておいてはどうでしょう」

担当者は、融資の積み増しを熱心に勧め、資金を貸しこんでいった。実際、会社の土地さえ担保に差し出せば、銀行はいくらでも金を貸してくれた。こうして借り入れ金は、次第に膨らんでいった。それが躓《つまず》きの石となった。

コペンハーゲンに行こう。細田にとって、それは倒産を回避する最後の賭けだった。

「童話絵本フェア」の会場で、細田義弘は、ハンブルクのエージェントを相手に懸命に食いさがった。冬だというのに額には汗がうっすらと浮かんでいた。

「納期や値段はだいたい承知しました。ただ代金の支払方法は、もうちょっと考えてもらえませんか。年の瀬で会社も何かと物入りなんですわ。どうにか年内に売上げを現金化できるような契約をお願いしますわ」

細田は、折衝を何とか取りまとめた。ほっとしたのか、ドイツ語の通訳に本音を漏らした。

「これでうちの会社もやっと年を越せますわ。帰ったらすぐこの手形をメイン・バンクに持ち込めばどうにかなるやろ」

だが会社を本格的に立て直すためには運転資金がなお必要だった。ハンブルクのエージェントは、細田の懐具合を見透かしたかのように、魅力的な商談をそっと差しだした。

「モスクワに絵画部門で国際アンデルセン賞に輝いた世界的な絵本作家がいます。どの童話出版社も彼の絵を欲しがっている。この作家は、気まぐれで、作品をあまり描かないからです。細田さんがモスクワにご自身で出向いて、素晴らしいグラビア印刷の見本を披露すれば、きっと彼の作品を任せてくれるとおもいます。細田さん、これは数十万ドルのビジネスになりますよ」

細田はこのとき困ったような表情を通訳に見せた。

「ずいぶんと急なお話ですな。ちょっと考えさせてもらえませんか」

だがハンブルクの男たちはすかさず畳みかけた。

「ロシアのビザの取得はおまかせください。予定をほんの二日ほど延長して下さるだけでいい。市内のホテルに泊まって、この絵本作家のアトリエに行っていただければそれでいいんです。アレンジは私どもですべて整えます。この商談は、御社に大きな利益をもたらしますよ。ただし、競争相手もいて、いささか機密を要します。どうか社内の方々にも話がまとまるまではご内密に願いたいのですが」

「じゃ、家内にだけ連絡を入れておきます。二、三日でよろしいな」


京都市中京区壬生で高級美術印刷の会社を営んでいた細田義弘、六十一歳が、行方をくらましたのはこの翌日だった。

オーバーコートを着て、寒そうに石造りの大邸宅の前に佇む細田。大阪の女子大生が撮ったこの写真が、細田の消息を伝える最後の一枚となった。

やがてこの写真は約束どおり、細田の会社に送られてきた。写真の右下には「90・12・20」の日付が入っていた。ルングステッズ亭で細田に出会った女子大生は、そのときの様子を鮮やかに憶えているという。

「はじめはちょっと戸惑いましたが、柔らかい京都弁やったんで、大阪からひとりで旅してた私はなんかほっとした気持ちになったんを覚えています。さすがに寒さは応えてるようでしたけど、とてもお元気そうで、とりたてて変わった様子はなかったと思います」

日本政府から照会を受けたデンマークの入国管理局は、おびただしい数の出国カードをひとつひとつ検索していった。細田義弘の入国は公式の記録で確認された。だが、モスクワに向けて出国した痕跡はついに見当たらなかった。

細田の妻、美智子は、意を決して翌年のクリスマスにコペンハーゲンを訪れ、夫が泊まったホテルに滞在した。美智子のセラピーを受け持っていた精神分析医は「太陽がほとんど姿をみせないこの季節に北欧を訪れることはお勧めできない」と強く引きとめたのだが、敢えてデンマーク行きを決めた。

美智子が携えていったのは、細田が自ら手がけた『アンデルセン童話絵本』だった。凹版美術印刷の頂点を極めた作品だった。美智子は「あかい靴」のページを開いて街角の石畳に立てかけた。この絵本をてがけた細田は、何日も悩んだ末「あかい靴」には洗朱《あらいしゅ》がいいと選んでいる。主人公のカーレンは、澄んだ深い味わいの朱い靴を誇らしげに履いていた。美智子は日本から携えてきた「洗朱のインク壜」を本の横に置いて立ち去った。夫があれほどまでに美術印刷の高みを極めようとしなかったなら、私が夫をひきとめてさえいれば——。美智子は夫の職人気質を誇らしく、同時に恨めしくも思った。

美智子は、コペンハーゲンの中央広場にでかけてみた。ここには華やかなクリスマス・マルクトの出店もなく人影もまばらだった。この広場のどこかにふらりと夫が姿を見せはしないか——。

愛らしい少女が近づき、甘味をつけて温めたグリュー・ヴァインを黙って差し出してくれた。美智子は朱色が陽の光できらきら輝く液体を一気に飲み干した。

広場の片隅で、真っ赤な玉を鼻の頭につけたピエロがふたり、大道芸を披露していた。石畳のうえで研ぎ澄ました剣を空中高く放り投げ、まっさかさまに落下してくる刃を左右の手のひらで発止と受け止めてみせる。見物の子供はたった三人、つぶらな瞳で刃の行方を追っている。あの刃で心臓を貫いてもらえば、胸の張り裂けるような悲しみに終止符を打つことができる——美智子は人気の少ない広場にひとり佇んでいた。

第二章　テロルの通貨

砦

「委細は通信回線にて」

京都馬町の浮世絵オークション会場で予告された緊急連絡は、東京—ロンドンを結ぶ極秘の通信回線を通じて、スティーブン・ブラッドレーのもとに届けられていた。

スティーブンは、ＢＢＣの東京支局にとって返すと、まっすぐにラジオ・ブースに歩み寄り、分厚い扉に手をかけた。それはスティーブンのちいさな砦だった。間口がわずか二メートル半、奥行きが三メートル八十センチの空間。まず八桁の暗証番号を入力してブースのロックを解き、次いで二箇所の施錠を外し、内側から鍵をかける。そして赤いランプを点灯させて、「オン・エアー」放送中と表示すると、そこは孤絶の世界となった。

デスクトップ・コンピューターの電源を入れ、コードナンバーを順次入力して保秘装置をつぎつぎに突破していく。最後に画面に右手人差し指の指紋を押しつけて、本人であることを確認する。新たに七つの情報が入電していた。このなかからトップ・シークレットの指定がついた項目をまず呼び出した。

　スティーブンは、浮世絵が創りだす至福の世界から、しだいに現実の世界に連れ戻されていった。機密電はこう伝えてきていた。


「レッド・フォックス」に動きあり。「レッド・フォックス」は、二週間のモスクワ滞在を二ヶ月ごとに反復。定宿はウクライナ・ホテル。北朝鮮大使館の館員と頻繁に接触。

　二〇〇二年五月二十七日「レッド・フォックス」は、アエロフロート機でモスクワのシェレメチェボ国際空港を出発。同日午後七時、アイルランドのダブリン国際空港に到着。アイルランド入管当局によれば、「レッド・フォックス」は、黒のキャリーオン・バッグにて通関。取り立てて異常は認められず。

　帰国後七日目、「レッド・フォックス」経営のフリー・シャムロック社女性事務員が取引き先の銀行窓口に出現。百ドル札百八十七枚、総額にして一万八千七百ドルを持ち込む。これらのなかから疑惑百ドル紙幣三枚が露見。

「レッド・フォックス」経営の同社は、建築資材の運送会社とされるも、実態はＩＲＡ（アイルランド共和国軍）の過激派軍事組織に資金を流す偽装組織と見られる。

　百ドル紙幣は、ドイツ製偽札検知器でも探知不可能な出来栄え。現在、スコットランド・ヤードの科学警察に協力を仰いで徹底して検査実施中。分析結果を総合すれば、新世代の偽百ドル紙幣が出現した可能性が大。

機密電は「新種の偽百ドル札出現」とほぼ断定して電文を締めくくっている。イギリス秘密情報部がかねてから監視を続けてきた「レッド・フォックス」とは、アイルランド勤労者党の党首、ケビン・ファラガーのコード・ネームだった。英国秘密情報部は、永年追い続けてきた「レッド・フォックス」が、ほんの一瞬ではあっても尻尾を見せたことに興奮を隠し切れないといった口吻《くちぶり》で機密電を綴っている。英国秘密情報部の本拠地が置かれているヴォクソールの首脳にとって、久々の戦果だったのだろう。ケビン・ファラガーは、表の顔は合法政党の党首を装っている。だが、ＩＲＡとその政治組織「シン・フェイン」が穏健路線に傾いていったなかで、ＩＲＡの武闘派を陰で支える黒幕だった。

「レッド・フォックス」の尻尾をつかんだことなどさして重大事ではない。「レッド・フォックス」がくわえて運んだブツ——北朝鮮から託された「百ドル札」こそかけがえのない獲物なのだと、機密電に接したスティーブンはひとりつぶやいた。

スティーブンは、少年の日、きらめく鱗翅《りんし》をもつ蝶の一群、ゼフィルス属を野山に追って、その妖しい美しさに心奪われたことがあった。「飛翔する宝石」と形容されるこの蝶を捕らえた経験をもつ者なら、捕獲網のなかの獲物がまだ見ぬ新種であってほしいとほのかな期待に胸躍らせたことがあるはずだ。贋金の猟犬たちもまた、「新種の蝶」と遭遇してさぞかし心ときめかせていることだろう。

マヨラー

「これじゃ真札だ。どこにも瑕なんかありゃしない」

ダブリンから送られてきた「百ドル紙幣」を手にした捜査官は、思わずこう叫んだ。

「これを偽札と決めつける根拠など挙げられない。シリアル・ナンバーを照合した結果、アメリカの造幣局が刷ったドル紙幣じゃないというだけだ」

偽札を永く追い続けてきたどの捜査官もその見事な仕上がりに息を呑んだ。

北周りルートで初めて姿をみせた「百ドル紙幣」は、その巧緻を極めた出来栄えから「ウルトラ・ダラー」と呼び慣わされるようになる。

ロンドンからスティーブンにあてて送られてきた機密電は「ウルトラ・ダラー」が発見された経緯だけを淡々と伝えてきている。ヴォクソールの首脳陣は、こんどもまた一切の具体的な指示をよこさない。贋金を吐き出し続ける凍土の策源地を君ならどう攻略する――黙示の指令には、スティーブンを挑発する英国秘密情報部の意図が滲んでいた。

深い疲労感がスティーブンを浸しはじめていた。こめかみに中指をあてがってもみほぐしてみたが、鉛の塊が脳髄に居座っているようだった。きょうはもう仕事を切りあげよう。湯島の自宅に電話をしてみた。

「サキさん、今夜はうちで夕食をとりたいとおもうんですが、これからお願いできますか」

「いまからじゃ、たいしたものは用意できませんよ。もうすこし早く連絡をお願いします。なにが召し上がりたいんですか」

「コロッケはどうだろう」

「ああ、それなら、北海道、月形の農場から北アカリというじゃがいもが届いたところですから、ビーフ・コロッケなら。いいですか、今度は前もって電話をくださいよ」

スティーブンは急いで「砦」に鍵をかけると、放送センター地下の駐車場に降りていった。ブリティッシュ・グリーンのMGBロードスターが待ち受けていた。バンパーのフロントグリルがクロムメッキのコンバーティブル七二年型だ。イグニッション・キーをひねると乾いたエンジン音が響き渡った。モト・リタのウッドステアリングを握る手に小刻みな振動が伝わってくる。エンジンが温まって気持ちよく回転するまで我慢しなければ、この愛車は機嫌よく走ってはくれない。エンジン回転数を示すレブカウンターが二千を超したのを確かめて発進させた。運転席の計器類はすべてスミス製だ。ドイツ空軍との戦いに立ち向かったロイヤル・エアフォースの名戦闘機スピットファイヤーのコックピットを飾っていた計器類はすべてこのスミス製だった。当時、ブラッドレー家の子供たちに「お化け話の名手」として伝説的な人気を誇っていた大叔父は、このバトル・オブ・ブリテンと呼ばれた空の戦いで還らぬひととなっている。

皇居脇のお堀端を走り抜け、湯島天神の裏にある日本家屋を目指して、緩やかなカーブに差しかかった。ブレーキにまず右足の爪先をかけて減速しつつ、同じ右足の踵で同時にアクセルを踏んで回転数をあげる。このとき左足はクラッチをぐんと踏み込んで、三速から二速に入れて一気にギアチェンジを終える。古いタイプのスポーツカーをスピーディに操るには欠かせないヒール・アンド・トーというドライビングテクニックだ。

MGBの走りは快調なのだが、篠つく梅雨のなかを十分も走っていると、旧式の幌とフロントガラスの隙間から雨が右足に滴り落ちてきた。フロントガラスには三連のワイパーが忙しく動いているが、内側がすぐに曇って視界が利かなくなる。エンジンのパワーロスを嫌って、エアコンを敢えてつけていないためだ。運転席の三角窓を開け放ち、ビニール製のリアウィンドーのファスナーもはずさなければならない。こんどは雨が横殴りに降りこんでくる。トレンチコートの襟を立ててみるのだが、天神様の祠が見える頃には栗色の柔らかい髪がずぶ濡れになってしまった。MGBのハンドルを握る者は苦行僧に似ている。それゆえ時折すれちがうMGBのドライバーたちは、軽くホーンを鳴らして、友情を交わしあう。手のかからない恋人なぞどこにいる、とでも言うように――。

裏木戸を開けて車をバックさせると、割烹着姿のサキが飛び出してきた。

「まあ、濡れネズミのようになって。風邪をひいてしまいますよ。大英帝国も落ち目になったものですね。こんな水漏れがする車に乗らなければならないなんて」

スティーブンは、コーパス・カレッジ以来使い古しているタオルをサキから受け取ると、湿ったトレンチコートを手渡していった。

「黒のミニ・クーパーに買い換えようとも考えたんですが、あの会社はドイツの会社に買収されてしまったからなぁ」

「なにをいっているんですか。このサキには始終お国の不満ばかり言っているくせに。車に限って愛国者だなんて信じませんよ。だいいち、肺炎にでもなられたら、手間がかかってたいへんです」

「おおげさだな。僕たちロンドンっ子は、これくらいの雨なら傘なんてささずにどんどん歩くんですよ」

サキはことし七十三歳。四十年ほど前に両親が、ロンドンに本拠をもつ海運会社のアジア支配人として、香港と東京にそれぞれ三年ずつ住んでいた折、ブラッドレー家の身の回りの世話を焼いてくれたひとだ。乳飲み子だったスティーブンにとっては乳母にも等しい存在だった。どうせ日本で暮らすなら、外人用のマンションなどには住みたくない。こう言い張るスティーブンが、夫に早く死なれて逗子でひとり気楽に暮らしていたサキを口説き落として、湯島の家に来てもらったのだった。

スティーブンは、ＢＢＣに入局後、カイロと香港で短い特派員生活を送っている。だが、彼が強く望んだ赴任先はあの「シャラク」の国、ニッポンだった。この希望が容れられて極東に旅立ったのは三十代が終わろうとする頃だった。

スティーブンは、東京特派員として着任するのに先立って、鎌倉山にあった「オオムラ学校」に住み込んだ。ここで一年間にわたって日本語漬けの猛特訓を受けている。若い頃は画家を志したこともあったオオムラは、英国政府の委嘱を受けて日本語教師となった。鎌倉山に岐阜から古い民家を移築し、外壁をピンク色に塗って生徒と起居を共にしていた。その日本語教授法も家の構えに劣らずユニークだった。日本の新聞をまず音読させて、知らない漢字に行き当たるとノートに五十回ずつ清書させる。これを来る日も来る日もひたすら繰り返させる。スティーブンが必修を命じられたのは「壺」だった。ツボ、ツボとつぶやきながら、幾度書き連ねたことだろう。あの複雑怪奇な筆順にはいまも夢でうなされる。

食事は三度ともオオムラがつくって生徒と共にし、そのあいだもひたすら日本語で日常会話を交わし続ける。オオムラは英語も巧みに話すのだが、合宿中はいっさい使わない。素質のある生徒たちはこの特訓に耐えて、五ヶ月を過ぎたころからめきめきと実力をつけていく。ここから東アジア外交の俊英が数多く巣立っていった。情報活動の分野でも第一級の人材を輩出したのである。スティーブン・ブラッドレーもそのひとりだった。

スティーブンは、漢字を筆で見事に綴ってみせるまでに腕をあげた。その褒美に、半年を過ぎたところで日曜の午後には外出を許されるようになった。逗子に住んでいたサキが鎌倉山まで迎えに来てくれた。ふたりのお気に入りは、苔寺と呼ばれる鎌倉大町の妙法寺だった。山門を入ると、ノウゼンカズラが梅の古木に巻きついて、はねず色の花をつけていた。

「この花が咲きそろう夏には、と思っていましたけれど、あの泣き虫だった男の子がまあ精進したほうですね。こうして日本語で話ができるようになったんですから。あのピンクの壁は見るのもいやですが、いい先生を見つけたもんですよ」

サキは、苔の石段脇に緋毛氈《ひもうせん》を敷いて、風呂敷に包んでもってきたお重を広げるのだった。

「サキさん、山門には飲食厳禁とかいてありましたよ」

「なーに、坊主のいうことなんぞは聞き流せばいいんですよ」

深い杉林からの木漏れ日をあびながら、サキは四十年前のブラッドレー家の東京生活を話してくれた。陽がくれかけると、逗子のサキの家に帰って、ふたりで夕食を共にするのが日曜の日課となった。

ひと風呂浴びたスティーブンは、浴衣に着替えて廊下のガラス戸越しに庭を眺めた。濡れ縁脇のアジサイが梅雨にぬれて瑠璃色をいっそう際立たせていた。黒竹の垣で囲まれた庭には、連《れん》翹《ぎょう》、梅、海棠《かいどう》、七竈《ななかまど》が植えられ、四季のうつろいを味わわせてくれる。しだれ紅葉の下には、なつめ型のつくばいに立て燈籠《とうろう》が配されている。

障子を開けると、黒塗りの食卓には晩酌の用意が整っていた。

「急なことでしたので、あまりたいしたものはありませんよ」

「サキさんはどうしてそんなに手早く料理ができるのだろう。ミッドランド・プレースの厨房では、バトラーのジェームスとミス・ラドフォードがディナーの一週間も前から、メイン・ディッシュとワインの組み合わせがどうだの、銀器に曇りが浮かんでいるだの、それはもう、いくさをしているような騒ぎでしたよ」

「文句をいうのは上等なお客じゃない証拠。凡庸なお客ほど扱いの難しいものはありゃしません」

ほどよく冷やした吟醸酒が江戸切子のグラスに満たされた。

あんなに文句を言っていたのに、酒の肴にさまざまな品が並んでいる。

脂のよくのった白キスの昆布締め、芽しょうが添え。卵豆腐にグリーンアスパラの白和《あ》え。そして軽く塩をふり、半日乾燥させて炙ったヤリイカ。

スティーブンはこれに、マヨネーズと醬油と七味唐辛子を混ぜ合わせた特製ソースをつけて食べるのが好きなのだ。

「イギリスでは、どうして十二、三歳で親元から離してあんな陰気な石造りの寮なぞに入れるのでしょう」

「ロンドンでもミッドランドでも両親とは食事もほとんど別だったし、たいした変わりはありませんでしたよ」

「何よりいけないのは、寮とかいうところの食事です。親からたんと寮費を取り立てておきながら、育ち盛りの子供にろくな食事もさせないのはどんな了見でしょう。第一、まずい食事は大切な子供の舌を破壊してしまいます。おいしいものをおいしいと感じられなくなっては人生の楽しみを大半奪われたも同じです」

サキは彩り豊かな季節の食材をおいしく調理して、スティーブンに食べさせることで、あるじに失われた舌の青春を取りもどさせようとしているかにみえる。ぶっきらぼうだが、意外にこころやさしいところもあるのだ。

「サキさん、確かにマトンのローストは、いまでも夢にでてくるほど、ひどい代物だったな」

「こんな大人になっても料理にマヨネーズをたくさんかけて食べるのは、きっとその後遺症に違いありません。日本の妙齢の女の方とお食事をするときは、マヨネーズだけはやめたほうがいいですよ。百年の恋も冷めてしまいます」

「そうかなぁ。これから気をつけます。イギリスにも〝マヨラー〟っていう呼び方があるんです。『マヨネーズに淫したひと』とオオムラ先生は訳していました」

その日のメイン・ディッシュはほくほくとした北アカリのビーフ・コロッケだった。千切りのキャベツと櫛形に切ったトマトが添えられた皿の脇で、シジミの味噌汁が湯気を立てていた。

スティーブンは、キャベツにかけるマヨネーズの量を半分にした。サキは満足そうに頷いていた。

最後に運ばれてきたデザートはイチジクのコンポートだった。サキが立って廊下の雨戸を閉めはじめた。梅雨の音が不意に消えた。

やはり、あの男しかいない——。ヴォクソールからの指令を受けたスティーブンは、碁盤に最初の石をどのように置いたものか、長考していた。恐ろしく頭が切れるが、桁外れにものぐさな、オックスフォード時代のクラスメートの顔をスティーブンは思い浮かべていた。ハーバード大学からローズ奨学生としてやって来たオクラホマ出身の牛のような男だ。

コーパス・クリスティー寮にある談話室で、初めてマイケル・コリンズと顔を合わせたときの様子はいまも鮮やかに憶えている。パジャマ兼用のトレーナー姿だった。胸にプリントしてあるのはミッキーマウス。

「ディズニー帝国の回し者、どこからきたんだい」

「ああ、君らの植民地だよ」

コリンズは、ソファーに寝そべったままぼそりとつぶやいた。傍らにはジャンボサイズのポテトチップスの袋とマクドナルドの割引券が散らばっていた。

「いまじゃ、確か植民地は七つに減っちまったからな。カリブのタークス・アンド・ケイコス諸島か、地中海のジブラルタルか。でも、あそこからはローズ奨学生は出ちゃいないぜ」

「一七七六年に独立した国からきたんだよ」

「わかったよ、学長の祭文に腹をたてているんだな」

『おお、植民地から来た者よ、よく励むのだぞ、怠けてはいかん。とりわけ古典の勉強を決して怠けるでないぞ』だってさ。まったくありがたくて涙がでるよ」

「昔はアメリカからのローズ奨学生は、ラテン語とギリシャ語ができずに、ばたばたと落第したんだ。学長の訓戒はその名残なんだろうな」

「ダイヤモンド成金でおまけに帝国主義者のセシル・ローズなんてくそ爺の世話になったのが、間違いだったよ。こうしてカビの生えそうなところにいるより、オクラホマに帰って肉牛の世話でもしているほうがましだな」

ローズ・スカラーシップとは、大英帝国の植民地に育った前途有望な若者たちに西欧文明の恩恵をと、セシル・ローズ卿が母校のオックスフォード大学に創設した権威ある奨学制度だった。コリンズは、激戦を勝ち抜いてこの栄えあるローズ奨学生に選ばれ、コーパス・クリスティー・カレッジにやってきたのだった。

「そこの英国人、俺が何を思っているか、君たちの貧相な想像力じゃわかるまい。オクラホマの巨大なステーキを思い浮かべているんだ。アルファルファをたらふく詰めこんだ牛の肉をパクつけたらどんなにか幸せだろう。このあたりのケチな雑草で育った牛もどきとはモノが違う。ああ、青く澄みわたった大空のもと、豊穣なる肉牛を育むオクラホマの大地と農民のなんと偉大なことか」

「なんだ、そんな大きな図体をして。誰でもこの灰色の空が頭に載っかっていると、おテントウさまが恋しくて、ホームシックに罹るものなんだ」

コリンズが垂直の姿勢で読書している姿を見たクラスメートはいない。すべての読書はベッドのなかで――。これがものぐさなオクラホマ男の信条だった。はたして起きているのか、寝ているのか。寮生たちの誰ひとりとして確答できなかった。「国際法を専攻しているらしい」と噂されていたが、その間延びした南部訛りを理解するには誰もが忙しすぎた。

だが、スティーブンはなぜかコリンズとウマがあった。このままでは、コリンズを反英主義者にしてしまう。そう気遣ったスティーブンは、週末には競馬場に誘いだすことが多くなった。コリンズは、私設の馬券をさばくブックメーカーの親爺たちにたちまち気に入られてしまった。彼らは、一着と三着、一着と二着は何馬身差か、といった公設売り場にはないユニークな馬券を売り出して客を呼ぶ。それだけにブックメーカーの悩みは、賭け率をどのように決めるかにあった。コリンズは複雑な計算式を編み出して、一着馬と三着馬を当てるオッズをはじき出してみせた。その手並みはまことに絶妙、博打のプロたちをうならせるものだった。いつしか全てのブックメーカーが、こと一着―三着のオッズは「コリンズ方式」に追随するようになった。

アイリッシュの賭け屋の親爺は、レースが終わるとコリンズを自宅に連れていき、でっぷりと太った娘にも紹介して本気で養子にと口説きにかかったのだった。

「マイケル、君ならそのしがないブックメーカーを数年のうちにイギリス屈指の賭け屋にできるかもしれない。だが、よーく考えたほうがいい。オクラホマの水牛のような娘のほうがまだ器量よしだ。それにあの娘は、意外にも狂信的なベジタリアンらしいぜ」

スティーブンの懸命の説得が効を奏してか、コリンズは、オックスフォード大学から修士号を渋々受け取り、アメリカに帰っていった。その後、イェール大学のロースクールを卒業して、ニューヨークと首都ワシントンの弁護士資格を得ている。だが、出勤途上の渋滞の車の中でパソコンのキーボードをたたいて、その時給をクライアントにたっぷりと請求するワシントン・ローヤーが肌に合わなかったのだろう。結局、叩きあげの世界といわれる財務省のシークレット・サービスの捜査官になった。「贋金ハンター」の異名をとる仕事に身を投じたのだった。

シークレット・サービスは、三千三百人の捜査・警護部隊を擁している。ホワイトハウスにあって大統領の身辺を守るだけでなく、シークレット・サービスは、紙幣の偽造犯罪や新手のハッカー退治、それにクレジット・カード犯罪の捜査にも凄腕を発揮している。同時多発テロ事件のあと、財務省から国土安全保障省に所管が移ったが、実質的な支配権はいまもホワイトハウスと財務省にあるといっていい。

「アメリカでもっとも小粒な情報機関」といわれるシークレット・サービスだが、世界の七つの都市に独自の要員を配して国際的な偽造団やテロ組織の動きを監視している。海外での捜査権はなく、議会やメディアには情報の収集を担っているだけだと説明している。だが、時には法の定める制約を超え、グレーゾーンに踏み込んで活動している実態はＣＩＡと変わらない。

スティーブンが、財務省のシークレット・サービスに国際電話をかけて、マイケル・コリンズをつかまえたのは機密電から四日後のことだった。

「やあ、マイケル。ひさしぶりだなぁ。野球の監督は、まだ続けているのかい。君のチームのことだ、選手はみんな足が遅いんだろうな」

「哀れなるかな、ベースボールに無知なる英国人よ。監督に似た選手は大成しない。そういう格言があるのを知らないんだな。うちのチームは俊足の子供しか採用しない。イチローの威力はつまるところスピードだ。打席から一塁までは九十フィート。大リーガーの選手の平均到達時間は四・三秒。これに対してイチローはなんと三・八秒だ。この〇・五秒の差が、多くの内野安打を生み、驚異の打率をはじき出している。ところで、スティーブン、この電話回線は掃除済みなんだろうな」

「安全率は、九十七・五％ってところかな。この世界に完璧なセキュリティーなんてないことは、きみなら分かっているだろう。ロンドンからは三ヶ月に一度、通信回線のスペシャリストが大掃除にくる。盗聴の恐れはまずないとみていい」

「よしわかった。話を聞こう」

「なあ、マイケル。新種の蝶が現れただろ」

「うーん、なかなかの早耳じゃないか」

スティーブンは「もうひとつの仕事」からこの貴重なインテリジェンスを手に入れたな——。コリンズは、ＢＢＣ特派員スティーブン・ブラッドレーが持つ別の貌《かお》に気づいているただひとりの部外者だった。

コリンズは、語尾をだらだらと伸ばす南部特有の発音で、核心にずばりと踏み込んできた。

「問題の蝶はたしかにダブリンで捕獲された。が、飛び立ったのはモスクワだ。そのモスクワもたんなる中継地にすぎないとおもう。このまったく新しい蝶は極東の半島からシベリアの氷原を越えて渡ってきたんだ」

ロンドンの読み筋とピタリと符合している。やはり策源地は極東か。

「マイケル、僕の日本語の先生はオオムラというひとだった。そのオオムラ先生が教えてくれた美しい日本の詩があるんだ。

百万ドル（約八億一千万円）以上分の偽ドル札――。北朝鮮による米百ドル紙幣偽造問題をめぐり、米国内への持ち込みを狙った犯罪組織の手口や米捜査当局による摘発の経緯が明らかになった。

韓国の情報機関、国家情報院の金昇圭（キム・スンギュ）院長が二十八日の国会情報委員会非公開会合に提出した報告書に盛り込まれていた。

北朝鮮の偽札700万ドル超

おもちゃ箱に隠し密輸

aug 30/06 日経

韓国情報機関 米の摘発経緯を報告

た報告書によると、米捜査当局は一九九九年十一月から二〇〇五年八月にかけてアジア系犯罪組織の偽札・麻薬・偽たばこを「ロイヤル・チャーム」「スモーキング・ドラゴン」といった作戦名で捜査した。

秘密要員が偽ドル札を調達するふりをして、犯

触。七百万ドル以上の北朝鮮製の米偽札をおもちゃ箱や織物などに隠し、船舶コンテナで米国に運び込もうとした容疑で摘発、起訴した。

米国で進行中の裁判で中国系米国人チャオ・トウンウ容疑者は偽造米百ドル紙幣「スーパーノート」の密搬入の容疑を認め、

れた」と証言したという。

報告書は「米政府は北朝鮮の偽札製造・流通の証拠をつかんだと明らかにしている」と指摘。こうした経緯も、「金融制裁」実施や六カ国協議の枠外での米朝対話拒否といった米国の厳しい対北朝鮮政策の根拠の一つになっているようだ。

（ソウル＝峯岸博）

狙う（東…の三菱東…本店）

…の販売などリテール（小口金融）やM&A（企業の合併・買収）の仲介業務など手数料ビジネスを今後の成長分野と位置づけ、銀行と証券の融合を急いでいる。

三菱UFJフィナンシャル・グループは株式交換を実施し、三菱UFJ証券の一〇〇％の株式を

…るなど銀行・証券の連携を進めている。銀行と証券会社が収益目標を共有し、意思決定のスピードを速めることで、顧客サービスの一段の向上を目指す。こうした取り組みにより、四千万口座に及ぶ三菱東京UFJ銀行の顧客基盤を生かしやすくなるという。

三菱UFJグループは公的資金を返済するため、預金保険機構などか

変額年金、まだまだ成長

○…「変額年金保険は日本の個人金融資産の三―四％程度を占めるようになる」と予言するのはハートフォード生命保険のグレゴリー・ボイコ社長（54）。約千五百兆円の金融資産に対し、変額年金の市場規模は現在一％未満の十兆円余。これが二〇一〇年までに五十兆円規模に成長するとみる。

○…株式投信で運用することが多い変額年金は、株価が伸び悩む現状では魅力薄との声もある。これに対して「変額年金は株価が下降していた〇〇年以降にむしろ伸びてきた」と反論。米国での市場規模が一兆ドルに達していることも挙げて「まだまだ成長の余地がある」と強気だ。

旧長銀・旧日債銀の保有株

…井に…

…ら銀行）から買い取った…

てふてふが一匹韃靼《だったん》海峡を渡つて行つた。


なかなかいいだろう。現代日本語では、蝶々は『ちょうちょう』と発音するが、歴史的仮名遣いでは『てふてふ』という仮名をあてる。この詩ではむろんこの雅語が使われている」

「HAIKUというやつなのか」

「いや、安西冬衛という詩人の近代詩なんだ。韃靼海峡とはシベリアとサハリン島を分けている荒涼たる海だ。その灰色の海峡を蝶々がたった一匹渡っていく――。研ぎ澄まされた詩人の感性しかとらえることができない光景だろう」

「実は、こんどのモスクワ―ダブリン・ルートは傍流だと俺は見ている。本流はその韃靼海峡方面だな」

「マイケル、モスクワが中継地だってことは承知している。だが、かなり重要な中継ぎ場所だと思わないか。モスクワに飛んでみようとおもっているんだ」

「君がロシアにいくなら、俺のところのエージェントに側面支援をさせてもいい。なかなかできる男がいる。それに口も堅い」

「ぜひ、頼みたいな。こちらからも何か土産を持っていこうか」

「いや、奴には情報は一切要らない。それより、この蝶々の出現を日本政府が知っているのかどうか。政権内部の情勢をうちのボスが知りたがっている。内閣の中枢、外務省の高官それに公安当局にあたってくれるとありがたいんだが。できれば、今週中にボスに反応を知らせてやりたい」

「マイケル、そのボスっていうのはどんなひとなんだい。オクラホマの牡牛を自在に操って乗りこなすんだから、かなりの凄腕なんだろうな」

「名前は、オリアナ・ファルコーネ、そう、イタリア系だ。主任捜査官として特捜事件を束ねている」

「たしか、コロンビアだったな、彼女の名がその筋で知られるようになったのは」

「うん、コロンビアで大暴れし、勇名を馳せたんだ。ドル偽造の一大拠点だったコロンビアの山中に乗り込んで現場を次々に摘発していった」

コリンズは、ボスの話をするのが嬉しくて仕方がないらしい。

「スティーブン、君にも見せてやりたかったぜ。オリアナの捜査指揮は水際だっていた。息の根をすっかり止められたマフィアは恨みをはらんでオリアナを『狐の女王』と呼ぶようになった。洞窟のなかにあった偽札工場に踏み込むまで、奴らにまったく気取らせなかったからさ」

ふだんは間延びしてスティーブンをいらいらさせるコリンズの南部訛も、ことボスの話になるとピッチがどんどんあがっていく。

「マフィアが報復に出たというのは、そのときの話なのか」

「ほんとうは何でも調べあげているんだろう。まあいいさ、話してやる。コロンビア・マフィアはスナイパーをワシントンに放った。妹がやられた。オリアナが学資を出して大学に通わせていたんだが、ジョージタウン大学のキャンパスで狙撃された。右の太ももに重傷を負って、いまも冬になると傷跡が痛むらしい」

この事件がきっかけとなって、シークレット・サービスの名簿からはすべての捜査官の住所が抹消されたのだった。オリアナは、ニューヨークに住む両親をセキュリティーの行き届いたアッパー・タウンに無理やり転居させたという。

「マイケル、君みたいにひとに使われるのが嫌いな人間が、このボスだけにはよく仕えているそうだな」

「そのとおりさ。俺たちだって身体を張っているんだ。心を許したボスにしか、大切な情報は託さない。オリアナは、どんなてごわい相手にも後ろ姿を決して見せないし、事件が政治の乱気流に巻き込まれても節を曲げたことがない。獲物を仕留めることしか頭にない、そんなひとだよ、オリアナは」

「こんどのモスクワ行きの件を君からボスに話して協力を頼んでくれないか」

コリンズは快く引き受けてくれた。

リクルーター

コーパス・クリスティーとクライスト。二つのカレッジは、永遠のライバルだった。みごとな薔薇が咲き競うイングリッシュ・ガーデンが緩衝地帯を形づくって両者を隔てている。十七世紀の昔、この庭はコーパスの領土だった。だが、クライストの学長が宿敵コーパスの学長にカードで勝負を挑み、戦利品としてせしめてしまった。以来、クライスト側は、境界に石塀を造って扉に頑丈な鍵を施し、もう一つの鍵をコーパスの学長に渡した。

マイケル・コリンズは、学長室前の鍵箱にぶらさがっていた「コーパスの鍵」を失敬し、秘密の抜け穴として講義に通う近道にしていた。

「ちょっと君、待ちたまえ。上着に忍ばせているのは『コーパスの鍵』だな」

「どうしてお分かりですか。あとでちゃんと学長にお返ししますよ」

「君はたしか植民地から来た者だったな」

「どうして、そんなことまでご存知なんですか」

「まあ、どうでもいい。国際法の演習が済んだら、リンカーンの百十番の部屋まで来たまえ。うまいモルトが入った紅茶をご馳走するよ」

ぼさぼさの白髪とずり落ちそうなトンボ眼鏡。真っ赤なマフラーを首に巻いて、うつむきかげんにキャンパスを横切っていく、この風変わりな人物こそ、リンカーン・カレッジのデーヴィド・ブラックウィル教授だった。ギリシャ正教の泰斗にして、英国秘密情報部が誇る伝説のリクルーターだ。キャンパスを往き交う学生たちをじっと見つめて、その面構えから情報部員の素質を感じ取ってしまう。こうした教授の直感にはヴォクソールの首脳も絶対の信を置いていた。

そのブラックウィル教授がほれ込んだのがコリンズだった。この眠たそうな瞳の奥にインテリジェンス・オフィサーとしての天稟が眠っている——。教授は立ち上がって、フォートナム・メースンの紅茶をティーポットに入れ熱いお湯を注いでくれた。そしてギリシャ語の革表紙が並ぶ本棚に置かれたグレンモーレンジの十八年ものを取りあげてなみなみと注いだ。バーボンしか飲まないコリンズにさえ、とっておきのスコッチを惜しげもなくふるまってくれたことがわかる。

「君がこの大英帝国に生を享けておればなあ」。これが教授の繰言となった。イギリスへの帰化を熱心に勧められたが、コリンズは結局イェール大学に去っている。

コリンズが帰国間際に教授のもとに連れていったのがスティーブンだった。教授は、名門に生まれながら英国風の権威に染まらないこの若者をたちまちわが息子のようにいつくしんだ。「十年に一度の逸材」としてヴォクソールに推挙した。だが、この麒麟児の採用をめぐっては情報当局の内部で悶着がもちあがったのだった。

スティーブンが暗い部屋に通され、面接官のひとりが厳かに宣告した。

「国家機密に関する法律に基づいて、これからのやり取りの一切を口外することは厳に禁じられている。いいかね。この面談があったこと、そのものもだ」

別の面接官は、テーブルにある小さな引出しを顎で指して言った。

「一枚の紙が入っているはずだ。取り出して黙読したまえ」

未来の同僚に口頭で質問すらしようとしない傲慢極まりない対応は、若き日のスティーブンの反骨精神をひりひりと刺激した。さらに火に油を注いだのは質問の内容だった。

「わが英国政府は、チリのピノチェト政権へいかに対応すべきか――」

スティーブンは、独裁体制への肩入れが英国の威信をいかに傷つけているか、英国の政権内に蠢《うごめ》く親ピノチェト派を完膚なきまでに攻撃した。背後で策動していたのは眼前の二人の面接官だった。彼らのこめかみが小刻みに震え、スティーブンは心の中で快哉を叫んだのだった。

「我が情報部始まって以来の人材かもしれない」と採用を主張するブラックウィル教授。これに対して「かかる反抗分子を抱えこめば、キム・フィルビー事件の再来を招く」と頑強に反対する上層部。両者は一歩も譲らず、内閣の情報担当官が間に入ってようやく妥協が成立した。

「BBCに預けることとする。特命事項で使うもよし、そのままスリーパーとするもよし」

かくしてスティーブンは部内では祝福されないままインテリジェンス界の非嫡出子となった。

極東の地に赴くことになった反抗児は、母校に恩師を訪ねた。師弟はテムズのほとりを並んで歩いた。川面をゆくカレッジのボートに、教授は右手を挙げて激励する。操舵手が教授だと気づいて敬意をしめすエールを返してくる。

「先生、われわれはインテリジェンスという言葉を、情報や諜報という意味でいともたやすく使っていますが、ほんとうは何を意味するのでしょうか」

教授は、最後の口頭試問に臨んだ学生に教え諭すように応じた。

「実に君らしい質問だ。研修所では教官には尋ねようとしなかったと見えるな。賢明だ」

視線をテムズの流れに戻していった。

「大文字で始まるインテリジェンス、これは知の神を意味することは知っているね。神のごとき視座とでもいおうか。さかしらな人間の知恵を離れ、神のような高みにまで飛翔し、人間界を見下ろして事態の本質をとらまえる。これがインテリジェンス・サービス、そう、情報士官を志した者の目指すものだ。いいかね、スティーブン」

川面を渡る風に髪が逆立ち、夕陽に照らしだされたその表情は、歴戦のインテリジェンス・オフィサーのそれだった。

「あの河原の石ころを見たまえ。いくつ拾い集めたところで石ころは石ころにすぎん。だが、心眼を備えたインテリジェンス・オフィサーがひがな一日眺めていると、やがて石ころは異なる表情をみせ始める。そう、そのいくつかに特別な意味が宿っていることに気づく。そうした石だけをつなぎ合わせてみれば、アルファベットのXにも読み取れ、サンスクリット語の王にも読み取れ、漢字の大の字にも見えてくる。知性によって彫琢しぬいた情報。それこそ、われわれがインテリジェンスと呼ぶものの本質だ」

雑多な情報のなかからインテリジェンスを選り分けて、国家の舵を握る者に提示してみせる――これこそが情報士官の責務だ。活きのいいインテリジェンスを受け取った本国の情報分析官は、他のさまざまな情報とつきあわせて、事態の全体像を精緻に描き出し、政治指導部に供する。こうしてインテリジェンスは初めて国際政治の有力な武器たりえるのである。

「先の大戦こそ、我が情報部が栄光の頂に立った一瞬だった。だが、君らに言い伝えるべき戦訓など数えるほどしかない。情報活動とは、錯誤の葬列なのだ、スティーブン。でも、誰かが担わなければならない責務なんだ」

「冷たい戦争を戦った英国秘密情報部が語り継ぐべき戦果はあったのでしょうか」

クレムリンのモグラに組織の奥深くを蝕まれていた冷戦期の英国秘密情報部。スティーブンはその内情を尋ねてみたい衝動を抑えられなかった。

「無念だが、君に語り継ぐに値するものはまことにすくない」

ブラックウィル教授はテムズの川面に目を向けたまま言った。

「フォークランド紛争は、ことインテリジェンスのいくさでは完敗だった。機会があれば西アイルランドの崖の上に隠棲したロイヤル・ネイビーの情報士官を訪ねてみるといい。当時、彼はブエノスアイレスの駐在武官だった。アルゼンチンがフォークランドに侵攻の機会を窺っている事実を公電で本国に警告し続けた。だが、誰ひとり真剣に耳を傾けようとはしなかった。優れた情報は凡庸なものたちの常識を超えるからだ。彼は火のような怒りを抱いて職を辞した。情報が無視されたからではない。彼のブエノスアイレス電を後に記録から抹殺しようとしたからだ」

教授はやがて穏やかな表情を取り戻し、極東の情報戦線に旅立とうとしている弟子をみた。

「核の時代にあって究めるべきはキューバ危機の戦訓だ。わが情報部は、あの戦いで見るべき働きが出来なかった。キム・フィルビー事件で裏切りの烈風にさらされていたからだ。一方、アメリカの情報当局は実に優れた仕事をした。キューバに戦略核ミサイルが持ちこまれる予兆を累次にわたって摑み、上空からの偵察飛行でついに動かぬ証拠をつかんでいる」

教授は興奮を抑えるように大きく息をついた。

「当時、アメリカの四軍はキューバ撃つべしの強硬論一色だった。こうした情勢では、情報組織というものは、軍部の強硬論を裏書きするインテリジェンスばかりを選んで、政治指導部に提供しがちだ。だが、アメリカの情報当局は、キューバに進駐したソ連のミサイル部隊が核弾頭をすでに装着したのか、いまだ確認できずといい続けた。それは勇気のいることだった。空軍のトップ、カーチス・ルメイ将軍は、核弾頭の有無にかかわらず即時空爆を主張した。だが、考えても見たまえ。もしソ連が核弾頭を装着していれば、アメリカの先制攻撃は核の報復を招いたかもしれんのだ、スティーブン」

教授は、弟子を極東の地に送ることをさびしく思っているのか、視線をテムズの彼方の森にむけたままもう言葉を発しようとはしなかった。

文武両道

内閣官房副長官の高遠希恵《たかとおきえ》は、執務机のうえに置かれた二つの器に柿のタネとピーナッツを選り分けながら、公電の綴りに眼を通していた。ふだんは柿のタネしか口にしないのだが、論点がぼやけて冗長なくだりにぶつかると、おもわず嫌いなピーナッツに手をのばしてしまう癖がある。

きょうの高遠は、フランス風の小粋な印象をあたえるロシャスのスーツを着ている。上質な麻とカシミア素材が深い青に光沢を与え、肩やウエストのラインが柔らかい。

総理大臣官邸の五階には、総理大臣執務室をとり囲むように五つの官房副長官室が連なっている。そのひとつが総理や官房長官を補佐して、内閣の外交・安全保障政策を総攬《そうらん》している高遠希恵副長官の執務室である。

「ＢＢＣのブラッドレーさんがおみえです」

副長官付きの秘書官が窺うように声をかけてきた。

高遠希恵は立ち上がって、窓際に置かれた革張りの接客用ソファーにスティーブンを迎えた。

「ブラッドレーさん、いつもながら見事な仕立ての背広をお召しですこと。やはりロンドンのご実家からのお取り寄せかしら」

「高遠さんですから正直に申しあげます。実はサビル・ローのフェイク、つまり偽物なんです。父の代までは、確かにサビル・ローで仕立てておりました。が、私の代になってジャーナリストに身を落とし、それもかなわなくなりました。たまたまそのテーラーがブエノスアイレスに駆け落ちをしましたので、いまはその仕立て屋に作らせています。安くて、実に着心地がいい。それに、どこか世の中を偽っているようで、ぞくぞくします」

「背広ぐらいはよしとしても、日本の女性を欺くのはよしてほしいわ。スティーブン、きょうは日本語、それとも、英語にする」

「僕は高遠さんの低いトーンの英語がとても気に入っているんです」

「あら、ありがとう。それで」

高遠希恵は、すらりとした両脚を斜めにそろえてソファーに腰掛けた。七センチヒールのマノロ・ブラニクを履いている。スカートのうえにかるく組んで置かれた指先が華奢で美しい。きれいに磨かれた爪がわずかな光を放っている。

高遠希恵は霞が関官僚の頂点に立つ外交担当の官房副長官でありながら、さっぱりとした人柄で官邸の内外に多くの高遠ファンを持っていた。公電《こうでん》の筆を執っては流麗な文体で知られ、「電報文学の芥川賞作家」と部下から畏怖され、書類をさばく手並みは霞が関に鳴り響いている。酒もめっぽう強く、若手の部下を引き連れて明け方まで痛飲しても、早朝から平然と登庁して書類をさばく。確かにいまも机の上の書類箱は空っぽだった。

喧嘩上手でもある。しかも、その喧嘩作法はいかにも高遠らしい。感情にまかせて戦端を開くようなことはしない。相手の弱点をあらかじめ洗い出して周到に理論武装し、敵の肺腑《はいふ》を一撃するが、矛を収めるタイミングも心得て深傷《ふかで》は負わせない。

文武両道のひとなのである。このため、乞われて官房副長官補からそのまま副長官として官邸に居つづけている。

「ＢＢＣに『パノラマ』というドキュメンタリーの番組があるのをご存知ですか」

「ええ、ロンドン時代によく見ていたわ」

「その『パノラマ』の取材チームが面白いネタを引っかけてきたんです。アイルランドにケビン・ファラガーという札付きがいます。その筋の協力も得ながらマークしていたんですが、モスクワから面白いブツを持ち帰ったようなんです。ご存知ですか」

「あら、ＢＢＣの番組を知っているかっていう調子で聞くのね、あなたは。そんなこと、わたしの立場で『ええ』なんて答えられると思う」

「ぼくたちジャーナリストの世界では『答えられない』というのは『知っている』と同義語なんですよ」

「あら、そう。わたしたちが『知っている』というのは、公電ベースで相手国から通知があった場合にいうことが多いのよ。その意味では『知らない』とお答えすべきね」

　高遠希恵は、若くして大蔵省の主計局に出向し、ジュネーブの国連代表部では、コメの開放にむけた水面下の交渉も担っていた。このジュネーブ時代に、日銀からバーゼルの国際決済銀行に出向していた日銀の通貨マフィアが高遠ファンになった。きっかけは「カラーコピー機論争」だった。

「これほど精巧な日本製の複写機を放置しておけば、ドイツ・マルク紙幣など簡単に偽造されてしまう」

　バーゼルで開かれた中央銀行の発券局長専門家会議で、ドイツ連銀からキヤノンが開発した新鋭コピー機に強硬な申し入れがあった。これを受けて会議では、今後コピー機には記憶装置とシリアル・ナンバーをいれることが取り決められた。日本政府を代表して出席したこの通貨マフィアは頑強に抵抗した。

「民間企業に記憶装置を取りつけるよう強要することなどできるわけがない。記憶装置を押さえれば、どんな書類が複写されたのか、重要な企業秘密が筒抜けになってしまう」

だが、ヨーロッパ勢は、紙幣の偽造防止を優先させ、日本の反対を押し切ってしまった。

法改正なしに日本のコピー機メーカーに、この決定を受け入れてもらうのは、至難の業だった。この時、国内の説得に動いてくれたのが高遠希恵だった。情報の保護にも配慮しながら、記憶装置を取り付けさせるという国内調整をあっという間にやってのけた。それは快刀乱麻のさばきぶりだった。

「官僚の能力のひとつは調整力にありますが、高遠さんは舌を巻くほどの凄腕でした。あのとき作った借りは到底返せるものじゃない。彼女のためなら何だってさせてもらうつもりです」

日銀の国際派は、高遠の有力な情報源になっていった。通貨や為替取り引きを巡る極秘交渉は、どの国でも一握りの官僚が取り仕切っている。彼らに太いパイプを持たなければ真相はなにひとつ摑めないといっていい。

高遠希恵は、こうした通貨マフィアの地下水脈を通じて、ファラガー摘発のインテリジェンスを得ているのだろう——。

「実はファラガーの持ち帰った紙幣はかなりの出来だそうです。ロンドンの同僚がその出所を知りたがっています。ヒントだけでも知らせてやれば、僕の義理は果たせるんですが」

「ロンドンのBBCが東京の特派員に連絡してきたのは、それなりの理由があるってわけね。さすが『パノラマ』の取材力というべきかしら」

「高遠さんのようなひとを、日本語のオオムラ先生は、『竹を割ったような』と表現すると教えてくれました。ヒントだけいただければ、お忙しいでしょうからおいとまします」

「その竹を割ったようなという言い方は、男らしいという暗喩よ。いまのご時世ではポリティカリー・インコレクトだわ、スティーブン。放送で口にしたら、さしずめオタワあたりに飛ばされるわよ。あそこは三時間ほど滞在するにはいいところだけれど、住むには死ぬほど退屈よ」

「ご親切にありがとうございます」と礼を述べたスティーブンに、高遠はひとりの男の名前を口にした。

「あなた、瀧澤勲《たきざわいさお》アジア大洋州局長のことは知っているわね。いちど会ってみるといいわ。銀座にアングロファイルという仕立て屋があるのよ、英国びいきという意味の。瀧澤局長は、そのアングロファイルなのよ。あなたほどの聞き上手ならいい話を引き出せるんじゃないかしら」

「瀧澤アジア大洋州局長ですか。つまり策源地はアジアということになりますね。いや、お答えは結構です。高遠さんの用語法でいう『お答えできない』という顔をしていらっしゃいます。ありがとうございました。きょうは失礼します」

「あなたのような人を日本語で『手練《てだ》れ』っていうんだわ」

高遠希恵は、こういってスティーブンをからかったのだが、こんなときほどシリアスな眼をしてみせる。

「ところで、スティーブン。あなた、篠笛《しのぶえ》のお稽古してるんですって。なか里の女将からきいたわ」

「ええ、福原流です。槙原麻子《まきはらあさこ》先生に習っています。もう二年半になるんですが、低音部でなかなかいい音が出せなくて、いつも叱られています」

「あら、あんなに若くてきれいなお師匠さんになら、いくら叱られても悪い気はしないでしょう」

高遠は、こんどはいたずらっぽい眼でスティーブンを見つめた。

「わたしも鼓のお稽古をしているのよ。この季節は澄んだいい音色がでるのよ。ねぇ、こんどご一緒しましょう。場所はなか里でどうかしら。スティーブンならきっと学割にしてくれるわ。加津代姐さんにも声をかけて。新橋のお座敷ってしっとりしていていいでしょう」

「京言葉でははんなりというのでしょうか。ゆったりと落ち着いた時間が流れていて僕はとても気にいっています。近くモスクワに出張しますが、帰りましたら、かならず連絡させていただきます」

英国外交の中枢であるホワイトホールにもこれほどの人材はそう多くはいまい。高遠が核心部分で表情を読ませなかったことに、スティーブンは密かに感銘を受けていた。高遠の秘書官たちが、柿ピーを彼女の気分を推し量る唯一のリトマス試験紙にしているのも肯ける。

「僕は高遠さんのような厳しい上司にはとてもお仕えできそうにありませんね」

スティーブンはこう水を向けてみた。

「あら、あなたは要領がよさそうだから大丈夫。私が死ぬほど嫌いなものはふたつだけよ。だらだらしたブリーフィングと国会答弁の下打ち合わせ。こうみえても、ポイントをつかめずに右往左往している部下を叱ったことはないわ。でも、自分がリスクをとりたくないばかりに、冗長に流れるふやけた答弁を書こうとする役人は許せません」

「でも、むしろそんな答弁の下書きのほうがずっと多いのではありませんか。そんなときはどうやってストレスを解消するんですか」

「そうね、そんな日は、部屋のみんなを引き連れて呑みに出かけることにしているの。でも仕事の話はしないわ。もっぱら人生相談。誰でもいろいろと悩みを抱えているものよ」

「僕の相談にものっていただけますか。料理嫌いで低血圧のイギリス女と結婚しろと国の母から迫られて、こう見えてもなにかと悩みが多いんです」

「いつでも連絡してらっしゃい。きのうの晩もね、部下の女性と呑んだのだけれど、姑、分かるわね、旦那の母親が女子プロレス狂いで、家から金を持ち出しては全国を追っかけてまわっているらしいの。しかも近所の男友達とね」

「宝塚歌劇の女子プロレス版ってわけですね。暴徒化しがちなサッカー・ファンをイギリスではフーリガンっていうんですが、おばさんフーリガンの追っかけか、日本らしくていい話だなぁ」

スティーブンは、来月の「特派員報告」のネタにでもしようと思っているのか、熱心にメモを取って部屋を出て行った。

高遠希恵は、深夜まで痛飲しても心が晴れないときは、朝一番に、南麻布のヘア・サロン『スタジオV』に寄って、お気に入りのスタイリストのマリオにシャンプーをしてもらう。温かい湯が髪をゆっくりと濡らし、マリオの指がリズミカルに動き始めると、高遠の全身からすっと力がぬけていく。高遠が唯一無防備になれる瞬間だ。きめ細かく泡立ったシャンプーからラベンダーとローズマリーの香りが立ちのぼってくる。「アロマの魔術師」を自称するマリオが、高遠のために独自にブレンドしたものだった。

「マリオ、もう信じられないわ。今朝起きたら、キッチンのテーブルに女の子がいたのよ。息子の、航介の新しいガールフレンドらしいんだけど、堂々と座っているの。おはようございます、ですって」

「もう大学生なんですから、まあ、それくらいは仕方がないでしょう」

マリオは中指で円を描きながら、高遠のこめかみを軽くマッサージしている。

「それは我慢するとしても、航介、いそいそハムエッグまで作ってやってるのよ。別れた建築家の夫もやたらと女に優しい人だったから、その血を引いているのかもしれないわ」

「優しくなければ、いまの男の子は女性に相手にしてもらえませんから。それで、そのガールフレンドはどんな子でしたか」

高遠はフンと軽く鼻を鳴らした。

「航介は、これまた別れた夫に似て、面食いなのよ。顔はまあまあ可愛いわね。でもね、その子、ヒップ・ホップのボーカルやってるんですって。私、あのメロディーがあるんだかないんだか、だらだらせりふばかり言ってるような音楽だけは何がいいのか、わからないわ。航介の車に乗ると、彼女の曲しかかけないんだから」

「ヒップ・ホップにもいいメロディーの曲はありますよ。今度、店でもかけてみましょう」

「あらそうなの。でもね、その子の、服装の趣味が信じられないの。ものすごいローライズのジーンズで、腰骨が見えそう。ともかく目つきといい、態度といい、とっても挑発的」

「まあ、それがヒップ・ホップってものでしょう」

「航介、どうしてあんな子がいいのかしら」

シャンプー台から起き上がり、マリオに髪をブロウしてもらうと、高遠はなぜか気分がさっぱりする。これは一種のサイコセラピーなのかもしれない。

午前九時十五分。高遠官房副長官は、いつもの落ち着いた物腰で秘書官たちと朝の挨拶をかわして執務室に入っていった。

K・T

「あなた、瀧澤勲アジア大洋州局長に、いちど会ってみるといいわ。いい話を引き出せるんじゃないかしら」――。

高遠希恵は、なぜ自分にこう語りかけたのだろうか。イギリスの情報当局が監視下に置くテロ組織の黒幕、ケビン・ファラガーを巡るやりとりのさなかに、現職のアジア大洋州局長を名指ししたのだった。高遠ほどの外交官が、ちょっとした好意から口を滑らすことなどありえまい。

「ウルトラ・ダラー出現」の情報は、日本政府にはまだ公式には伝えられていないという。だが、高遠は、すでにインテリジェンスをいずこからか入手していた。高遠は、アジア地域を受け持つ瀧澤局長の名をはっきりとあげたのだ。「新種の蝶の出現」を瀧澤局長も知っているのかどうかに関心を寄せているのだろう。自分を介してそれを探ろうとしているのかもしれない。スティーブンは、とにかく瀧澤勲に会ってみよう、と思った。

面会を申し入れると、瀧澤は驚くほどあっさりと日程を調整してくれた。高遠がいうように本当にアングロファイル、イギリスびいきなのかもしれない。アジア大洋州局の会議の時間を動かし、ランチに招待までしてくれた。

　ニッポンの洋食にご案内したく思います。戦前のたたずまいをいまに伝える神田淡路町の界隈にある旨い洋食屋さんです。予約をして出かけるような店ではありません。昼時は混みあいますが、悪しからず。松栄亭の地図を添付します。

こんな手書きのファックスが送られてきた。

ランチ時の店内は、近所の商店主や勤め人でごった返すほどのにぎわいだった。客たちもよく心得ているのだろう。手短に食事を済ませると、待っている客にさっと席を譲って引きあげていく。瀧澤は約束の時間より前に現れてテーブル席を確保し、脇に置いてある金魚鉢のなかのコリドラス二匹に見入っていた。ゴルフ焼けした顔で、スティーブンに微笑みかけてきた。その涼やかな眼がじつにいい。髪をみじかくカットし、グレーのピン・ストライプの背広をさりげなく着こなしている。ライトブルーのクレリックのワイシャツにダンヒルのネクタイをすっきりと締めていた。

「日本の夏には背広はむかない。上着なしでいきましょうや」

「人前で上着をとるのは、ズボンを脱ぐようなもの、という人までイギリスにはいるんですよ」

と笑いながら、スティーブンは、早々と上着を椅子にかけた。

「ＢＢＣの『シネマ紀行』、時々聴いていますよ。お会いする機会を楽しみにしていたんだ。小津安二郎を取りあげたシリーズはよかったなぁ。原節子の話し言葉に触れていたくだり、あれには思わず膝を打った」

瀧澤は、初対面の堅苦しさなど微塵もうかがわせず、楽しそうにしゃべりながらお勧めの品を紹介した。

「あなたには、はなしのタネに洋風カキアゲはどうでしょう。夏目漱石の大好物でした。八百五十円と値はちょっと張るが、これがいけるんです。豚肉の細切れと玉ねぎの荒みじん切りを衣でこんがりとあげてあります。ウスターソースをたっぷりかけるとご飯が何杯でも食べられます。やわらかく煮込んだロールキャベツもお勧めです。僕は福神漬けがついたオムライスをいつもかならず注文します」

店の主人から「きょうは何にしましょうか」と瀧澤に声がかかった。常連なのだろう。だが、そんな馴れた素振りはすこしもうかがわせなかった。

「それでは、僕はおすすめの洋風カキアゲにします。ロンドンにこんなおいしい洋食があれば、文豪もあんなに落ちこまずに済んだかもしれませんね」

瀧澤が豪快に笑うと、客たちが一斉に眼を向けた。

「さっきの原節子の話ですが、僕のように大阪の、それもちょっと品のよくないところに育った人間は、気品に満ちた日本語にはやっぱり憧れてしまうなぁ。ああいう微妙なニュアンスまで汲みとってしまうんだから、やっぱりイギリスの人だな。そういうとまたアングロファイルだと笑われるかもしれないけれど」

「僕は鎌倉のオオムラ学校というところで日本語を教わったんです。オオムラ先生が、原節子さんの大ファンで、近くにお住まいだったこともあって、教材によく小津作品のビデオを使っていました。それで僕もたちまちファンになったというわけです。僕は幼すぎてはっきりとした記憶はないのですが、両親と一緒に四十年ほど前に日本に住んでいたことがあります。あの頃、日本の女のひとは皆あんな話し方をしていたのでしょうか」

「僕は大阪だからわからないなあ。でも、戦後まもなく外国に嫁いで、美しい日本語を当時のままに話している女性と海外で会って、はっとさせられた経験はありますよ」

「そういう古風で美しい母国語が国の外で残っている現象を『言語の孤島』と言い表すことがあります。日々移りゆく現代語の洪水をまぬがれた、言葉の離れ小島ということでしょう」

スティーブンは、途中から英語に切りかえ、瀧澤も英語でロンドン時代の話を懐かしそうに披露した。

「あなたの国がうらやましいのは、外交・安全保障を議論する成熟した場がちゃんとあることだな。チャタム・ハウスにはよく出かけました。誰もが忌憚《きたん》なく意見を述べあうが、メディアに流れるわけでも、論文に引用されるわけでもない。機密はちゃんと守られる。ああいう論議を通じて国家戦略の礎が知らず知らずに築かれていくのでしょうね」

「僕たちにはイギリスの欠点も目につくのですが、よき伝統は素直に認めるべきなのかもしれません。日本でだって、互いの信頼の絆さえあれば、率直に意見を交わすことは出来るはずですよ。現に、瀧澤さんとは、もうこうしてなんでも話しあっています」

ここが潮時だ――スティーブンは、直截に質問をぶつけてみた。

「じつはダブリンでかなり精巧な偽の百ドル札が見つかりました。ＢＢＣの『パノラマ』の取材チームが疑惑の人物を追っています。ＩＲＡ武闘派の後ろ盾といわれるケビン・ファラガーです。奴はモスクワからその偽札を持ち帰ったのですが、モスクワも中継地に過ぎないと僕らは見ています」

「君はアジア大洋州局長としての僕に質問しているわけだね」

洋風カキアゲとロールキャベツに続いて、オムライスがふたつ運ばれてきた。瀧澤は、こんがりと焼きあがった卵焼きのうえにかかっている真っ赤なケチャップ・ソースにスティーブンの視線を誘った。それは奇しくも朝鮮半島のかたちに広がっていた。瀧澤は黙ってそこにフォークを突き刺してみせた。

スティーブンのヘーゼル色の瞳がかすかな光を放った。

「瀧澤さんが、先週、ソウルでお会いになった外交通商省の次官補は、何か話していましたか」

瀧澤勲の表情は、アングロファイルのそれから、冷徹な外交官のそれに戻っていた。

「じつはソウルではその次官補の仲介で脱北者のひとりに会いましてね。それもかなりハイレベルの高官だった人物です。スティーブン、いくら僕がアングロファイルでも、これ以上しゃべって次官補に迷惑をかけるわけにはいかない」

初戦はここらが引きぎわだろう――。

「瀧澤さん、こんどは私に招待させてください」

スティーブンは鄭重に礼を述べてランチの席を後にした。

この快活きわまりない外交官は、再会を快く約束してくれた。

瀧澤との会談は、ワシントンのオリアナ・ファルコーネ・チームに貴重なインテリジェンスをもたらすこととなった。

　スティーブンはコリンズに電話を入れて、約束を果たしたことを告げた。

「君から頼まれた件だが、こちらでもウラがとれた。ウルトラ・ダラーを刷っているのが北朝鮮であることを、複数の日本政府高官が認めたんだ。北朝鮮からの亡命者が新しいタイプの百ドル札を刷っている事実を韓国当局に告白した。日本のアジア大洋州局長もソウルでこの脱北者に面談して確認している。北朝鮮ではかなりの高官だったらしい。信頼していいと思う」

「スティーブン、それにしてもそのアジア大洋州局長は、付き合いの浅い君にどうしてこれほどのインテリジェンスを明かしたのだろう。君がいくらひとをたらしこむ天才だとしてもね」

「ひどく度胸のすわった役人というのが時々いるだろう。瀧澤局長もそんなタイプだよ」

　スティーブンは、こういいながらも、自分の説明に納得していなかった。貴重な情報をこちらに放ってよこし、反応を探っているんだろう。

「瀧澤局長からは当面眼を離せない。来週、北京に出張するといっていた。中国外交部との定期協議らしいが、北京にいるシークレット・サービスの要員にもマークさせたほうがいい。かなりの玉だぜ」

　ワシントンからの指令で監視網が敷かれるなか、瀧澤勲アジア大洋州局長は、北京の国際倶楽部飯店に投宿した。

「今回は北朝鮮の政府関係者に会う予定はない」と、北京の日本人プレスには言いきっていた。だが、三日間の日程にただ一ヶ所あった空白の時間を利用して、中国側の迎賓館、釣魚台にひとり姿を消した。北朝鮮の高官とひそかに接触したのである。

「精巧な偽札が北朝鮮国内で製造されている疑いがきわめて濃い。かかる偽造行為に対する国際社会の重大な懸念を真剣に受け止められたい」

日本政府の訓令に従って、瀧澤アジア大洋州局長は厳しい調子の申し入れを行った。

北朝鮮への抗議に動いたのは、官邸では高遠副長官、外務省では瀧澤アジア大洋州局長だった。当初、外務省は申し入れに及び腰だった。偽造の確かな証拠がないまま抗議に動けば、北をいたずらに刺激するというのがその理由だった。

「わがアジア大洋州局は、北に弱腰だという印象を省の内外に与えてしまっている。このままでは、われわれのアジア外交は、世論の支持を失ってしまう」

瀧澤はこう主張してアジア大洋州局の慎重論をおさえきった。

高遠の議論はより尖鋭だった。

「外交は、公判を維持して有罪判決をとりつける検察官の仕事とは根本的に違います。証拠が出そろうのを待っていては、外交上の機を逃してしまう。拉致事件だって確かな証拠なんか、いまだにないでしょう」

外交当局は、北朝鮮へ抗議することには渋々同意したものの、申し入れをした事実を公表することには頑として応じなかった。高遠は、そうした姑息な姿勢が何より嫌いだった。

瀧澤は、歴代のアジア大洋州局長のなかにあっても、北朝鮮を刺激しないよう気をつかう慎重派とは一線を画した存在だった。

同時に、自民党の外交部会での瀧澤発言は、歴史問題への凜とした姿勢を示すものとしていまも与党内で語り草になっている。

「日中両国の間で、折に触れて論争の火種となる台湾問題と歴史問題について、私の思うところを率直に申しあげたいと思います」

瀧澤は居並ぶ与党政治家の前でこう切り出したという。

「まず、台湾問題では、日本の国益を優先させた堂々たる主張があってもよいと考えます。なにも中国政府の公式見解を鸚鵡返しにするようなことは、両国のために決してならないと私は考えます」

わが意を得たりと頷く強硬派の議員たちをまっすぐに見て、瀧澤は野太い声で続けた。

「他方、戦前の不幸な歴史については、日本は大筋では国際社会にとても開き直れる筋のものではありません。相手の横っ面をひっぱたいた当の本人が、殴った覚えはないとか、そこにいたほうが悪いなどと言い出せば、厄介な問題を引き起こすことは当然です。近年、日本国内では、韓国、中国、北朝鮮の圧力に屈して卑屈になるなといった議論が噴出しがちです。こうした感情論だけが先走って、決して繰り返してはならない過去の不幸な歴史を若い世代に伝えていく大切さを忘れてはなりません」

この発言に議員たちは騒然となり、保守派は瀧澤を更迭しろと息巻いた。朝食会で出された弁当に誰も手をつけないほどの紛糾を招いたのである。

こうしたなかにあって瀧澤は、アメリカの東アジア外交にも時に歯に衣着せぬ主張を貫き、その毅然とした姿勢が将来の有力次官候補として重みを増していった。

天王寺

瀧澤は大阪天王寺の舟橋町に生まれた。父親は地元の整体師だった。自宅を兼ねた診療所には中国からきた鍼灸《しんきゅう》師たちが頻繁に出入りしていた。彼らの多くが北朝鮮との国境に近い延辺出身の朝鮮族だった。大阪にいる在日のつてを頼って滞在ビザを手に入れたのだろう。地元の中学校へ進んでも、クラスには、在日の人々や中国人も多く、瀧澤は幼い頃から彼らを身近な存在として育ったのだった。

瀧澤は、天王寺高校から一橋大学に進み、三年生で外交官試験をパスしている。アメリカでの在外研修を終えて、南東アジア一課や法規課の事務官を歴任し、湾岸戦争時にはワシントンの日本大使館で政務班に属していた。このとき、ホワイトハウスの意中をもっとも正確につかんでいたのが、まだ参事官に過ぎなかった瀧澤だった。

「日本外交にタキザワあり」

こうした声がアメリカ側から挙がったのはこのときだった。

その後、北京の日本大使館の公使を経てボストンの総領事を務め、東アジアとアメリカに太い人脈を築きあげていった。

アジア大洋州局長となってはじめて臨んだ日朝交渉のときのことだった。双方ともに一歩も譲らぬ烈しい交渉を終えて、瀧澤は外務大臣に折衝の経緯を報告し、交渉に携った全員の名を挙げた。

「大臣、みんなの奮闘はなかなかのものでした。そのおかげで北との間に何とか突破口を見出すことができました」

アジア大洋州局長になって人物のスケールがひとまわり大きくなったといわれたのはこの頃からだった。霞が関でも永田町でも、瀧澤の評価は着実に上昇していった。


瀧澤が北京の協議から帰って十日ほどたったところで、スティーブンがかねて約束してあった夕食への招待を申し出た。こんども「喜んで」と直近の日程を返してくれた。

なか里の女将がふたつ返事で引き受けてくれた。

「あら、スティーブン、瀧澤さんがお客ならただでもいいわ。あの方がいらっしゃるとお座敷がぱっと明るくなるんです」

スティーブンは、欧州局長室でのインタビューの帰り、なか里への案内状を届けようとアジア大洋州局長の秘書のもとに立ち寄った。秘書が瀧澤に叱られていた。

「君、下田君をどうして帰してしまったの。彼は、ボストンでとてもよくやってくれた大切な部下なんだ。ひとこと、元気かと声をかけてやりたかった。君に落ち度がないことはよくわかっている。でも、相手がいくら遠慮しても決して帰しちゃだめだよ。こんどは頼んだよ」

福井県庁からボストンの総領事館に出向していたかつての部下が挨拶に寄ったのだが、「局長がお忙しいことは承知しておりますので」と名刺だけを置いて帰ってしまったらしい。そんなやりとりをスティーブンに見られて、瀧澤は照れくさそうだった。

「お客さんの前で部下に注意をする上司は失格だな。でもスティーブンだから許してもらえるかな」

　スティーブンはこの瀧澤という外交官の人柄を垣間見て、さらに親しみを覚えた。

　こんなやりとりがあった日、瀧澤は、珍しく夕食会をひとつこなしただけでまっすぐに松濤の自宅に帰った。いつもより二時間も早い十時前の帰宅だった。お手伝いが玄関に迎えに出て、書類鞄を受けとった。

「おかえりなさいませ」

「泰子は」

「お部屋でチャイナ・ペインティングをなさっています」

「帰ったと伝えてください」

　黒いTシャツを着た泰子が居間に姿をみせた。

「お食事はもう済ませていらしたんでしょう。私、あちらに居ますから」

　そういって自分の部屋に戻っていった。白い磁器の大皿に極細の筆でマイセン風のバラを描き続けた。泰子が描くバラの花びらは繊細で上品だが、どこか寂しげだった。

　瀧澤は、リビングルームの中央にあぐらをかいて座りこんでいた。背広の上着を投げ捨てネクタイを緩めて、お手伝いが淹れてくれたほうじ茶を飲みながら、ソファーに寄りかかってプロ野球ニュースの巨人・阪神戦に黙って見入った。

「惜しいところで負けよった」

　阪神がまたひとつ負けを増やしたのを確かめると、立ち上がってキッチンにいき、冷蔵庫からビールを取り出してひとりコップに注ぐのだった。グラスの表面にはうっすらと曇りが浮いていた。

そのグラスが収めてあったダイニングルームの食器棚には、磨きあげられたベネチアングラスや古伊万里の皿が並んでいる。リビングの広い壁には梅原龍三郎画伯のバラの絵が掛けられている。それらのすべては、泰子の父親が贈ってくれた品々だった。

在外勤務の際、瀧澤が自宅に要人を招いて存分に人脈を広げることができるようにという配慮だった。泰子は料理上手だったが、その見事な食器は、ディナーを一段と引きたてた。

「もういちど瀧澤邸に招かれたい」

客たちにそう言わせるほどの人気だった。

だが、泰子のさっぱりとした性格は、そんな里の威光をひけらかすこともなく、瀧澤には十分過ぎるほどの伴侶だった。

外交団のパーティーでは、泰子の訪問着姿はひときわあでやかだった。いつもは肩までおろしている黒髪を夜会巻きに結いあげたその立ち姿は眼を引いた。好奇心に満ちた瞳を輝かせて、会話に興じる泰子はパーティーの華だった。


三度目の在外勤務を終えて、本省の官房総務課に勤務していたときのことだった。その日、瀧澤は、恵比寿の公務員宿舎にいつもより早く帰宅した。泰子もこんな時間に帰ってくるとは思わなかったのだろう。泰子が二人の娘と狭い台所で話しこんでいるのを偶然耳にしてしまった。

「おじいちゃまが亡くなったら、あなたたちにはもう何もしてあげられないのよ。お父様には財力など何もないのだから。あなたたちは自分の力で生きていくしかないのよ」

泰子の言葉に悪気がないことはわかっていた。だが、瀧澤は全身が強張った。息を止め、物音をたてぬように玄関まで戻ると、しわがれた声で「ただいま」と言った。

泰子にとっても、夫は外交官としての階段をのぼりつめていくにつれて、遠い存在になっていった。

泰子が若き日の夫に初めてあったのは二十一歳のときだった。父親が理事長をつとめていた奨学財団の学生だった瀧澤は、お見合い相手だった医者や二世経営者とはまったく異なる情熱を内に秘めた若者だった。

この人となら面白い人生をともに歩めるかもしれない――。泰子は人生の伴侶となることにいささかの迷いも感じなかった。

だが、かつてきらきらと輝いて見えた伴侶はすでに幻影になり果てていた。もはや自分を外交官の妻という役割でしか見ていない。自分への関心が薄れていく様を泰子は日々苦い思いで確かめなければならなかった。

瀧澤はもうずっと以前から泰子と買い物にでかけようとしなくなっていた。欲しいものがあれば自分で見つけて買うだろう、と思っているのだ。泰子のもとに送られてきたアメックスのカードの請求書を誤って開けてしまったことがあった。アルマーニのスーツ、エステサロンの会費、シェ・イノの請求書。おびただしい数字が並んでいた。瀧澤の給与を遥かに超える額だった。すべて泰子の銀行口座から引き落とされていた。

瀧澤は日曜日の夕方、珍しく自宅にいても、藤沢周平の小説に読みふけったまま泰子には眼を向けようともしない。そうした日々の果てにふたりの生活は、ひび割れた大地を思わせる荒涼としたものになっていった。泰子が父親から引き継いだ競走馬と北海道静内にある繁殖馬の牧場の経営にしだいにのめりこんでいくようになったのはそのころだった。

泰子は美しい顔をゆがめて言った。

「あなたって、鎧《よろい》をつけたまま決して心を開こうとしない。アルマジロのような人ね」

クーリエ

モスクワのシェレメチェボ国際空港にはメタリック・シルバーのメルセデスが出迎えていた。英語を話す運転手を予約しておいたのだが、中年の運転手はそれがよほど自慢らしい。モスクワの中心街に入るまで速射砲のようにしゃべり続けた。ひどいロシア訛だが、最新のロシア事情を聞き出すには重宝だった。

車窓からは白樺の林が後景に飛び去っていく。冷戦のさなかなら、さしずめこの種の男は、KGBが放った監視要員と相場が決まっていた。あの冷たい戦争を生き抜いたインテリジェンス・オフィサーの先達たちは同じ光景を眼にしながら、敵の懐深く分け入った覚悟を新たにしたのだろう。

「これがモスクワ河でさぁ。岸沿いに並んでるのは、まず、あんたの国の大使館だ。そう青い屋根のでっかい建物。つぎの大きなやつがコメコン・ビル。コメコンはもうなくなったらしいよ。そのかわり真夜中には、たまげるほどのいい女がでる。だが、危ないおっさんが控えているから手は出しちゃいけねぇ。女なら器量はともかく安心なのを紹介するよ。あれが、モスクワ市政府の庁舎」

車は宿泊先のウクライナ・ホテルに滑り込んでいった。アイルランド勤労者党のケビン・ファラガーの定宿だった。スターリン時代の威圧的な高層建築は、スティーブンの趣味からは程遠かった。だが、貴重なインテリジェンスに出くわすかもしれない、と自らに言い聞かせて選んだのだった。

正面玄関に入ろうとすると、パトカーに守られた高級車が、クトゥーゾフ通りを風のように駆け抜けていった。プーチン大統領の公用車だった。クレムリンから引きあげていく大統領の帰宅路なのである。正面ホールに入って高い天井を見あげると、大仰で興趣のかけらもない第二次大戦の戦勝記念の壁画が広がっていた。

スティーブンは『シネマ紀行』の取材をまず片付けてしまうことにした。今回の企画ではロシア映画を取りあげると、ロンドンのＢＢＣには説明してあった。『シネマ紀行』は、スティーブンが各地を飛び回る格好の隠れ蓑だった。

数々の名画が生みだされていくその舞台を旅して歩くことで、その時代と風土が織りなす人間模様をスケッチする。スティーブンは、こんな三十分間のラジオの番組枠を創り出して、自ら行動の自由を確保したのだった。

モスクワでは、幾多のロシア名画を生んできた「モスクワ映画制作所」を訪ねてみた。この映画制作の殿堂が建つ通りは、モスフィルム・スカヤと呼ばれている。折から大作『イワン雷帝』のリメーク版の撮影がすすめられていた。ロシア正教の教えに抗って八人の妻を持ち、最愛の息子まで手にかけて殺し、自らが神たらんとして破天荒な生涯を送ったイワン皇帝の素顔を描こうという野心作だ。超大国の地位から滑り落ちたこの国に生きる人々の胸底に蠢くロシア・ナショナリズムに訴えかけるはず、と制作陣は読んだのだろう。撮影所の構内に再現された木造りの街並みを歩いていると、雷帝の治世に迷い込んだような気分になった。

モスクワ出張にあたって、スティーブンが「シネマ紀行」のテーマとして選んだのは『機械じかけのピアノのための未完成の戯曲』だった。チェーホフの戯曲『プラトーノフ』と数編の短編小説をモチーフに映画化したこの作品は、ニキータ・ミハルコフ監督の代表作だ。モスフィルムの秘蔵っ子ミハルコフは、チェーホフを撮らせたら比肩する者はないといわれる鬼才だった。ロシアの自然のなかに生きる人間の弱さを描かせて、彼ほどの冴えを見せた人はいるだろうか。

ソ連の崩壊によって、ミハルコフの精神は自由に解き放たれたはずだった。だが、西欧の映画資本と組んだ作品からは、かつてミハルコフ作品が持っていたロシアの香りが蒸発してしまった。俳優でもあったこの映画人は、全体主義の桎梏《しっこく》のもとにあっても、自由な精神を枯渇させなかった。にもかかわらず、市場経済の大波にはあっさりと呑みこまれて、なぜ、あれほどの才能を空費させてしまったのか。スティーブンは、こんどの「シネマ紀行」でミハルコフの内面を解き明かしてみたいと考えていた。

当時のクレムリン指導部は、このモスクワ市内の一等地に、モスフィルムだけでなく社会主義圏の同盟国にも広大な敷地を提供した。一帯には、かつての衛星国、ルーマニア、ブルガリアといった東ヨーロッパ諸国の公館がずらりと甍《いらか》を並べている。そこからスターリン時代の代表的な建築として知られるモスクワ大学の威容も望むことができる。

北朝鮮大使館も、このモスフィルム通りに建っていた。スティーブンは歩行者を装ってその前を通り過ぎてみた。向かって右手が四階建ての事務棟、左手が大使公邸になっている。敷地の裏側には館員用の七階建てアパートが建っている。敷地はかなり広く、ベリョースカの林もあり、小さいながら野菜畑まである。大使館の敷地は鋼鉄製の柵でぐるりと囲まれているが、鉄柵はところどころ錆ついており、構内も荒んだ感じをぬぐえない。監視システムが設けられているが、電線が切れたまま放置されている。施設の維持費にも事欠いているのだろう。

正面のゲート脇にガラス窓のついた広報用の写真パネルがすえつけられていた。金日成総書記が田植えをしている背後には「勝利」の名で知られるソ連製の乗用車が写っていた。ソ連との緊密な関係を誇示している。別の写真は、金日成と正日の親子が仲良く工場の視察に訪れた様子を紹介している。一九八五年と日付が入っている。後継者として金正日の地位がいよいよ確かなものになりつつあった事実を示そうとしたのだろう。

スティーブンが、ウクライナ・ホテルに帰りついた時には、北朝鮮大使館の敷地内の様子はその隅々まで記憶装置に刻まれていた。明日の会合ではただちに核心に踏み込んで打ち合わせができるだろう。

ウクライナ・ホテルの部屋から、コリンズに教えられた直通番号をダイヤルしてみた。コリンズが率いるバージニア州のマックリーン・リトル・リーグのチーム名を符牒《ふちよう》として使うことが決めてあった。この少年野球チームは、メジャーリーグ、AAA、AAの三つのレベルに分かれている。コリンズは志願してAAのチームを預かっている。自分のチームから有望な選手を育てあげて、メジャーリーグに送り込むことに自分の使命があると考えているからだ。チーム名はかつてワシントンにあったメジャーリーグのプロチーム「セネターズ」にちなんで命名した。実際に現職の上院議員の息子がレフトを守っていた。快足で抜群の肩をもつジミー・ジャコヴィッツだった。

「マックリーン・セネターズのものです。レフトを守っているジミーはいますか」

「お待ちしていました。メモの用意はありますか。住所を申しあげます。もう、現場はごらんになりましたか」

「ええ、あのあたりをざっとジョギングしてきました。説明していただく手間が省けると思いまして」

「さすがは、マックリーン・セネターズの一員ですね。もう肩ならしまで済まされたのですね。それなら話が早くていい」

すべてはコリンズの手配してくれた通りにことが運んでいる。住所を書きつけたメモを手にモスクワ市内の地図を広げてみた。明日の会合場所に指定された料理店は官庁街からやや外れた地域にあった。

レストランの名はマリュートカ。スティーブンが約束の時間より十分ほど早く着いてみると、店内はもう地元の客でごった返していた。ロシアタバコの煙が立ちこめている。大女がひとり、テーブルの中央に陣取って、ウオッカをなみなみとついだグラスを一気に引っかけていた。

『女狙撃兵マリュートカ』なのか、と納得した。旧ソ連時代の名画にちなんだ命名なのである。料理は昔ながらのロシア風だった。客の一人がサラダに、マヨネーズらしきものをたっぷりとつけてぱくついている。サキがこの場にいれば気絶しかねない光景だった。湯島に帰ったら「モスコビッチ・マヨラー」を目撃したとサキに教えてやろう。カメラに収めたい誘惑に駆られたがからくも自制した。

約束の時間にぴたりと姿を現したジミーは、一メートル八十五センチのがっしりとした体軀の男だった。豊かな顎鬚をたくわえ、ロシア人と見まちがってしまう。もしかするとロシア系の血が入っているのかもしれない。シークレット・サービスのモスクワ要員として派遣されて一年半になるという。早くも独自のネットワークをこの街に張り巡らしていた。北朝鮮大使館に出入りするゴミ回収業者、清掃要員の派遣会社、「クーリエ」の輸送業者をがっちりと押さえ込んで、情報網を築きあげていた。

「マックリーン・セネターズというのは、きびしいチームのようですね。打撃に守備。それに走塁のスピードとすべてに優れていることが求められる。あなたはその試験にパスしてモスクワに送り込まれたって訳ですね」

「僕らのような現場の者にとっては、日ごろの練習がきついといったことはさして苦にならないんです。日々のストレスは九十八%が役所仕事との戦いです。でも、我がチームの監督は、官僚としては不向きなほど、建前をいいません。あんな働きやすい上司はめったにいるもんじゃない。僕は幸運です」

「きのうグラウンドで準備体操は済ませてきましたが、あすの打撃練習はどこでやるんでしょうか、ジミー」

「朝の八時半ちょうどにウクライナ・ホテルにお迎えにあがります。ここで詳しい話をするわけにはいきません。ところで、うちの監督とはイギリスの大学でご一緒だったと聞いていますが、どんな学生でしたか。どうしても聞きたくなります」

「僕のラジオ・リポートは、簡潔すぎるといわれるんです。でも、マイケルのことを説明するには、そうだな、一時間たっぷりかけたドキュメンタリーを作らなくちゃ、とてもむりだな。もっとも、やつは七十三％の時間を寮で寝そべっていたんですが。その点では、はなはだ映像になりにくい存在でした」

スティーブンは、一瞬、過ぎ去りし日を懐かしむまなざしになって、ぽつりといった。

「飛びぬけて頭がよくて無愛想。でも、気持ちの優しいどこか夢見るような若者でした」

ふたりはマリュートカ名物のウズベクうどんをすすりながら互いに頷きあった。モスクワの夜は、こうして更けていった。

翌朝、ジミーが案内してくれたのは、北朝鮮大使館の背後に聳えるアパート群の一角だった。ここには石油・天然ガスのビジネスで大儲けしたビジネスマンをはじめニューリッチといわれる人々が住んでいる。同じように外装をブルーとクリーム色で塗りたくった四十六階建てのアパート五棟が林立している。ジミーの監視ポイントは、北朝鮮大使館の構内をそっくり視野に収めることができる第二棟の四十三階の部屋だった。内装はけばけばしかったが広々とした間取りだ。カーテンの隙間から見下ろすと確かに大使館の動きが手に取るように監視できる。望遠鏡を使えば、モスフィルム通りのトロリー・バスから停車所に降りてくる現地の雇員や下級の館員の顔も判別することができる。だが、幹部の外交官たちは黒塗りのベンツで出入りしているため顔を見分けるのは難しい。

「駐車場をご覧ください。ベンツが五台とバスが一台駐車しているでしょう」とジミーは小型の手帳を取り出した。

「いいですか、車のナンバーは、最初の三桁がすべて087、末尾の二桁がすべて77で、北朝鮮大使館の公用車に共通です。真ん中の四文字の始まりはディプロマットのD。続く三桁の数字が個別の車の識別番号となります。116、161、162、091、143という数字が見えますね。このうち、ドルの偽札運送に関与している車は、161と162の二台です。表面上は通商問題を担当する館員の車なのですが、ドルの偽造に深く関与しています。アイルランドのケビン・ファラガーを操っていたのは162であることが確認されています」

「もうすぐ時間です。正面を注意してください」とジミーがそっとささやいた。

正面のゲートが開いて小型の貨物トラックが構内に滑りこんでいった。午前十時半ちょうどのことだ。

「きょうのクーリエが荷台に積み込まれているはずです」

こうジミーがささやいた。

「外交行嚢《こうのう》」とも呼ばれるクーリエは、その名が示すように外交特権に守られている。このため、各国の税関当局が開封することなく在外公館にそのまま届けられる。北朝鮮は、この特権を利用して「クーリエ」のなかに精巧な偽札を紛れ込ませている。大量の百ドル札を運ぶときには、若手の北朝鮮外交官に手荷物の形で札束を運送させることもある。輸送の途中で当局が不審を抱いて開けたりしないよう「人間クーリエ」を仕立てているのだろう。

ジミーは、大使館四階の北東の角部屋を指していった。

「偽札配給所に充てられている部屋があれです。出入り業者の複数の証言からウラが取れました。ピョンヤンから空路届いたクーリエはここでいったん荷が解かれているようです。これはソウル経由の脱北者の情報ですが、大使館の参事官が指揮して真札と偽札が巧みに混ぜられて千ドルごとに封がかけられ、各地に向かう外交官に託されるのだそうです」

「そうすると、偽札を使う北朝鮮の外交官たちも、それが偽ドルであることを知らないケースもあると見ていいのでしょうか」

ジミーは頷いていった。

「かれらも偽札のオペレーションにはうすうす気づいているのでしょうが、表立って確かめる雰囲気ではないのでしょう。モスクワに立ち寄って黙々と札束を受け取っていくのだと思います。ただそれなりのメリットもあるんです。かつてプノンペンで逮捕された北朝鮮の外交官は偽札とは知らなかったと言い張って放免されています」

初夏のモスクワは一年中でもっとも華やいだ季節なのだが、北朝鮮大使館があるモスフィルム・スカヤの界隈は、痩せたベリョースカがまばらに植えられているだけでうら寂しいたたずまいを見せていた。大使館の柵のなかではロシア人の老婆がキャベツ畑をひとり耕している。鉄柵のうえにつけられた監視カメラが錆ついたまま西風に揺れていた。

篠笛

赤坂の稽古場でスティーブンが居住まいを正して座っている。

「音を揺らしてはだめ。まっすぐに吹いて。そう、ふぅーと風が吹くように」

篠笛がもつあのやさしく、研ぎ澄まされた音色は、なかなか戻ってこなかった。モスクワへの出張で、稽古を二週続けて休んでしまったからだ。だが師匠の槙原麻子は容赦してくれなかった。

広々とした板の間の中央に師弟がたったふたり向かい合っていた。すらりとのびた指で七穴の篠笛をもち、ヘーゼル色の瞳はまっすぐに師匠の麻子に向けられていた。お弟子さんたちの出入りも途絶え、笛の音色だけが土曜の夕方の静けさを破って流れていた。

「背筋を伸ばして、そう、肩の力を抜いて」

白地の夏大島にトンボと花模様を描いた紗紬の帯をしめた師匠は、篠笛を自分で構えて、あるべきかたちを示して見せた。ゆったりと笛をもちながら、凛とした気品に溢れている。なんて美しいお師匠さんを選んだのだろう。こう思った瞬間にまた叱責の言葉が飛んできた。

「唇のまんなかをこうぴーんと張りつめて。そうでなければ、ぼんやりした音になってしまいます」

麻子は篠笛を脇に置くと、スティーブンの傍らに歩み寄って座り、弟子の唇に人さし指と中指をあてて容赦なく引き延ばした。

「こんなふうに」

スティーブンの構えがようやく整うと、いよいよ曲の練習がはじまった。記憶のひだにある洋楽のメロディー・ラインを和笛で奏でてみる。これなら、楽しくて上達も早い。これが槙原麻子の教授法だった。

この日、スティーブンが稽古に選んだのはスコットランドに古くから伝わる「アニー・ローリー」だった。

少年の日、ブラッドレー家の人々は金曜日の午後になると、イートン・スクェアーのロンドン邸を出て、ポーツマスに近いミッドランド・プレースのマナー・ハウスに向かうのだった。

車庫の扉があがってまず姿を見せるのは、濃いメタリック・ブルーに輝く六七年型ジャガーEタイプ。ウエストがほっそりとくびれて貴婦人の瀟洒《しょうしゃ》なドレスをおもわせる。運転席に父親、助手席に母親が座っている。スティーブンは、狭いうしろの席の真ん中がお気に入りだった。フロントガラス越しに前方が見渡せ、ハンドルを握っているような気持ちになれるからだ。

ジャガーには、アイボリー・ホワイトの六三年型ランドローバー・ディフェンダーがぴったりと付き従っている。荷台には、おもちゃの機関車をはじめ週末の荷物が満載されている。スティーブンは、ときどき後ろを振り返って運転席のバトラーのジェームスに「しっかりついてくるように」と身振りで指令を出す。爺やは長いもみあげを動かして「了解」のシグナルを返すのだった。ポーツマスに向かう五月の街道沿いは、ミモザ、ライラック、バラ、クレマチスが咲き誇り、譬えようもなく美しかった。

スティーブンにとって「ミッドランド・プレースの館」は不思議の国だった。前庭には孔雀が放し飼いにされ、時おり広げてみせるその翼はコバルトブルーに染められた円形のオブジェだった。敷地内を流れる川には白鳥のつがいと三羽のひなが悠々と泳いでいた。野ばらが咲き乱れる丘には蜜の味を求めて蝶が群がり、そのまばゆいばかりの鱗翅は少年の心を奪った。そして満月の夜には野ウサギを追う狐が疾走した。

ミッドランド・プレースの館で、スティーブンはジェームスと庭の籐椅子に腰掛けてフルートを合奏したものだった。インヴァネス生まれのジェームスは、フルートを構えるとまず舌をぺろりと出して唄口を探し当てた。スティーブンも小さなその赤い舌を出してそのしぐさをまねた。だが、麻子先生の福原流では、こうした振舞いはおそろしく無作法とされている。人前で舌を見せるのは、みだりに素肌をさらすのにひとしいらしい。

「左手で、そう、口元をそっと隠しながら唄口を確認して。そのまま左手をすっとずらして右のほうへ」

たしかに、麻子師匠がやってみせると、その所作は典雅そのものなのである。この人がひとたび笛に息を吹き込みはじめると、それは永遠に続くかのように思われる。だが、その肺活量は人並みにも及ばないという。幼い頃から篠笛に魅せられて福原流の門をたたき、東京芸大で長唄・囃子《はやし》を専攻してプロの演奏家としてひとり立ちした。そのレパートリーは広く、去年のリサイタルでは「アメージング・グレース」を披露して絶賛を浴びている。

「はい、そこで指打ちを。もっと軽く、そうかろやかに」

指打ちは篠笛特有の技法である。フルートでは「タンギング」という技法で舌でトゥトゥと歯切れよく発音して演奏する。篠笛では音を長くのばすとき、指で穴をリズミカルに打ちながら音色に変化をつけることがある。だが、なんど試みても師匠のようにはうまくいかない。

スティーブンは、すーっと意識が遠のいていく感覚に襲われた。素人は笛に息を吹き込むことばかりに集中するため、つい酸素が欠乏してしまうのである。

ふらっとなりかけたところで、声がかかった。

「きょうはこれまで」

スティーブンは、おおきく息を吸い込んで酸素を肺に送りこんだ。

「ひさしぶりだから疲れたでしょう」

額に垂れたスティーブンの前髪が汗でしっとりと濡れている。

「ありがとうございました。いたりませんでした」

スティーブンは、にっこりと微笑んで誘いかけた。

「これから夕食にでかけようよ」

麻子はヘーゼル色の瞳をみていった。

「だめなお弟子をしっかり叱ったのでお腹がすいちゃった。着替えるから十分ほど待っていて」

「MGBをオープンにしてあるんだ。きょうは洋服がありがたいな」

やがて、麻子はさらさらとした黒髪を風になびかせ、駐車場にあらわれた。鮮やかなサックス・ブルーのキャミソールドレスに、華奢《きゃしゃ》な白いミュールをはいている。着物姿の時にはかくれていた足がかたちよくのびていた。

「おまたせ。行きましょう」

MGBは赤坂から青山通りに抜けていった。助手席の麻子が大声でいった。

「スティーブン、きょうのお稽古でひとつ発見をしちゃった」

「イギリスになぜ大音楽家が出ないのか、その秘密を発見でもしたの」

「まさか。イギリスの男は唇が赤いと気づいたのよ」

「それは残念ながら新発見じゃないな。イギリスの水にはカルキが多い。だから、自然と唇が赤くなると言う論文がある」

「へぇー、知らなかったわ」

モト・リタのウッドステアリングを握るスティーブンはすましていた。麻子は横から手を伸ばし、ほっぺたをつねって言った。

「こら、ひとをたぶらかすと稽古でうんと懲らしめてやる」

着物なら白金北里大通りの蕎麦屋「三合庵」、洋服ならこれも同じ白金の「ミッレノヴェチェント」と決めていた。

テーブルにつくと、ふたりは、さっそく冷えたピノ・グリージョで乾杯した。

「なんだか大正ロマン風の面白いインテリアね」

「そう、大正七年に建てられた長屋を改装したらしい」

麻子は眼を輝かせてメニューを手にとった。

「うーん、どれもおいしそう。お稽古のあとは、とにかくお腹がすくの。まず、前菜はタマゴとポテトの湯葉サラダ。それにアサリとムール貝のワイン蒸しはどう」

そのあとは「トマトソース味のブッカティーニ・アマトリチャーナ」、「ポルチーニ茸のリゾット」、そしてここの名物「ピッツァ１９００」を注文して、取り分けることにした。

「ここのシェフも腕利きだけれど、ぼくはやっぱり、麻子の手料理がいいな」

「だって、この頃外国出張ばかりしてるじゃない。どうしてそんなに忙しがっているの」

「ちょっと面白いネタを追いかけているんだ」

「ふーん。モスクワは遠慮しますが、シチリア島ならご一緒してもいいわ」

「シチリアか。ほんとうに行けるなら、真剣に考えてみるよ」

「まず、自分の行ってみたいところがあって、それから番組のネタを見つけているんですものね。

ほかの人はともかく、わたしはスティーブンの秘密を知ってるんだから」

「シチリアを舞台にした映画というと、やっぱりジュゼッペ・トルナトーレ監督の『ニュー・シネマ・パラダイス』だな。映画好きには泣ける。ノスタルジックな音楽もいいし」

「わたしね、この頃シチリア料理に凝ってるの。ボッタルガのスパゲッティーって食べたことある。からすみの塩味とガーリックをうんと効かせたパスタなの。今度うちで作ってあげる」

「おいしそうだ。白ワインがすすみそうだね」

麻子はにっこり笑うと、ひそひそ声で言った。

「『ボッタルガはふたり揃って食べるべし』。パレルモの諺よ。なぜか、お分かり。一緒に食べなければ、キスするときに困るから」

テーブルをはさんで向きあった麻子は、稽古場とはひどく印象がちがって見える。篠笛を吹く麻子は唇に濃い紅をささない。だが、今夜の彼女は鮮やかなローズ・カラーの口紅をくっきりとひいて、つやのある黒髪を肩まで垂らしている。

スティーブンは二年半ほど前、新橋の照代姐さんに紹介されて、篠笛の師匠、槙原麻子に弟子入りした。麻子は九つ年下だ。邦楽演奏者としては若手だが、新橋の花柳界では知られた存在で、政財界の有力者にも弟子が多い。スティーブンは、週一度の稽古は休みがちなため、笛は思ったほど上達していないが、たちまち麻子のマンションへの出入りを許される「内弟子」に収まってしまった。

「スティーブンが寒い国にご出張中に、新橋のお稽古場で高遠希恵さんに会ったわ。あの方の鼓って玄人はだしなの。鼓をもつと周りの空間がぴんと引き締まる感じ」

「官房副長官というポストは、ずいぶんと気骨が折れる仕事なんだ。イギリスもおなじだけど、政治の利害は複雑に絡み合っている。それをさばくには、誰もが納得する論理と、この人の言うことならきいてもいいと思わせる信頼感がなければ、事態はすすまないからね」

「鼓を打っているときの高遠さんは、思いっきりがよくて、ふだんの気苦労なんて少しも感じさせないわ」

「ああいう立場の人は、墓場まで持っていく機密をたくさん抱えている。しらずしらず、心の底に機密がオリのように沈殿していく。だから何かに打ち込んで、守秘義務という業から逃れようとするのかもしれない」

スティーブンは仲間うちで「新種の蝶」と呼んでいる話を高遠に披露したことを麻子に伝えた。

「僕は、高遠さんの負担をまたひとつ増やしてしまったかもしれない」

麻子はスティーブンが続けて話そうとしない限り、決して深入りしようとはしない。テーブルに身を乗り出すと、いたずらっぽい目をして尋ねた。

「ねえ、スティーブン。蝶々好きの少年とカブトムシ好きの少年とでは、どちらが明るい性格に育つか、知ってる」

「そりゃ、蝶々好きの少年だよ。その証拠に、蝶々を追いかけていた僕はこのとおり明るい青年となり、麻子さんに見出された。ほんとうに幸せ者だ」

「残念でした。正解はカブトムシ好きの少年よ。蝶々は、きれいで珍しい種類ほど逃げ足がはやく捕まえにくい。追いかけては逃げられしているうちに、少年の性格は屈折していく。ところが、カブトムシはいったん見つけると必ず捕まえられる。おのずと前向きで明るい性格になるっていうわけ」

「きれいで珍種の麻子先生は、逃げ足が速くて捕まえにくい。ぼくも蝶々少年の意地にかけて挑んでみるよ。でも、こんなにまっすぐな少年をあまり屈折させないでほしいな」

スティーブンは無邪気な目で麻子をじっとみつめた。

「そういう眼をすれば、女はみんなわが手に落ちると思っているんでしょ。そうはいかないわ。私はあなたの師匠なんですから」

「それではお師匠さん、デザートはどうしますか」

「そうね、イチゴのティラミスはどう。食べきれないから、ふたりで分けない」

麻子を学芸大学駅近くのマンションに送って湯島に帰る途中、スティーブンは、きのう高遠希恵が言った言葉を思い出していた。

「あなた、アジア大洋州局の瀧澤さんにもモスクワの話をそっと教えてあげるといいわ。彼のことですから、きっと、おかえしに一級のインテリジェンスをくれるとおもうわ。スティーブン情報はそれに値するもの」

高遠は、北朝鮮の拉致疑惑に熱心に取り組んできた。それだけに拉致問題を解明するヒントが隠されていると読んだのだろう。スティーブンのモスクワ報告を、詳細なメモをとりながら聴いていた。モスクワの北朝鮮大使館は、偽ドル流通の「ハブ」となっているだけでなく、欧州から日本人女性を拉致した際にも重要な拠点だった。なかでも高遠が強い関心を示したのは、北朝鮮大使館の外交官ナンバー「161」。拉致事件にも関与した車だとみているのだろう。

なぜ、高遠希恵は、帰り際、以前と同じ助言をしたのだろう――。スティーブンは、どこかひっかかるものを感じながら、ＭＧＢで首都高を駆け抜けていった。梅雨明けの夜の大気には夏の香が混じっていた。

ネオ・テロル

マクラーレン財務副長官に促されて、シークレット・サービスの主任捜査官、オリアナ・ファルコーネが立ち上がった。背後の巨大スクリーンに映し出された百ドル紙幣の中央にレーザー・ポインターを動かして、ワシントン政界の重鎮たちをひとわたりゆっくりと見渡した。
「ご覧ください。九六年に改訂されたこの百ドル紙幣には、超微細な文字を埋め込んだマイクロ印刷をはじめ、紫外線があたる方向によって色調が微妙に変って文字が浮き出るホログラム、安全性の帯と呼ばれるセキュリティー・スレッドが埋め込まれています。アメリカは、もてる偽造防止技術の粋をすべて注ぎ込んだのです。にもかかわらず、北朝鮮の印刷工たちは牙をむいて襲いかかってきました。ダブリンに最新鋭の偽百ドル札が出現しました」

黒髪に、黒の瞳。スリムなボディーにぴったりした黒いスーツ。時にハスキーに響くほど低い声。左の袖口からは、大統領の警護官が持つミリタリー・ウォッチ、ルミノックスが覗いている。身長は百七十三センチ。かなりの美形といっていい。上着の右下がかすかに膨らんでいる。装弾数十五発のＳＩＧ－Ｐ２２６を身につけているのだろう。

会議を招集したのは財務省のマクラーレン副長官だった。ホワイトハウスの国家安全保障担当の次席大統領補佐官とともに議長席に座っている。国防総省情報局、ＣＩＡからそれぞれ副長官が顔を見せ、国家安全保障局からは電波解析の副長官が出席していた。

ワシントン政界のゲームに通じている者なら、誰もがこの「副長官級会議」の重みを知っている。長官クラスの会合は、すでに懸案が解決し、メディア向けに行うセレモニーの色彩が強い。これに対して、事態が切迫して話し合いをもった事実すら秘密にしたい場合は、副長官クラスが密かに集う。こうした時には、ポトマック河を挟んで対岸のオフィスビルが使われる。その日も、CIAが民間のIT企業の名で借りあげている地味な建物の十二階が選ばれた。

ファルコーネ主任捜査官は、スクリーンにベンジャミン・フランクリンを映し出した。この建国の父は、墓碑銘に自ら「印刷工」と刻み、活字を拾う仕事を終生の誇りとした。フランクリンは百ドル紙幣の中ほどに収まって、いま副長官たちを睥睨している。旧百ドル札のデザインに比べると、フランクリン像はやや左に移動し、目と口元の印象は柔らかみを増して、こころなしか微笑んでいるようにも見える。

「これから申しあげる点については厳重な守秘義務が課されています。詳しい説明を皆さんにもすることを許されていません」

ファルコーネ主任捜査官はこう前置きして、フランクリン像の左側に縦に走る「セキュリティー・スレッド」にレーザー・ビームを移動させた。

「このなかには、シークレット・サービスと連邦準備制度理事会の最高首脳だけが知っている極秘の機能が埋め込まれています。これこそがこの新紙幣に賭けたアメリカの切り札であり、『新百ドル紙幣の抑止力』と呼んできたものでした。そう、偽造グループが、この紙幣の卓越した造幣技術にひるんで、偽札づくりに挑む意欲を失うだろうと考えたのです。しかしながら、その抑止力が効いていなかった事実を認めなければなりません」

ファルコーネの説明に耳を傾けていたマクラーレン副長官のこめかみが怒りで小刻みに震えていた。一九九六年、新百ドル紙幣のお披露目の記者会見でマクラーレンは豪語した。

「この改訂を成し遂げたことで、もはやどんな偽造犯もわれわれの聖域に踏みこむことはできなくなった」

それまで、アメリカの造幣当局は、百ドル札の本格改訂を永年拒み続けていた。自らの造幣技術に万全の自信を持っていたからだ。だが、「本格改訂の必要なし」というアメリカの傲慢な姿勢が、世界中の偽造グループに高度な技術を蓄えさせる十分な時間を与えてしまった。

そして、八〇年代の終わりに、北朝鮮製の「スーパー・ダラー」が出現した。その名があらわすとおり、精巧な「北の百ドル紙幣」だった。ついにアメリカも、百ドル札の改訂に着手せざるをえなくなった。さまざまな意匠を盛り込んだ新しい百ドル札が登場したのは一九九六年のことだった。

「列席の皆さん、この九六年紙幣を手にしたわれわれは、造幣局の設計主任から『理論的にも、実際面でも、決して攻略されない新鋭紙幣だ』という説明を受けました。私はそれを批判しているのではありません。私自身もしばらくはそう信じていたからです。しかし、あろうことか、難攻不落の新鋭紙幣はわずか数年を経ずして攻略されてしまったのです」

マクラーレン副長官がさえぎるように言い放った。

「諸君、テクノロジーは日々進歩している。いかなる国の造幣当局といえども、高額紙幣をしばしば改訂することはもはや避けられまい」

従来の発言を恥ずかしげもなく翻したこの発言を無視して、ファルコーネは北朝鮮側の意図を分析していった。もはやマクラーレン副長官の存在など眼中にない、といった落ち着いた物腰だった。北朝鮮がなぜ国家の総力をあげて百ドル札の偽造に挑んでくるのかといったくだりに差しかかると、会議場を一瞬奇妙な静けさが支配した。

「北の独裁国家は、これほど精巧な紙幣を作りあげ、その資金をいったい何に使おうとしているのでしょうか」

さらに五秒ほどの沈黙が続いた。

「核弾頭を運ぶ長距離ミサイル。そう、人類を破滅に導きかねない大量破壊兵器を手にする資金に充てようとしている――私はそう確信しています。そして、北朝鮮が手にした核ミサイルの刃は、やがてここワシントンにも向けられることになりましょう」

居並ぶ副長官たちは、その余りに大胆な宣告に思わずファルコーネの顔を凝視した。だが、だれも反論しようとはしなかった。彼女は逆に副長官ひとりひとりの瞳をまっすぐに見すえて言葉をついだ。

「ここにご列席の方々は、アメリカの力に絶対の自信を持っておられるように拝察します。北の長距離ミサイルなど、やがて完成するミサイル防衛システムで迎撃できるとお考えでしょう。しかしながら、彼らに長距離ミサイルを手に入れる財力をもたせれば、東アジアの戦略環境を一変させることになります。少なくともその可能性を孕んでいるのです。私たちは、これによって朝鮮半島危機をめぐる基本戦略の見直しを迫られるだけではありません。きたるべき台湾海峡の危機にも実は影響を及ぼすことになるでしょう」

偽造通貨のハンターが、国防総省の首脳を前に、東アジアの戦略に言及した時、財務省のマクラーレン副長官は、さすがに不快な表情を隠さなかった。それはワシントンのゲームのルールを真っ向から無視するものだったからだ。だが、その指摘は正鵠《せいこく》を射たものであり、話しぶりは、余りに自信に満ちていた。だれひとり言葉をさしはさまなかった。

背後のスクリーンは、東アジアの地図に切り替わった。香港、マカオ、バンコク、プノンペン、ホーチミン・シティー、ペナンに赤のドットが打たれている。ウルトラ・ダラーが発見された都市を示している。それは検疫官にとってのペスト発生地図ともいうべきものだった。

「いまこうしている間にも、ウルトラ・ダラー発見の報告が届いています。北朝鮮の政府機関によって組織的に作られ、使われていると判断せざるを得ません。情勢は一刻の猶予も許されないと申しあげていいでしょう」

ＦＢＩ（連邦捜査局）の副長官が低く手を挙げた。

「現在までに見つかったウルトラ・ダラーの総額はどのくらいと推定されますか」

ファルコーネ主任捜査官は、やれやれという表情を押し隠して答弁にたった。

「総額はいまのところ十万ドルの水準にとどまっています。皆さんご承知のようにわが国のドル紙幣は実にその三分の二までが海外で流通しています。その巨額の流通量に比べれば太平洋にバケツで三杯ほど汚れた水を流した程度と考えることもできます。しかしながら、実情は違っています。太平洋に大量の汚水が流れ込んでいるのですが、常の海水と成分も匂いも全く変わらないため人々は気づかずにいるだけなのです。つまり、発見量が比較的少ないのはそれだけ事態が深刻であることを物語っています」

ファルコーネは、スクリーンに衛星写真を映し出した。

「関係の各機関の情報を総合した結果、北朝鮮が国家ぐるみで手を染めているドル紙幣偽造の実態がしだいにあきらかになりつつあります」

こう言って、レーザー・ビームで北朝鮮国内にある偽札製造工場を指し示した。

「偽札製造の実態を直接知りうる立場にあった亡命者の証言に基づいて、わが国のスパイ衛星が追跡調査を行い、撮影した写真です。ご覧ください。これらの印刷工場群は、平安南道の平城にあるものと見られます。ここに最高の凹版印刷機械と材料、それに高度な技能をもった印刷工を集めた偽札工場があるものと見られます。ドル紙幣の偽造は、我が造幣当局と同じスイスのファブリ社の凹版印刷機械を使い、同じノートン社の用紙に日本製のインクで印刷されているのです。最高の科学技術と最優秀のスタッフをこのプロジェクトに、という独裁者金正日の指令によって進められている国家プロジェクトなのです。総工費は五千万ドル。作業員は三百五十人と推定されます」

テーブル中央の椅子から立ち上がったマクラーレンはこう言った。

「ご出席のみなさん。あの日のことは、それぞれがどこで何をしていたか、いまでも鮮明に覚えていらっしゃるはずです。九月十一日の朝、財務省からもペンタゴンを遥かに見通せました。この窓から国防総省を見てください。あのとき、『ペンタゴン』という名の五角形の要塞には、高射砲ひとつ装備されてはいませんでした。何の防備をしていなくとも、敵にはこのアメリカの国土と国民を守る拠点に指一本触れさせないという自信があったからです。国際テロ組織の脅威などなきに等しいと省みなかったのです。私はそのことをとやかくいっているのではない。いまのわれわれには、あの備えなきペンタゴンを批判する資格などもはやないのです」

財務副長官は一同を見回した。

「これは、単なる組織犯罪ではない。巨大な国家プロジェクトなのだ。わがアメリカを標的にした通貨のテロリズムなのです。基軸通貨たるドルの威信を断じて脅かさせてはなりません。諸君」

オリアナ・ファルコーネは、副長官級会議がお開きになって、要人たちが補佐官を引き連れて立ち去ったあとも席から動こうとしなかった。後ろに控えていたマイケル・コリンズが声をかけた。

「ボスの大胆不敵な発言に、ペンタゴンのじじいは入れ歯をぎゅっと噛みしめていました。これでわれわれの捜査は、偽札探索の域を超え、大量破壊兵器の追跡作戦に踏み込もうとしている訳ですね。きょうの会議で首脳たちの暗黙の了承を取りつけたんですから」

「こういう評定でお偉方は方針をすすんで決めたりはしないものよ、責任回避こそ彼らの本能なんですから。だから、ウルトラ・ダラーに関する情報を政府部内で共有させることで、爺さんたちの背中を押してやったんだわ。北朝鮮製によるドル紙幣の偽造を野放しにしていけば、やがて偽ドルは核ミサイルに姿を変えて、アメリカ本土に襲いかかってきます、きっと。国家安全保障担当の次席補佐官を含めて、どの政府機関からも異論はでなかったと記録に残しておいてちょうだい」

ファルコーネ率いるシークレット・サービスの新たな戦いが、いまこの瞬間から始まった。凍土の地平に姿を見せた獲物に照準を絞る狐の女王の瞳に閃光が流れた。

地下工場

スティーブンが、全日空機でワシントンのダレス国際空港に到着したのは、午前九時四十分だった。たまらなく眠い。機内で一睡もできなかったからだ。ビジネスクラスのシートで医学研究者と隣りあわせたのだが、熱心に話しこまれてしまった。四十分たったところで、はたと思い当たった。「駅前留学NOVA」の無料講師に利用されている——。相手は機内で即席の英会話レッスンをと思いついたらしい。専門の皮膚の難病「Ⅶ型コラーゲン欠損症」について散々聞かされる羽目となった。「Ⅶ型コラーゲン」とは、基底膜にあって表皮と真皮をつなぎとめるフックの役割を果たしているらしい。先天性の遺伝疾患で、この「Ⅶ型コラーゲン」を持っていない子供は、重症の火傷のように表皮がはがれてしまい、ピンク色の真皮がむき出しになって、細菌に冒されやすく感染症に罹《かか》って死にいたるという。

どんな話にも全身で耳を傾けてしまうスティーブンの性癖が時にこんな災難を招いてしまうのだ。この研究者はしまいにはコンピューターまで取り出して、「先天性表皮水疱症」の病理写真を映し出し説明してくれた。この画面を垣間見た客室乗務員が、研究者が席を立った折をみて駆け寄り、助け舟をだしてくれた。

「お客様、ご気分は大丈夫でしょうか。まったくお休みになられてはいないようですが。あちらにも席が空いておりますので、お移りになられますか」

スティーブンは彼女の細やかな気配りには感激したが「いえ、大丈夫です」と答えてしまった。

そうした自分が恨めしかった。

スティーブンは、あくびをしながら、ダレス国際空港に降り立った。三年ぶりのワシントンだった。市内に向かうダレス・アクセス・ロードの両側には、IT企業の新しいビルが次々に建てられている。いまやこの一帯は、シリコン・バレーをしのぐハイテク情報基地として変貌を遂げつつある。男子三日会ワザレバ即チ更ニ刮目シテ相待ツベシ——。オオムラ先生は、この格言の適用に合格点をくれるだろうか。そんなことを考えているうちに、車は予約してあったヘイ・アダムス・ホテルに着いた。荷物だけを部屋に置いて、ホワイトハウスのすぐ隣に建つ財務省の通用玄関に車をつけた。コリンズがまもなく姿を見せた。マックリーン・セネターズのキャップにジーンズといういでたちだった。

「君さえよければ、これからまっすぐ造幣局に行ってみよう。セキュリティー・クリアランスは取りつけてある。ドル紙幣を刷りあげている現場をまず見てもらおうと思う」

「ぜひそうさせてもらう。現場を踏んだあとに説明を聞くほうが手間がはぶけていい」

二人は財務省の横に停まっていた造幣局行きのシャトルバスに乗り込んだ。

14ストリートに面したゲートで、事前に届け出てあった書類を差し出して入念なチェックを受ける。スティーブンにはあっさりと許可が出されたのだが、野球帽のコリンズにはふたりがかりの厳重な身体検査が行われてようやく入館が許された。その間に隠しカメラがふたりの顔を撮影したらしい。

ゲートを抜けて二十四段の階段をあがりきると、一階のフロアーが広がっていた。窓からの陽射しを受けて輝くダークグレーの大理石が荘重な雰囲気を醸しだしている。

スティーブンは、コリンズに促されてスチール製の柵がついた貨物用エレベーターに乗りこんだ。かつてドキュメンタリーの取材で、テキサスの監獄に収容されていた死刑囚を訪ねたときのことが思い出された。この金属製の檻は二人を乗せてゆっくりと下降していった。やがて扉が開くと、その先には奇妙なトンネルが伸びていた。

コリンズがワシントン市内の地図を示して説明してくれた。

「この地下道は、14ストリートからCストリートの真下を走っている。ワシントンの中心街には、こういう地下道が網の目のように張り巡らされているんだ。冷戦の時代は核シェルターとして、いまは国際テロ組織の襲撃に備えているのだろう。九月十一日のテロのあと、副大統領は地下道を抜けて姿をくらましたんだ」

二人がトンネルを歩いていくと、その先はやがて階段となった。幅はわずかに六十センチ。人間ひとりがやっと通れる狭さだ。壁は真っ白に塗られている。階段をおりきると、もう一台の旧式エレベーターに突きあたった。これ以上はないというほど陰気な茶色に塗られた鋼鉄製の箱だ。乗り込んでボタンを押すと、ゆっくりと地下へ下降していった。

「地獄に落ちていくような気分だな」

スティーブンがつぶやく。ひどく古い機材のためか、神経をかきむしるような音をたてている。エレベーターの天井には小さな監視カメラがこちらを覗いていた。扉が開くと、そこは再びトンネルだった。

「おい、マイケル・コリンズ。大丈夫か。君がプロの案内人なら、すぐにクビになるだろうな。その巨体じゃ、頭も腹もつかえてしまうからな」

白と赤に塗り分けられた空調パイプがそこかしこに張り巡らされている。ひび割れが幾重にも走る床には澱んだ空気が滞留していた。コンクリートの壁からはカビくさい臭いが立ちこめてくる。

「Uボート潜水艦の機関室のようだな。いったい、いつになったらドル札の印刷現場を拝ませてくれるんだ」

「もうすこしの我慢だ。灯りがうっすらと見えてきただろう」

トンネルが傾斜路となったあたりで、その先にようやくひかりが見えてきた。造幣工場の入り口に辿りついたのだ。だが、そのまま工場に入っていけるわけではない。通路のガラス越しに印刷現場を見渡すだけだ。工場は二人が立っている通路から九メートルほど低いフロアーにある。

「連邦法によって一切の写真撮影を厳禁する」

こんな掲示が張り出されている。監視員が木製の椅子から立ちあがってスティーブンの携帯電話を取りあげた。カメラの機能がついていないかをチェックする。

コリンズが印刷機械を指さした。

「二十ドル紙幣を刷りあげているところだ。あの機械はああして一度に七千三百枚、つまり十四万六千ドルを印刷することができるんだ」

「マイケル、あの鷲のマークだが、あれがファブリ社の印刷機械なのか」

「そうだ。造幣局の設計者たちは、ドルを世界で一番優れた札だといっているが、アメリカはあの凹版印刷マシーンがなければ、一ドル札一枚だって刷ることはできやしない」

スティーブンは、別室に案内され、大型の顕微鏡で新札の表面をのぞいてみた。ノートン社製の紙幣用紙のうえに、こんもりとインクがのっている。凹版のなかにインクをたっぷりと仕込み、強大なプレスを加えてインクを転写させてある。これがインタリオ印刷といわれる独自の技術だ。こうして刷りあがった新札は指で触れると独特の感触があり、ベテランの鑑定人は触っただけで真贋を言い当ててしまう。

「だとすれば、偽造グループはだれでもファブリ社のマシーンをほしがるだろうな」

「そのとおりだよ、スティーブン。でも、あの印刷機械は恐ろしく高価なんだ。それに顧客のセキュリティー・チェックが厳格だ。会社の信用を損なうようなディールには決して手を出すはずがない」

「でも、そこは営利企業だろう。形さえきちんと整っていれば取り引きに応じる場合だってあるだろう」

「じつは、僕がここに来る前の出来事だから、もう十数年前のことになるが、ファブリ社の凹版マシーンがマカオの証券印刷用に輸出されたことがある。当時の捜査記録によれば、財務省もシークレット・サービスの捜査員を現地に派遣して調査したらしい。だが、結局、真相は闇のなかに埋もれ、印刷機械の行方は知れずじまいだった」

ポケットに刺繍で各自の番号を縫いつけ、ブルーのシャツを着た作業員たちが忙しく立ち働いていた。検査員は、ルーペを眼にあてて透かし模様とセキュリティー・スレッドの出来上がりを丁寧にチェックしている。もうひとりの検査員は、裁断前の紙幣をカメラに収めて、合格のサインを証書に書きいれていた。

「マイケル、紙幣に使う用紙は、すべてマサチューセッツのノートン社のものなのか」

「そのとおり、ノートンがほぼ独占的に供給している。だが、厳密な意味ではノートンが作っているペーパー・ノートは紙じゃない。綿が七十五％、麻が二十五％。それにごく少量の赤と青の糸が混じっている繊維状のものなんだ。この配合の妙が世にいう『ノートン家の秘密』さ」

「マイケル、凹版印刷機械のファブリ社も、紙幣の用紙を供給しているノートン社もともに、代々の家族経営なのは偶然なんだろうか。どちらも超がつく優良企業だが、株式を公開していない」

「そうだな。金にまつわる稼業に手を染めた業《ごう》とでもいうのだろうか。両家とも不幸な事件に見舞われている。ノートン家は、いまの会長の孫が自宅の庭から何者かに誘拐された。こうした事件を専門に扱うロンドンの会社が犯人グループとの交渉にあたって、この孫を取り戻している。一切公表されていないが巨額の身代金が支払われたはずだ。何しろ全米を代表する資産家だからな。だが、この孫は、いまは成人しているが、誘拐の恐怖が引き金となったのだろう。普通に学校にいくことができず、いまも看護師につき添われて広い邸宅の一隅にひきこもったままだ」

　ファブリ社の当主が乗った飛行機がバングラデシュでテロリストにハイジャックされた事件は、スティーブンもＢＢＣの報道で記憶にあった。

「当主が商談で南アジアを歴訪中の出来事だったんだ。ダッカを飛び立ってすぐ、ボーイング７２７型機が武装したテロリストの一味にハイジャックされた。このジェット機はパキスタンのカンダハールに着陸するように命じられた。ほかの乗客は早々と解放されたが、ファブリ社の当主とその愛人が機内に監禁された。スイス政府は直ちに秘密警察を現地に派遣して犯人グループとの折衝に入り、ふたりは七日後には無事解放されている。このときもファブリ社が一体いくら支払ったのか、それとも紙幣印刷用の凹版マシーンをどこかで引き渡したのかは、一切公表されなかった」

熱心に聞いていたスティーブンがふと顔をあげ、ひとりごとのようにつぶやいた。

「マイケル、第二次大戦前はイギリスのポンドが、そして戦後はドルが、基軸通貨として世界に君臨してきた。だが、それはいつでも金と兌換できるという実力の裏づけがあってのことだった。しかし、アメリカは、もう三十年も前に金との交換を停止してしまっている。こうしてドルと銘打った紙切れが量産されていく現場にいると、アメリカこそ壮大な紙幣乱造国家だという気がしてくるな」

コリンズは、呆れ顔でスティーブンを見て言った。

「まるでアナーキストの意見を聞いているようだな」

「マイケル、いまやドル紙幣は、その七割が海外で流通している。つまり、世界中でアメリカだけが、利子を払う必要のない『ドル紙幣』という名の米国債を発行していることになる。こんなうまい商売は世界中にたった一つしかない」

「たしかにその通りだ。でも、その利子を払わない米国債を誰よりも欲している連中がいる。それは香港、コロンビア、シチリアのマフィアたちだ。ドルのキャッシュさえもっていれば、銀行口座やクレジットカードから足がつくことはない。ドルを手にすることは究極のマネー・ロンダリングなんだ。その意味では持ちつ持たれつだな」

ふたりの眼前では、ジャクソン大統領の肖像が印刷された大判の用紙が、鋼鉄の台のうえで次々に裁断されていた。それはベルトコンベアーに載せられて帯封がかけられ、二十ドル紙幣となって運び出されていった。

東京湾

造幣局の穴倉を抜け出したスティーブンとコリンズは、財務省に戻った。

「スティーブン、すまないがまた地下室に降りてもらうぜ。ワシントン便とあわせれば、君はもう二十時間ちかく密室に閉じ込められている計算になる。閉所恐怖症になるといけないから、このあとホワイトハウス前のエリップス広場に行くといい。中国人に交って太極拳でもして、気分転換をすればどうだ」

地下のスペースには、アーチ型天井の個室が十五ほど連なっていた。ここがシークレット・サービスの特別エリアだった。

「昔はここに金貨や金塊それに有価証券なんかが保管されていたんだ。それ以前は阿片を保管していたこともあったらしい。ここで働いていると夢見心地になるのは、オピウムの精がまだほのかに残っているからなのかな」

「そうじゃないよ、マイケル。君はごく軽度のナルコレプシー、眠り病だな。コーパス・カレッジの頃からね」

「第二次世界大戦中はルーズベルト大統領の防空壕にもなっていたんだぜ。つまり、ここはワシントンの街でもっとも安全な場所ってわけだ」

スティーブンが招き入れられた部屋は、さながら野球チームの部室だった。壁にはナインの写真がずらりと並び、おびただしい数のペナントが張られていた。優勝カップには、ミント味の板チョコがびっしりと詰め込まれている。

コリンズは、さっそくミント・チョコをほおばりながら、暗証で三重に保護されたコンピューター画面を呼び出した。

「ウルトラ・ダラーはまずダブリンで見つかった。そしてすぐに香港とホーチミン・シティーでも発見されている。その数が比較的少ないのにはそれなりに理由があるんだ。印刷技術がきわめて高いために、従来の紙幣検査器をすんなりと通り抜け、人々の財布にホンモノのお札として収まってしまっているからだ」

「偽札の価値を知りたければ、オセチア・マフィアに聞け――。モスクワではそういわれているとこのあいだジミーに聞いた。闇の中央銀行総裁と呼ばれるオセチア・マフィアの首領、イフゲニー・ゲルギエフが、偽札交換の市場を支配して、それぞれの偽札に品質に応じて位取りを与えてきたからだ。そのゲルギエフが、ウルトラ・ダラーにとてつもない値をつけたらしい」

ゲルギエフは、コロンビア製やシリア製の偽百ドル札にはホンモノで十五ドルから二十ドルしか支払おうとしない。が、北朝鮮製なら交換比率はグーンと跳ねあがる。「スーパー・ダラー」は百対八十二。このほどダブリンや東南アジアに出現した「ウルトラ・ダラー」には百対八十九の値がついた。品薄なら百対九十二に跳ねあがる。途上国の通貨はその国を一歩出てしまえば紙くず同様となることを考えれば、モスクワの闇市場は、新たに登場した「ウルトラ・ダラー」に帝王のごとき地位を与えていることがわかる。

コリンズは、コンピューターの画面に、このウルトラ・ダラーとホンモノの二つを映し出し、フランクリン像の部分を拡大してみせた。九六年の改訂に際して、このフランクリン像は一・五倍に拡大され、その表情もかすかに微笑んでいるように描かれたのだが、ウルトラ・ダラーはホンモノと寸分も違わず仕上げられている。それほどに精巧な出来栄えなのである。

「偽造犯の筆づかいを見破る工夫がここに施されている。フランクリン像の右に肖像をかたどった透かしが入っているだろう。造幣当局が、世界最高の製紙技術を誇るノートン社と共同開発したものだ。どんな精密なカラーコピー機でもこの透かしだけは再現することはできないからね。ところがウルトラ・ダラーにはちゃんと透かしも入っている」

　コリンズはついでカーソルを新札の右下の１００という数字に移した。

「造幣技師のチームは、独自のハイテクインクを使用することで、札を四十五度に傾けると『１００』の色調が緑から黒へと変化するよう設計した。見事な技術だろう」

　続いてカーソルを紙幣の左下に移動した。

「１００という数字のなかに超微細なマイクロ文字がびっしりと並んでいるだろう。このマイクロ文字は、どんなに高性能の複写機をつかっても、文字が潰れて再現できない。そのうえ、肖像画の背景部分にも、複製を阻む超高度な印刷技術が施されている。こうしてみると造幣当局の自信にもそれなりの裏づけはあるといっていい」

　黙って耳を傾けるスティーブンの瞳をまっすぐに見すえて、コリンズは問題の核心に入っていった。

「これまでのような職人芸の偽造犯や高性能のカラーコピー機では、これほどのハイテク紙幣にはもはや太刀打ちできない。だが、ダブリンで見つかったウルトラ・ダラーは、この札がもつ新しい機能をことごとく備えている。大胆にいえば本物だ。それが北朝鮮の造幣工場で刷られたというにすぎない。これは驚くべきことだ。そうだろう、スティーブン」

「それじゃ、アメリカ製と北朝鮮製を見分けることは、シリアル・ナンバー以外には不可能なのか」

「ところが、鑑定のプロたちは、北朝鮮製の百ドル札にわずかな瑕を見つけだしたんだ。だが、われわれは、いまやその瑕にすら疑いの眼をむけている」

「どういうことなんだ」

「北の印刷工はわざとこれらの瑕を創ったのではないか。そう疑っている。かすかな瑕でもなければ、かれらとて真札と偽札を見分けられない――。それほど、ウルトラ・ダラーは見事な出来栄えなんだ。まさしくウルトラの名に値するってわけだ」

コリンズの表情はいつになく真剣味を帯びていた。

「シークレット・サービスに入ってすぐの頃だった。ボスの命令でニューポートの海軍大学で行われたクライシス・マネージメントのシミュレーションに参加したことがあった。そのときの統裁官は、誰だったとおもう。あのシカゴ大学のホルスタッター教授だった」

「核の抑止という独創的な理論を打ち立てたあのホルスタッター教授か。それじゃマイケルは、核の語り部のちょっとした弟子というわけだ」

「戦略理論家たちの尊敬を一身に集めていたそのひとに、思い切って質問してみたんだ。『戦略的思考の要諦とは何か』ってね」

「ずいぶんストレートに聞いたもんだな。それで教授はなんと答えたんだ」

「想像すら出来ない事態をひたすら想起せよ――このひとことだった。スティーブン、いいか、よく聞いてくれ」

　コリンズは声を低めた。

「北の独裁国家は、もう三十年も前に、印刷熟練工を何人も日本から拉致していた。なんのためにそんなことをしていたか、わかるかい。敵国の紙幣を偽造させるために拉致したんだ。何十年も働かせようとしたのだろう。若くて、とびっきり腕のいい印刷工を工作船でさらっていったんだ」

「何だって」

　黙りこんでしまったスティーブンに、コリンズが一通の封筒を差しだした。

「むごい話だ。君に手渡すことをボスだけが承知している。東京で存分に役立ててくれればいい。ボスは、ダブリン事件の後、君が日本政府の動きをすばやく探ってくれたお礼にといっていた」

　スティーブンは、公園越しにホワイトハウスを見ながらホテルまで歩いていった。何度か、胸の内ポケットに手を伸ばして封筒に触ってみた。やはり、ヘイ・アダムス・ホテルの部屋に戻ってから封を開くことにしよう、と自分に言い聞かせた。

　部屋の鍵を開けるや、封書を取り出した。その報告が伝える闇の深さに、スティーブンは立ちすくんだまま言葉を喪った。

　　エジリ・ヤスノブ、コンドウ・マサル、ハマミチ・カツオ、マキノ・ツトム、テラオ・ススム、キタムラ・ユウジ、エンドウ・カズトシ。

六〇年代の末に失踪した若い印刷工の名だった。七人にはいくつかの共通点が見出されると覚書は記している。

（1）すでにかなりの熟練印刷工であったこと。
（2）大半が地方の出身者だったこと。
（3）いずれも都内に間借りをする独身者で係累が少なかったこと。
（4）居住地は、アラカワ、エドガワ、コウトウ、タイトウ、ネリマ。

失踪当時、東京湾内には国籍不明の工作船が出没していた事実を、在日アメリカ海軍の情報部が確認している。日本の警察当局も失踪の事実そのものは把握していた節がうかがわれた。しかしながら、個々の失踪事件を関連づけて総合的な捜査を行った形跡はなかった。警視庁公安部だけは、一連の事件を北朝鮮関連のインテリジェンスとしてファイルしていた跡が残っているが、具体的な捜査に着手しようとはしなかった。日米情報当局の定期接触の際、日本側の捜査官は、一連の事件を「現代の神隠し」と呼んでいる。

「エジリ・ヤスノブ、コンドウ・マサル、ハマミチ・カツオ――」

スティーブンは、失踪したかつての若者の名を声に出して呼んでみた。彼らの母親は、ある日忽然と姿を消した息子たちの身を思い、どれほど深い悲しみの淵に投げ込まれたことだろう。拉致への言い知れぬ怒りがふつふつと湧き起こってくるのを抑えがたくなっていた。

スティーブンは、ワシントンから帰った翌日、すぐに総理大臣官邸に連絡をとって、高遠希恵官房副長官を訪ねた。高遠から「来週ならランチをご一緒できるが、お急ぎなら執務室に来てもらってかまわない」という返事をもらったからだ。

スティーブンが高遠を訪ねたのは午後三時すぎだった。紅茶を運んできた副長官付きの秘書がドアを閉めて去ったのを確認して、ワシントンから携えてきた茶色の封筒をテーブルの上に差しだした。

高遠希恵は、常と変わらぬ表情で封筒を取りあげると、なかから文書を取りだして眼を走らせた。ソファーに浅めに腰掛けて背筋をまっすぐに伸ばし、きれいに磨かれた指でもつ文書は微動だにしない。読みおわった高遠は、厳しいまなざしで切り出した。

「スティーブン、ひとつお聞きしていいかしら。非常に興味深い覚書ですが、前後にこの文書の形式を示す記述があったはずです。ここでは削除されています。私たちも時々やるのですが、極秘指定のある文書だったと考えていいですね。文面から判断して、日本に在勤していたアメリカの情報当局者が本国に送った報告電報でしょう。差しさわりがあるなら答えなくてもいいわ」

「アメリカ大使館内に置かれているＣＩＡの東京支局員が、支局長名でラングレーに打電した調査報告です。報告の時期は僕の推測ですが、おそらく一九七〇年の秋頃だと思います」

「当時は、外務省はもとより、警察も、そしてメディアも、北がらみの問題は暗黙のタブーだったんです。過去の歴史への贖罪意識が根強く、朝鮮総連の政治力も豊富な資金力に支えられてとても強かった。そんな時代の空気のなかで証拠なき失踪事件に取り組むのは、砂浜のなかでヘアピンを見つけるほどに難しかったはずよ」

「しかし、高遠さん。この報告を読むと、CIAのエージェントが七つのケースすべてを独自に調査したとはちょっと考えられません。やはり日本の捜査当局から協力者を通じて手に入れたと考えるのが自然でしょう」

「わたくしもそう思います。公安警察とCIAの間には従来から濃密なチャンネルがあって、実にきめ細かく情報をやり取りしています。おなじ警察とはいっても、公安部門は事件の立件を優先しようとせず、北からみの貴重な情報をただひたすら集めて埋もれさせてしまったのでしょう。公安警察は、一連の熟練印刷工の失踪事件に強烈な関心を抱きながらも、現実に捜査に乗り出そうとはしなかったのです」

スティーブンは、高遠にスコットランド・ヤードのエージェントの話を紹介した。このIRA担当のたたきあげの刑事は、彼らの組織に浸透するため、ベルファストの小さな工場に労働者としてもぐりこみ、IRAのシンパがいく場末のパブに来る日も来る日も通い続けた。その果てに、ふと気がつくと、過激派に心情ではすっかり共感してしまっている自分に愕然としたという。

「スティーブン、情報組織はどこも同じ。公安調査庁では新入りを北朝鮮担当者に指名すると、その日から関係者がよく顔を出す焼肉屋に通わせるというわ。捜査対象の行動や心情を肌で覚えさせ、いつか相手に心を開かせて話をさせようというのでしょう」

「僕もロンドンで警察の取材を担当したことがありました。たしかに防諜関係の捜査官は偏屈な人が多かったように思います。同じスコットランド・ヤードでも畑の違う部署を敵のように思って信用せず、むしろ情報源の過激派になにかしら共感を覚えてしまう倒錯現象が時に起きるんです」

「事件として立件しようとしないから、末端の捜査員たちは、ひたすら情報だけを追い求める。それが上層部の評価を得ることにつながりますからね。貴重なインテリジェンスをＣＩＡとの接触から得られるなら、公安警察も見返りに相当な情報を渡すのでしょう」

高遠は、ＣＩＡの調査報告をテーブルのうえに置いて「国籍不明の工作船」というくだりを黙って指さした。北朝鮮が日本人を拉致するときには必ず工作船を周辺の海に配していた。そしてその事実を当時の在日アメリカ海軍の情報部は知っていた――。これこそが最重要のインテリジェンスだと示唆してくれたのだった。

高遠は突然立ち上がって窓際に歩いていき、何事かを思案していた。

「スティーブン、扱いには十分に気をつけますが、この文書、コピーをいただいていいかしら」

「控えは取ってありますので高遠さんに差しあげます。そのつもりで持参しました」

「あなたにひとつ借りができたわ。いつかお返しをしなきゃならないわね」

「きょうも貴重なお話を伺いましたので、そんなことはご放念ください」

「オオムラ先生のお仕込みかしら。ご放念だなんて、久しぶりに聞く日本語だわ」

「最後にひとつご相談に乗っていただいていいですか。高遠さんに教えていただいて、先日、瀧澤アジア大洋州局長にお会いしました。外交官とは思えない大変に率直な方でした。瀧澤さんにはこの文書を見せるつもりはありませんが、ちょっとした話題にしていいものかどうか」

この瞬間、高遠の視線はわずかに逸れて、窓ガラスの向こうの議員会館に眼をやった。スティーブンにはやや間があいたように感じられたのだが、実際は数秒のことだった。

「お話ししてみてはどうかしら。さしつかえなければ、どう言っていたのか、あとで教えていただける。サキさんに、くれぐれもよろしくお伝えください」

水際

そのデスクにかかってきた一本の電話がすべての始まりだった。

法務省合同庁舎の七階に同居している公安調査庁の調査第二部一課。ふだんは法務省担当の記者たちも滅多に顔を見せない。「ここはニュースの墓場さ」と吐き捨てる事件記者までいる。その日も、欧米先進国との連絡・調整を担当する友田信二は、出勤するとまず薬缶に湯を沸かした。湯飲みに昆布茶の粉末をいれて、箸を一本つまんでかき混ぜた。直通電話が鳴ったのはそのときだった。

「シンガポールのチャンギ国際空港から疑惑の人物が先ほど成田国際空港に向けて飛びたったのでお知らせする」

名前は名乗らなかったが、担当官の友田には聞き慣れた声だった。英国秘密情報部の香港駐在だ。数年来、情報交換をしている相手だった。それにしても、直接、このデスクに連絡してきたのはかなりの重大事が起きたからだろう。緊張のあまり思わず持っていた鉛筆をきつく握りしめた。

「メモの準備はできていますか。それでは申しあげます。疑惑の人物は、ドミニカ共和国の偽造パスポートをもっています。パスポートに記載された氏名は『パン・シオン』。スペルを申しあげます。『ＰＡＮＧ　ＸＩＯＮＧ』。このパン・シオンと名乗る男性は、本五月一日、現地時間の午前八時に、日本航空機七一二便にて成田の国際空港に向けて出国したことがすでにシンガポールの空港当局によって確認されています」

この担当官は受信記録用のノートに通報の内容を書き留め復唱した。衝撃的な事実が告げられたのは、その直後だった。

「我が方の調査によれば、このパン・シオンなる人物は、北朝鮮の金正日総書記の長男、金正男と見られます。繰りかえします。金正日の長男、金正男とみられます。女性ふたりと男の子を同伴しています」

受話器にはじっとりと汗の跡が残った。成田への到着まであと四時間足らずしかない。メモを大急ぎで書き直し、一課長、続いて第二部長の部屋に駆け込んだ。こうして「招かれざる客」を迎える日本政府部内の長い一日が幕を開けたのだった。

成田空港には直ちに厳戒態勢が下令された。ただし、メディアには一切気づかれてはならない、と捜査員たちは言い渡された。一般の渡航客を装った捜査員が、パスポート・コントロールの周辺に多数配置された。

日本航空七一二便は、ほぼ定刻通り、滑走路に滑り込んできた。捜査当局の無線の通信量が跳ねあがった。やがてベスト姿のパン・シオンがゲートを出て、女性と子供の手を引いて、もうひとりの女性とともにパスポート・コントロールの外国人用の列に並んだ。

パン・シオンは、ベストの内ポケットから偽造旅券をとりだして出入国管理官に提示した。

「恐れ入りますが、こちらまでご足労願います」

出入国管理官はブザーを鳴らして、待機していた同僚に引き渡している。パン・シオンは、意外だという表情を見せたが、取りたてて抵抗する素振りはみせず係官に従っている。女性と子供もついてきた。こうして長時間におよぶ取り調べが始まった。

スティーブンは、この情報をヴォクソールからの緊急電で知らされた。香港の担当官が公安調査庁の友田に連絡する十六分前のことだった。あわてて動けば素顔をさらしてしまう危険がある。ひとまずは、有楽町の電気ビル二十階にある「外国人特派員クラブ」に行くことにした。バーでジン・トニックを飲みながら、テレビニュースをウォッチしていた。CNNが成田からブレーキング・ニュースを流したのは、極秘の緊急電から六時間二十分後だった。スティーブンはすぐに特派員クラブの電話ボックスに飛び込んで、ロンドンにヴォイス・リポートをたたき込んでいる。

「パン・シオンこと金正男は、来日の目的を子供をディズニーランドに連れて行くことだと当局に供述している。だが、日本政府の高官は、北朝鮮の指導部が高額の現金決済をするため、金正男を東京に派遣したのではないかとみて、本人に詳しい供述を求めている」

ブラッドレー特派員は、レポートの最後をこう締めくくった。最後のセンテンスは他のメディアのニュースには見あたらなかった。ごく一握りのリスナーだけが、おやと思ったはずだ。

パン・シオンこと金正男の身柄を日本国内にとめ置いて立件すべきか。それとも、第三国経由で北朝鮮に送還するのか。日本政府の内部では、招かれざる客の扱いをめぐって、激しい論争が巻き起こった。外務、法務、警察の担当局長会議が招集されて、各省庁がそれぞれの見解を披瀝した。横目で総理大臣官邸がどんな腹なのかを探りつつ、協議を再開しては、また各省庁に持ち帰るといった具合だった。

外務省は金正男の身柄を早期に送還するよう主張。これに対して公安当局は旅券法違反で立件すべきだとして立ちはだかった。両者は対立の様相を深めている、とメディアは報じたのだが、政府部内の対立の構図はより複雑だった。

じつは宥和派にみえた外務省内でも、意見は真っ二つに分れていた。

「今回の出来事をむしろ奇貨として、膠着している日朝交渉を打開するカードに使うべきです。そのためには、パン・シオンこと金正男の身柄をきょうにも北京経由で北朝鮮に送り返すのが最善の策と思われます」

こう主張して譲らなかったのが、当時、アジア局のナンバー・ツーだった瀧澤勲審議官だ。

「今回のケースはきわめて悪質な偽造旅券による密入国である。もし、立件を怠るようなことがあれば、法治国家としてのわが国のあり方に国際社会から疑問の眼が向けられてしまう。あなた方は、偽造パスポートで成田にやってくるコロンビアの麻薬運搬人も同じように見逃そうというのですか」

条約局の法規課長が、こう反論した。なかでも強硬だったのは、条約局のナンバー・ツー、高遠希恵審議官だった。

瀧澤は真っ向から反撃した。

「高遠さん、いいですか。外務省は、司法行政に携わっているわけではない。警察をけっして見下げるつもりはないが、われわれは岡っ引きじゃない。外交をやっているんですよ。この拘束の機会を捉えて、北朝鮮側にシグナルを送り、交渉の場に引き出すべきなんです」

落ち着いた表情の高遠は、低いトーンで話しはじめた。

「瀧澤さんにひとつ伺いたいのですが、あなた方がいうように金正男をピョンヤンに帰すとしましょう。これを北朝鮮側が日本政府の好意と受け取り、これまでのような頑なな姿勢を改めるなにか心証のようなものをつかんでいるのですか」

瀧澤をはじめとして、アジア局の面々は黙ったまま応えない。

「あのような国ですから、あなた方が切ろうとするカードが活きてくる保証をいまの段階で取りつけていないことがいけない、などといっているわけではありません。しかし、妥協を引き出す見通しもないまま、身柄を渡してしまえば、北朝鮮はそのカードを日本の弱さの表われと受け取ってしまう危険があります。瀧澤さんの判断の根拠はどこにあるのですか」

「それでは逆にお伺いしたい。高遠さん、あなたのいう強硬策をとったとして、事態が動く心証をお持ちなのでしょうか。聡明なあなたのことだ。私が、北風とマントの話を持ち出していると は思わないでいただきたい」

高遠は、瀧澤が射程に入ったことを見定めて、再び立ちあがった。

「パン・シオンこと金正男には、日本国内での活動について詳しい供述を求めるべきでしょう。その証言を裏付ける捜査をおこない、たとえその一端なりともつかんで、北朝鮮が手を染めている地下活動の真相を明らかにすべきです。もし身柄を釈放する場合も、一連の拉致事件をめぐる情報を北側から提供させるべきでしょう。いまならこうした折衝は十分に可能です」

論争では、高遠が優位に立った。だが、現実の決着では、瀧澤の完勝といっていい。瀧澤は、積極的な対北朝鮮外交を繰り広げることで世論をひきつけたい政府首脳の意を巧みに利用して、金正男送還を決断させたのだった。

結局、日本政府は、公費で全日空機のファースト・クラスの座席を確保し、アジア局の審議官まで付き添わせて、金正男一行を北京に送り届けた。それは下にも置かないもてなしぶりだった。かくして、パン・シオンを名乗ってやってきた招かれざる客は、こんどは全日空機の特別シートに傲然とおさまって賓客として北京に旅立っていった。機内ではチーフパーサーを頻繁に呼び出して酒を次々に注文している。「モエ・エ・シャンドン」のシャンパンに始まって、サンテ・ミリオンの赤ワイン、続いて「オールド・パー」、そして仕上げにはポートワインのグラスまで空にしてご満悦だった。

東アジア主義者

消えた七人のリストの件を瀧澤アジア大洋州局長にもお話ししてみてはどうかしら。さしつかえなければ、どう言っていたのか、あとで教えていただける――。

高遠希恵は、官房副長官室での別れ際にこう口にした。こんどは、はっきりと瀧澤の反応を教えて欲しいと、スティーブンに持ちかけた。

瀧澤が「消えた七人」に果たしてどう応じるのか、スティーブンを介して探ろうとしている。こうした高遠の依頼は、瀧澤という実力派のアジア大洋州局長が、拉致の疑惑をホンネでどう考えているのか、いまだに省内では手の内をさらしていないことを物語っていた。

「消えた七人」のリストは、ワシントンと東京の情報当局のあいだを巡る回遊魚だった。東京湾から発した公安情報は、横須賀で在日米軍情報をくわえこんで肥え太り、太平洋を渡った。そこで精緻な分析が加えられて鮮度を増し、ワシントン発のインテリジェンスとなって、いま東京湾に注ぐ川を遡上しようとしている。独自の情報源を築きあげてきた高遠にとってすら、「七人のリスト」は思いもかけない機密情報だったのだろう。

スティーブンは、この回遊魚をポケットに収めて、アジア大洋州局長室に瀧澤勲を訪ねてみた。

瀧澤は握力のトレーニングに取り組んでいた。ワイシャツの腕をまくりあげて、右、左、右とバネを握り、ヒッティングの構えをしてみせた。スティーブンの方を振り返ると、にこっと笑顔を浮かべ、赤いスポンジボールを握りしめてソファーに座り込んだ。

「松栄亭の洋風カキアゲとオムライス、もう病みつきになりそうです。トヨタの躍進の秘密を探る特派員報告を考えているのですが、その枕にニッポンの洋食を使ってみようと思っているんです。西欧の文物を取り入れながら、まったく独自のものに仕立てあげる。これも瀧澤さんのおかげです」

「そういってもらうと嬉しいなぁ。僕の秘書は、初対面の方との会食場所に洋食屋さんですか、と反対したんだ。じつに正解だった、とあとでいってやろう」

瀧澤となら楽しい料理談義で一時間はあっという間にたってしまう。スティーブンは誘い水を向けてみた。

「オクラホマの友人がちょっと意外な話を聞かせてくれましてね」

「あなたの主な人脈は、祇園や新橋とおもっていましたが、オクラホマとはまた意外だな」

「いや、この男が瀧澤さんと同じ熱烈な野球ファンで、じつはコーパス・クリスティー・カレッジのクラスメートなんです。先日、ひょっこりと東京にやってきました。べつに仕事で会ったわけじゃなかったんですが、そのとき、例のＢＢＣの番組『パノラマ』の話をしたんです。そうしたら、この友人が意外な日本絡みの情報を教えてくれました」

瀧澤は、興味があるのか、さして関心がないのか、表情をまったく読ませなかった。

「彼の話というのは、ずいぶんと前のことなんですが、東京都内から姿を消してしまった人たちのことなんです」

瀧澤は、いつごろのことだろうと問いたげだった。

「六〇年代の末の話ですから、もう三十年以上も前のことになります。合わせて七人が都内から相次いで行方をくらましています」

「スティーブン、東京は当時から世界最大の都市のひとつだよ。一日におびただしい数の人が行方をくらましている」

「確かにその通りなんですが、その七人は、いずれも熟練の印刷工ばかり、しかもみな二十代の若者でした。それに、都内に親戚などがほとんどない地方の出身者でした」

「スティーブン、『パノラマ』がらみだとすれば、その七人の印刷工は拉致された疑いがあると言いたいわけだね」

スティーブンは、かすかに頷いてみせた。瀧澤は、ちょっと納得しかねるといった風に首をかしげて言葉をついだ。

「膨大な数にのぼる都内からの行方不明者を、数年の単位で同じ職業や年齢層でくくって、ひとつの結論を引き出すのは、あまり論理的なやり方だとはおもわないな」

情報を扱う者は互いに情報源に触れるようなことをしない。だが、この日の瀧澤は違った。

「スティーブン、そのオクラホマの友人は、やはり、どこかのインテリジェンスのひとなんだろうね」

「ごく小ぶりな情報機関にいます」

「誤解をしてもらいたくないんだが、僕は、こうした拉致の疑いがあるケースに無関心なわけじゃない」

瀧澤の表情からは笑みがすっと消えていった。黒い革の財布からブルーのリボンを形どったバッジを取り出して見せた。

「関係の会合に臨む時には背広の胸に着けることにしている。別に拉致被害者を救う会の人たちに気を使っているわけじゃないんだ。被害者のご家族とはわが心はいつもともにあるという気持ちをこめているつもりなんです」

スティーブンはここで一枚のカードをそっと差しだした。

「瀧澤さんの姿勢はよく承知しているつもりです。でも、七人の失踪事件が起きたときには、例外なく東京湾内に国籍不明の工作船が出没していたことが確認されています」

瀧澤は鋭い目を向けた。

「いま、確認されています、とあなたはいった。三十年も前、突然の出来事を事前に予測していたように、海上保安庁の警備艇が洋上に出ていたわけはない」

「ここだけの話にしていただきたいのですが」

スティーブンはなぜか口の渇きを覚えながらも瀧澤に告げた。

「在日アメリカ海軍の情報筋です」

「だが、公式には僕のところには、何も言って来ていない。この七人のケースについて、ワシントンから内報があれば、かならず通報があるはずなんだが、何の連絡もないのはなぜだろう」

「外交ルートで正式に提起するには、三十年も前の事件で事実関係の細部が明らかでない、ということなのでしょう。それ以上に、東京を舞台に張り巡らされている日本の公安警察とアメリカの情報機関の隠された関係を人目にさらしたくないというのが双方の本音かもしれません」

スティーブンは、これ以上「七人のリスト」に深入りしては、瀧澤に疑念を与えかねないと判断し、東アジア外交に話題を転じた。

「瀧澤さん、先日のＡＰＥＣ首脳会議の準備会合で、東アジア圏構想を打《ぶ》ちあげてアメリカ側をずいぶんと刺激したようですね」

瀧澤は会議後の記者ブリーフィングでも、自らの発言を一切明らかにしていなかった。

「さすが、早耳だなぁ。でも、東アジア圏構想なんて大げさなものじゃないよ」

ソファーからたちあがると棚までつかつかと歩いていき、白い皿に肉饅頭を四つ載せて差し出した。

「日本の東アジア外交は、すべてアメリカの承認のもとに、アメリカの参加を求めて運営する。こうした発想はすでに過去のものになったといいたかっただけなんだ。日米の同盟関係はそんな脆弱な基盤のうえに立っているのかってね。日本の適切な独自路線こそ、同盟国アメリカの東アジア外交の幅をひろげることになる。これが僕の持論なんだ」

「実力派のアジア大洋州局長がそう主張すれば、アメリカ政府は東アジアの組織からアメリカを排除しようとした、かつてのマハティール構想の悪夢を思い出すでしょうね」

「スティーブン、アメリカの同時多発テロ事件は、あらゆる地域に深刻な影を落としたが、なかでも東アジアには地殻変動をもたらしたといってもいい。九月十一日事件のあと、ブッシュ政権がとった政策をみれば一目瞭然だ。アメリカは対アフガン、対イラク戦争に突っ込んでいった。そのために何が起きたか。東アジア外交に取り組む余力をアメリカは失ってしまった。超大国といえども二正面作戦は出来ない相談だからね」

「瀧澤さんは、東アジアでのアメリカのプレゼンスが軽くなってしまったことで、どんな事態を招きつつあると見ているのですか」

危険な地雷原に頓着せずに踏み込んでいく歩兵の表情で、瀧澤はこともなげに答えを返した。

「アメリカの東アジアにおける永き不在は、北朝鮮が核武装する危険性を増大させ、中国の軍事影響力を結果的に増大させることになった、といっていい。ひいては、台湾海峡をめぐる中国と台湾の軍事バランスも、中国に有利に傾きつつある。外務省でも、『日本は、従来の惰性で日米同盟だけに安易に身を委ねていていいのか』という声が若手の事務官からよく聞かれるようになっているよ。スティーブンもいちど彼らを居酒屋にでも誘ってみるといい。驚くほど率直に本音をいうはずだ」

アメリカ側がこうした瀧澤の発言を耳にすれば、この実力アジア大洋州局長は日米同盟からの緩やかな離脱を目指す「東アジア主義者」と疑いかねないだろう。スティーブンは、「あなたは日米同盟派ではないのですか」と尋ねたい誘惑に駆られたが、かろうじて踏みとどまって、話題をウルトラ・ダラーに導いていった。それにしても、これほど大胆な主張を堂々と披瀝するこの人物はやはり並みの官僚ではない。

「瀧澤さん、例のウルトラ・ダラーなんですが、専門家も感嘆の声をあげるほど精巧なつくりで、これじゃホンモノとどこが違うんだという声もでているようですね」

瀧澤はこれが一種の誘導尋問だと気づいたのだろう。苦笑しながら言った。

「僕は大阪の貧しい地域で育ったんだが、そこでも近所の若い女性たちはアルバイトで貯めた金でお茶やお花にせっせと通っていた。免状をとって嫁入り道具にするためにね。茶道や華道の家元が振り出す免状はまさしくお札のように価値があった。刷れば刷るほど家元の懐は暖かくなる。貧しいお弟子は大変だよ。彼女たちの気持ちが僕には痛いほどよくわかるんだ。いまのドル紙幣もこれと同じことじゃないかな。免状は家元の権威によって、ドルはアメリカという国家の威信によって流通している。ドル紙幣はとっくの昔に金との交換を停止して単なる紙になったはずやないか。それなのに、アメリカはミリタリー・パワーとソフト・パワーを背景に、なお基軸通貨だと主張し続けている。そうはいえないかな」

「瀧澤さん、アメリカ財務省の連中がいまの話を盗聴していたら卒倒しますよ。正直に言えば、いまのイギリスは、新しい家元の権威をまるごと認めてしまうことで、繁栄の配当のおこぼれにありついているんです。むかしはいっぱしの家元だったイギリス人には、瀧澤さんのように、お前は裸の王様だと言い切る勇気はありません。こんなに率直なお話が伺えてほんとうに楽しかった。また近くお会いできることを心待ちにしています」

立ちあがって窓際に視線をやると、高麗青磁の花器に真紅の芍薬《しゃくやく》が活けられていた。枝ぶりの面白さをいかした、一種活けだった。「ドル紙幣免状説」を披瀝する局長の秘書は花道の心得があるのだろう。

瀧澤はソファーから立ちあがると、ドアまで開けてくれた。

「僕でお役に立つことがあればいつでも連絡してください。君と話をしているとなんだかイギリスのカントリーハウスで語り合っているような心地になる」

瀧澤は笑顔を湛えてスティーブンを見送った。

第三章　偽札洗浄器

コレクター

『或るベンチャー企業の自画像』――。スティーブンが「海外特派員だより」に選んだ今月のテーマだった。サブタイトルは「小兵が世界を変える」とした。このラジオ番組は、ＢＢＣの特派員が、世界の街角で拾ったトピックスを独自の切り口で伝える人気のプログラムだ。ハイテク技術で偽ドルを次々にはじき出す偽札検知器を開発して躍進を続ける、東京・千駄木の橋浦マシネックスにスポットライトをあててみた。

スティーブンは、ＢＢＣのブースからマイケル・コリンズにダイヤルした。呼び出し音に妙な雑音が混じっていないかじっと耳を傾ける。

「やあ、君に案内してもらったワシントンの地下工場、あれはじつに参考になったよ。ルーペで新札を覗きこむ検査官を見て、ふと思いついたんだ。そういえば、うちの界隈で発行されているミニコミ誌の『湯島ネット』が検知器のベンチャー企業を特集していたってね」

スティーブンは、取材のきっかけを披露した。

「君という男は、じつに着眼点がいい。このあいだ、翻訳で日本の小説を読んだのだけれど、英語とそっくり同じ表現で一石二鳥というらしい。まさにこのケースだな」

「マイケル、紀元前のラテン語に『一石二鳥』という表現は早くも登場する。君たちアメリカのローズ奨学生が学長からきつく勉学を言い渡されたあのラテン語にね。でも、近頃の日本じゃ『一粒で二度美味しい』と言うんだ」

「ソウルで脱北者と面談したアメリカ大使館員が耳寄りな話をひっかけてきた。北の連中は、刷りあげた百ドル札を海外に持ち出す前に、偽札検知器を使って品質チェックをしているらしいんだ。だから、この検知器ってやつを追ってみれば何か出てくるかもしれない。だから、君のネタはなかなか面白い」

「僕の読み筋も悪くないってわけだな。君のような専業の探偵と違って、僕は何かと忙しいから、効率的に調査を進めないとね。湯島のうちにいるサキさんのことは知っているだろう。『忙しがっている男のひとなぞ、女にはもてるはずがありませんよ』って言うんだ。たしかにバトラーのジェームスは、僕のおじいさんがやたらともてたといっていた。生涯、これといった勤めに出たことがなかったからな」

「ヒマと金、それに人柄の三拍子が揃わないことにはなぁ。人柄だけの俺にはヒマもカネもないから、君のじいさんとは勝負にならない」

「まあ、人柄だけで健闘を祈るよ。じゃ、検知器のことで何かあたりが出たらすぐに知らせる。マックリーン・セネターズの優勝を待ってるぜ」

スティーブンが橋浦マシネックスを訪ねたのは、それから三日後だった。この新興のベンチャー企業は、文京区もぐんと下町にくだった千駄木の不忍通りに面して、八階建ての自社ビルを構えていた。一階のショーウィンドーには最新鋭のハイテク機器がずらりと陳列されていた。

まっさきにスティーブンの眼にとまったのはMCXだった。八〇年代の終わりから東南アジア各地に出回った偽札を次々に暴き出して勇名を馳せた検知器だ。「スーパー・ダラー」と呼ばれる北朝鮮製の精巧な偽ドルを確実にはじき出せるのはMCXだけといわれ、橋浦マシネックスを飛躍させるきっかけをつくった伝説のマシーンとなった。

スティーブンが磨りガラスの前に立つと、自動扉が静かに開いた。磨きぬかれたフロアーの向こうに受付のデスクが見えた。ライトグレーのタイトスカートに淡いピンクのブラウスを着た受付嬢がたちあがって一礼した。

「こんにちは。ようこそいらっしゃいました」

「BBCのブラッドレーです。橋浦社長におめにかかりたいのですが」

スティーブンは、まっすぐに彼女を見つめて、名刺を差し出した。一目見たときから好意を持ったという微笑みが、受付嬢の顔いっぱいにひろがった。

「ブラッドレー様、お待ち申しあげておりました。六階の社長応接室にご案内いたします」

彼女の役割りはここまでのはずなのだが、不慣れな外国のお客さまを打ちすてておくわけにはいかないとばかりに先導してくれた。エレベーターの扉が開いた。だが、スティーブンは立ったまま動こうとしない。あなたからどうぞ、と譲らない。受付嬢は、小さく会釈をして先に乗りこんだ。ふたりきりの空間で彼女は視線のやり場に困ったのか、ネイビー・ブルーのレジメンタル・タイをじっとみつめている。グレーとシルバーの織りが入り、ディンプルと呼ばれるくぼみが結び目にできている。だが、スティーブンはここでみだりに声をかけたりはしない。かすかに微笑みかけるだけだ。彼女も眼をあげて微笑み返してきた。六階についたことを示す明かりが灯り、扉が静かに開く。スティーブンはその扉をおさえて、どうぞと促した。その指のほっそりとして長いことに、受付嬢はうっとりしてしまった。

「すぐに社長秘書が参りますので、しばらくお待ちください」

「お忙しいのに、ご案内をありがとう」

応接室には浮世絵がかかっていた。歌麿の絶頂期の作といわれる「高嶋おひさ」だった。雲母を背景に散らした雲母摺《きらず》りの手法を用いて、絹をおもわせる和紙の光沢を際立たせている。寛政年間、江戸の三大美人と謳われた「おひさ」が、襟元をはだけ、うちわを左手に持ってくつろぐ湯上り姿を艶《なまめ》かしく描いている。「おひさ」の表情を覗き込んでいると、社長の橋浦雄三が秘書を伴って急ぎ足で入ってきた。

上背があり、背広がよく似合う人だった。真っ白なワイシャツの袖口からはミニチュアの双眼鏡のカフリンクスがのぞいている。誰かが橋浦のために誂《あつら》えた品なのかもしれない。

「いやあ、すんません。お待たせしましたな。橋浦です。初めまして。ブラッドレーさん、お若いのに、ようわきまえたりますなあ。吉野君、よそさんに行ったら、先方さんがお見えになるまでは坐るもんやないで」

「いえ、歌麿の『おひさ』があまりみごとなものですから。つい見とれて立ったまま拝見していたんです。湯上りのほてりがさめやらないといった風情で、女性の肌をこれほど艶っぽく描いた作品をほかに知りません。吉野さん、そう思いませんか」

秘書の吉野は頬をかすかに染めながら小さくうなずいた。

「いや、ほんまに控えめなお方ですな」

この男、どこかで見かけたことがある——。スティーブンは如才なく受け答えしながら、記憶の底を探った。

「寛政のものでここまで保存状態がいいものは珍しいですね。大英博物館の浮世絵展で見たことがありますが、僕は、こちらのおひさのほうが出来がいいと思います。ふと振り向いたような表情がなんともいえません。すばらしいコレクションです」

「日本語もほんまにお上手で、浮世絵もよう知ってはりますな。お国でお勉強されたんですか。いやたいしたもんですな」

「じつは祖父が、橋浦さんと同じ浮世絵のコレクターだったんです。私が役者絵なるものを見たのは五歳のときのことでした」

「ほう、それでどんな浮世絵を。やはり、写楽がお好きでしたか」

橋浦にうながされて、スティーブンはブラッドレー家に伝わる役者絵について話し始めた。

「ポーツマスに程近いところに『ミッドランド・プレースの館』という我が家のマナー・ハウスがあります。子供のころは、もっぱら蝶々を追いかけていたんですが、ある日、館の三階奥にいつも鍵がかかった大扉があることに気づいて、バトラーのジェームスに、どうしてなのと尋ねてみたんです」

「ほう、少年の勘というものですな」

橋浦は身を乗り出した。

「そうしたら、ジェームスはもったいぶった様子で答えました。『そりゃ、海賊だったご先祖さまがその昔、オリエントの地から持ち帰った宝物がいっぱい詰まっているからですよ。子供たちには決して見せてはいけない、と父上からきつく言いつかっている錦絵なるものもありますからな』

僕は、どんな宝物か教えてくれたら、爺やが大好きなハリボーの飴を三つあげると持ちかけてみたんです」

「そりゃ、ええ取り引きや」

橋浦は楽しそうに声をあげて笑った。

「ジェームスから借りた鍵をそっと差しこんで大扉を押し開けてみると、そこには奇妙な髪形をして、色鮮やかな衣装を着た人間たちがずらりと控えていました。僕がじっと見つめると、かれらは大きな眼を見開いて、見返してくるんです。ヤクシャたちとはすっかり仲良しになりました。龍蔵、菊之丞、勘弥と呼びかけてやると、見栄まできって見せるようになったんです」

橋浦は、両膝を鷲づかみにして、熱心に話に聞き入っていた。

京都馬町だ――。あの「おしづ」の贋作を競り落とした浮世絵商のすぐ後ろに控えていた客。そう、あの時の男だ。だが、スティーブンはその話には触れなかった。

まもなく橋浦マシネックスの創業者、橋浦雄三へのインタビューが始まった。「英語で吹き替えるので日本語で」と申し出たのだが、海外勤務の経験を誇らしく思っているのだろう。はじめ橋浦は「英語でかまいません」と胸を張った。だが、ぜひ日本語で、と説きふせた。「三日前からアメリカ人の教師を雇って特訓に励んだのに」といいながら、橋浦はその実ほっとした表情をみせた。

「磁気に微妙に反応する特殊インキ。超微細なマイクロ文字。光の角度で色を変える印章。わが橋浦マシネックスは、百ドル札の四十八箇所に識別ポイントを設けて、紙幣の真贋を判定する画期的な偽札検知器を開発しました。ほんま血のにじむような毎日でした。資金が底ついて何べん不渡り手形を出しそうになったことか。会社を興すというのはそういうことですわ」

　橋浦は偽札の摘発にかける決意のくだりにさしかかると、熱っぽく語り続けた。

「商売いうても、ただ金儲けるだけではだめです。国家、社会に貢献することが何より大切です。わが社は、ハイテク技術で、世界経済を脅かす偽ドルの横行に待ったをかけてきたんですわ。一時は、偽ドルが出てくるたんびに、テレビや雑誌に引っ張り出されて往生しました。取引先からは、偽ドル評論家やないかと冷やかされました」

　北朝鮮製の偽ドルは、一九八九年にマニラで初めて発見され、九〇年代の前半には東南アジア全域にまたたくまに浸透していった。各地の銀行や両替商は精度の高い検知器を争って求めたのである。そこに登場したのが橋浦マシネックスの開発したＭＣＸだった。メディアが「スーパー・ダラー」と呼んだ北朝鮮製の偽百ドル札こそ、このベンチャー企業を大きく飛躍させたのだった。

　新しい偽百ドル札が出たと連絡が入ると、社員をただちに現地に派遣する。そして地元の両替商をこまめに回らせて、現物をなんとか手に入れる。これを日本に持ち帰り、函館に設けた技術研究所に送って、検知器が反応するまで改良を重ねてきた。こうして新しい偽札と抜きつ抜かれつの競争を繰り返しながら、世界でも最高水準といわれるＭＣＸが出現した。これによって橋浦の会社は驚異の成長を遂げたのだった。

かくして、一九九六年、橋浦マシネックスは、店頭市場ジャスダックでの株式公開を果たした。橋浦雄三は巨額の創業者利得を手にし、これを機に浮世絵のコレクションにものめりこんでいった。浮世絵コレクター、橋浦雄三の誕生だった。

「浮世絵に眼をひらかせてくれたのも、じつは偽ドルでした。油絵ならどんな名画でも世界にあるのはたった一枚。ところが浮世絵はかなりの数が摺られている。ですから真贋を見分けるのは容易なわざやない。偽ドルがこの浮世絵収集の道に私を導いてくれたんです」

この頃から、橋浦の胸底にはもうひとつの野望が兆しはじめていた。競走馬のオーナーになりたい。それもＧⅠレースを制覇するような強いサラブレッドをなんとしても手に入れたいという思いがふつふつとたぎってきた。

橋浦雄三は、会社を興してからというもの、すべてのエネルギーを事業の拡大に注ぎ込んできた。そしてついに株式を公開するまでに橋浦マシネックスを育てあげた。だが近頃では、経営者としての到達点がおぼろげながら見えかけてきた。さらに業績を伸ばしても、しょせんは「ベンチャー企業」のオーナーで人生を終わることになるのだろう。だが、ＧⅠレースを勝つような競走馬のオーナーになれば、メディアの世界でも新たな脚光を浴びるだろう。我が人生に別な地平が拓けてくるかもしれない。

あれは三十年ほど前のことだった。橋浦は、東京・新宿にある電子工学校を出て、狛江にあった従業員四十五人ばかりの半導体製造メーカーにようやく職を見つけた。「大学生の青田買い」という言葉がマスコミで盛んに言われていた頃だったが、橋浦青年とは無縁の話だった。電子工学校の就職紹介の窓口に来ていた求人からかろうじて見つけた勤め先だった。

「あの頃が人生のどん底でした。えらくきつい時代でした」

社長の接待ゴルフに運転手をさせられて出かけると、プロショップで新しいクラブをねだるそぶりを見せる大手メーカーの担当者。そんな下請けの屈辱に耐えかねて、すっかりやる気をなくしてしまった二代目社長。へつらうだけが仕事の番頭格の専務。砂を嚙むような日々だった。

「そんな毎日が我慢ならんようになっとったんでしょう。得意先を回った帰りに立ち寄ったのが大井競馬場でした。公営競馬の名物、場立ちの予想屋がずらりと並んでいました。そこで運命の出会いがあったんです」

予想屋はそれぞれ独自の予想を紙に書いて客に売りつけていた。五十ほどあるその予想屋のコーナーの片隅に、六十がらみの小柄なおばちゃんがいた。どぎつい花模様がついた化繊のワンピースを着ていた。もう汗ばむ季節だというのに、レース編みのカーディガンを羽織っていたことを、橋浦はいまも鮮やかに憶えている。

「にいちゃん、次のレース、この一点買いやで。まちがいないわ」

レースの予想を書き入れた封筒を放って寄こした。牛乳瓶の底かと見紛うような分厚いメガネをかけていた。橋浦が百円で買った予想は外れたが、この予想屋のおばちゃんがなんとなく気にかかり、次のレースもまた「入魂社」と看板を掲げたボックスをのぞいてみた。

「あんた、若いのにえらいしけた顔してんなあ」

「おばちゃんも、大阪か。いや、いまのしょうもない仕事、やめたろかとおもてな」

「何いうてんねん。人の行く裏に道あり、花の山ていうやろ。がんばりや」

「そやかて、どないな仕事に向いとるんか、ようわからんようなってしもて」

「あてはな、顔相みるんや」

おばちゃんの眼が牛乳瓶の底できらりと光った。

「そないにつまらんのやったら、その勤め先やめたらええ。一国一城の主になりや。あんた、ええ顔してるわ。いまは未勝利馬やけど、ぜったいオープン馬になるで。ええか、あんたは出世馬の顔してんねんで。あんじょうきばりや」

その頃の橋浦雄三は、長距離に無類の強さを見せた追い込み馬、アカネテンリュウが好きだった。鬱屈を抱え込んでいた二十歳の橋浦にとっては、自分の未来を占うような存在だったといっていい。

チャイナロック産駒のこの黒鹿毛は、未勝利を抜け出したのがやっと七戦目。同期のエリート馬たちはすでに華やかなクラシック戦線を歩んでいた。だが、橋浦は、未勝利戦のパドックでこの馬を一目見てたちまち魅せられてしまった。アカネテンリュウ――。こう口ずさむだけでも気持ちがあかるくなった。単勝馬券を買い続け、そして負けつづけた。

この黒鹿毛は、四歳の春、東京戦の最後にかろうじて勝ちあがり、夏の函館戦に駒を進めていった。橋浦も、夜行列車を乗り継ぎ、青函連絡船に乗って函館に追いかけていった。アカネテンリュウは、青函海峡を見晴るかす函館の競馬場で、二百五十万下の条件レースと駒場特別を連勝した。こうして秋には、ステーヤーとしての素質を開花させ、その年、最後のクラシック・レースとなった菊花賞でも、鮮やかな追い込みを決めたのだった。橋浦にとって、アカネテンリュウこそ青春の光芒だった。

「『あんさん、かならず大成する相や。馬券で小博打なんかやっとらんと、ぎょうさん稼いで馬主になりや。天皇賞馬を持つような大オーナーになりや』あの予想屋のおばちゃんの言葉が、わが人生のターニング・ポイントになったんですわ」

橋浦は会社をきっぱりとやめた。昼間は板橋の工事現場で働き、夜は御茶ノ水の英会話学校に通って日常会話をマスターした。そして、折からアメリカのオハイオに進出しようとしていた福井の工作機械メーカーに職を得て渡米したのだった。

それから十二年、超高速のマシニング・センターを開発したこの会社で商売の基本をじっくりと身につけ、念願の独立を果たしたのが三十六歳の時だった。

橋浦に北海道・早来のノーザンファームを紹介してくれたのは、オハイオ時代に知り合った自動車部品メーカーの二代目経営者だった。競走馬のオーナーとして知られる家に育ったこの二代目社長は、父親から数多くの良血の「はだ馬」と有力牧場の人脈を引き継いでいた。

橋浦はまず、会員制のシンジケートの一員となり、やがて中央競馬会へ馬主登録を済ませて、晴れて一人前のオーナーとなった。

だが、事業と同様に栄光への道のりは長く険しかった。高値で買った馬が未出走のまま引退。期待されながら故障で消えていった良血馬。競馬に会社の金が流れているという社内の中傷。競馬からはもう手を引こう――幾度も決意しかけた末に、ようやく幸運が橋浦に微笑みかけた。それが「サイレントギャラクシー」だった。

いまでは、馬主会の役員として特別室に出入りを許されるまでになっている。

インタビューを終えた橋浦は、インターフォンを取りあげて、ランチを用意するよう言った。

運ばれてきたのは、塗りの箱に重ねられた幕の内で、王朝絵巻を思わせる華やかな彩りだった。お椀のふたをとると松茸の香りが漂った。

食後のお茶をのみながら、橋浦はスティーブンを競馬に誘った。

「ブラッドレーさんはサラブレッドが生まれた国から来たんですから、競馬はお嫌いじゃないでしょう。私の持ち馬が、再来週の日曜日に重賞レースにでるんです。どうです、おいでになりませんか。勝ち負けのことはわかりませんけど、ぜひご一緒にどうぞ」

じつは、大学時代にローズ奨学生だったマイケル・コリンズを競馬の世界に引きずり込んだのはスティーブンだった。ふたりは競馬の開催日程に合わせてアイルランドに渡り、全土を行脚しながら馬券を買い続ける競馬狂となった。途中で軍資金が底をついてしまい、バトラーのジェームスに泣きついて、郵便為替でキルケニーまで送金してもらったことすらあった。スティーブンの祖父は、ハイハットを重賞レースで負かし、オーナーだったチャーチル卿を悔しがらせたスティーヤーの馬主だった。祖父は、繁殖牝馬の配合にあたっては、孫の意見を求めたという。スティーブンは、それほどの競馬通にして、馬券師でもあった。だが、橋浦には何も明かさず、「ご招待を喜んでお受けします」と笑顔で応じただけだった。

銀河

スティーブンは、MGBの助手席に槙原麻子を乗せて、東京競馬場に向かっていた。麻子は、ベージュのカシミアのセーターに、ツィードのジャケット。スティーブンはグレンチェックの上着姿だった。サイレントギャラクシーが重賞レースに出走するその日、オーナーの橋浦がふたり揃って招待してくれたのだ。

ＭＧＢは快いエンジン音を響かせ、首都高速から中央高速に駆け抜けていった。府中に近づくと武蔵野の面影をとどめる野山が姿を見せはじめた。紅葉も盛りをすぎて、早くも冬の訪れを感じさせていた。

「ユーミンが『中央フリーウェイ』で唱った、右に競馬場、左にビール工場って、この風景なのね」

「ユーミンなら僕も知ってるよ。鎌倉のオオムラ学校で日本語の教材になっていたんだ。先生は、ユーミンを『戦後の日本が生んだもっとも優れた吟遊詩人』と呼んでいた。『ソーダ水のなかを貨物船が通る』っていうフレーズ、いまでも覚えてるよ」

「ユーミンの歌って、三十年たってもちっとも古臭い感じがしないわ。不思議ね。『わたしのことを歌っている』って、女性なら誰でもそう思うんじゃないかしら」

「女性は恋するヒロインになりたがるからね」

「ところで、スティーブン、馬券を買うときは、どうやって勝ちそうな馬を見つけたらいいの」

「ビギナーズ・ラックという言葉はかなりの真理を含んでいるんだ。どんなに馬に通じていても、データを研究しても、なかなか馬券はとれない。麻子さんのような初心者の直感は案外と侮れないよ」

ウッド・ステアリングを握って、おしゃべりをしているうちに、東京競馬場が目の前に迫ってきた。ゴール板を駆け抜けるサラブレッドは、こんなにも大勢の人たちを惹きつける。コリンズとふたりアイルランドでひいきの馬を追いかけていた頃を思い出して心が浮き立った。

橋浦が招いてくれたのは馬主会の役員用観戦席だった。橋浦は、競馬新聞と赤エンピツを手にきょうの狙い目を麻子に解説した。ランチにはカツカレーをとってくれた。

「カツカレー。縁起をかつぐといわれそうだけど、勝負がかかってるときはそんなもんです。ひたすら神頼みです。麻子さん、笑ろたらあかん」

そこに黒い絹の中国服に身を包んだ初老の中国人が、真っ赤な座布団と黒い鞄をもったボディーガードを従えてテーブルにやってきた。

「橋浦さん、サイレントギャラクシーは人気になっているが勝てそうですかな」

「いやぁ、競馬だけは走ってみんとねぇ。調教師は自信があるようですが。でも、あんまりたくさん買うてもろてはこまりますよ。ギャラクシーの配当がぐんと下がってしまいます」

鶴のように痩せたこの中国人の富豪は、麻子がいることに気づくと、驚いた表情でその肩に手をかけた。

「おや、麻子さん、サイレントギャラクシーと縁があったの」

話しかけたのは中国語だった。

「いえ、こちらのブラッドレーさんと一緒にお招きいただいたんです。競馬場は、はじめてです。盛先生、きょうもなんと素敵なお召し物でしょう」

きれいなマンダリンだった。発音も完璧といっていい。麻子はいちども中国の話などしたことがない。それにこの中国語はにわか仕込みじゃない。いったいどこで身につけたのだろう――。

「こんどお友達とうちのお店にいらっしゃい。ちょうど香港から腕のいいコックがきたばかりだ。

絶品の上海蟹をご馳走しよう」

　富豪は微笑んで悠然と立ち去っていった。

「スティーブンさんは香港にいらしたからご存知でしょう。あの盛ファミリーのご当主ですよ。革命前の上海では、盛一族とサッスーン一族が持ち馬を文字通り二分する大オーナーだったそうです。兜町ではときどき『香港筋が買いに出た』といわれますが、どうやらあの人が黒幕らしい。それに高級中国料理店も経営しています。競馬場では一千万円をポーンと出して馬券を買う。希代のギャンブラーです。麻子さんはそんな大物を知ってはるんですから、たいしたもんです。それに中国語もぺらぺらや」

「いいえ、知り合いのご紹介で、盛さんに演奏会の切符をまとめて買っていただいたことがあるんです。それで時々ご挨拶に伺うだけです」

「麻子さんとはこれからは北京語で話すことにしよう」

　スティーブンが言うと、麻子ははにかんで首をふった。

「前に、西安からきた二胡の奏者と演奏会をやったことがあって、そのとき必死で勉強したのよ。中国にも行ったことはあるけれど、スティーブンのようにオックスフォードで最高の先生についた人とはわけがちがいます」

　第十レースが終わって、人々がスタンドから役員室にどっと戻ってきた。それぞれに馬券の首尾を声高に話しあっている。

　そのときドアが開いて、ひとりの女が入ってきた。馬主たちでにぎわう部屋のなかが一瞬シーンと静まり返った。居合わせたひとすべてが彼女に視線を向けた。それはライオンの群のなかにたった一匹姿を見せた羚羊《かもしか》を思わせた。毛引き染めのロイヤルシルクの着物を身につけている。裾にはプラチナをのせた雪の結晶が散らしてあった。歩くと春の淡雪が舞うように輝いた。焦げ茶の帯には雪持ち柳があしらってある。着こなしは地味だったが、スティーブンは、これほどに美しい着物姿のひとを見たことがなかった。橋浦の表情もさっと明度を増した。

「ブラッドレーさん、ご紹介します。サイレントギャラクシーを一緒に持たせてもらってる瀧澤泰子さんです。勝利の口取りの時は、私はもっぱらこの方に前にでてもらうようにしてます。そのほうが見栄えがよろしいやろ」

「はじめまして、ロンドンからのご赴任とうかがいました。私も主人の勤務の関係でセント・ジェームス・パークに住んでおりました。懐かしいわ」

泰子は、スティーブンのヘーゼル色の瞳をまっすぐに見て言った。

「BBCのスティーブン・ブラッドレーです。イギリスでも競馬にはよくいらっしゃいましたか。ダービーの日にあなたのような着物姿の方がいればさぞかし華やかだったでしょうね」

「着物でも出かけたことはありましたが、たいていは洋服でした。着物で馬券売り場に並ぶのは大変ですもの」

スティーブンは、瀧澤アジア大洋州局長をよく知っていることを話そうとしなかった。その場の空気が、泰子の夫に触れないほうがいいと告げていた。

「イギリスの競馬場では帽子姿がきっと素敵だったでしょうね。あちらは、食事はいただけませんが、馬券は配当率だけはいいんです」

泰子はスティーブンの隣にいる麻子に目をとめた。

「ごめんなさい。ご挨拶が遅くなって。今日はギャラクシーの応援にいらしていただいてうれしいわ」

「はじめまして。槙原麻子です。こんないいお席でレースが拝見できて、こちらこそありがとうございます」

泰子は何かを思い出そうとするような目でスティーブンを見た。

「すてきなお嬢さんね。どこかでお見かけしたことがあるような気がするわ」

「麻子さんは僕の篠笛のお師匠さんなんです」

「そうだわ。去年の暮れ、イイノホールの邦楽演奏会に出ていらしたでしょう。こんなに若い女性がこの道に進まれるのね、と思って覚えていました。すてきなカップルだわ」

スティーブンは、そわそわしはじめた橋浦の気配に気づいて立ち上がった。

「あっ、パドックに行かなければならない時間ですね。瀧澤さんもいらっしゃいますか」

「わたくしはこちらでお待ちしています。橋浦さん、ギャラクシーの調子を見届けてきてください。よろしく」

「ひきうけました。きょうのレースではどうしても勝って次のステップにしたいんです」

ゼッケン「3」をつけて現われたサイレントギャラクシーは、父親のサンデーサイレンス譲りの青鹿毛だった。鼻面にも小さな流星が流れている。左前足の故障でクラシック路線を棒に振った、その無念をいま晴らしてやる。そんなきかん気が漆黒の馬体からたちのぼってきていた。惚れぼれするような出来だった。

調教師の控え室のすぐ隣に設けられた馬主専用のコーナー。その最前列でサイレントギャラクシーにじっと見入っている橋浦雄三もまた、持ち馬を凌ぐような闘志を漲らせていた。人生には旬の時期がある。橋浦のそれは、いまこの瞬間なのかもしれない。このいただきに辿りつくためには、どれほどのけもの道を走りぬけてこなければならなかったのだろう。だが、その人生の艱難がこの男を鋼のように鍛えあげ、魅力に溢れた年輪を刻んでいた。いま、飼い葉桶で水を橋浦の頭にかけても、ぱっとはね返し決してずぶ濡れにはならない。そんな覇気がこの男には満ち満ちていた。サイレントギャラクシーは単勝二・三倍、一番人気に支持されていた。それは橋浦のいまの勢いを示す指数でもあった。

パドックからの帰り道、雑踏のなかで、橋浦はこの馬にめぐりあった不思議な縁を話してくれた。

「二年ほど前のことでした。紹介者の友人とノーザンファームを訪ねたことがあったんです。ちょうどサイレントギャラクシーの弟が生まれたとこでした。はだ馬は同じ名牝のベガでした。さすがは良血を引いているだけあって、えもいわれん気品を湛えておりました。非常に気に入りました。いまのサイレントディテクターです。なんとしてもいただきたいとノーザンファームさんにお願いしたんですわ。そやけど、産まれる前からもう買い手がついていますといわれてしまったんです。それが瀧澤泰子さんでした」

メインレースのスタートが近づくにつれて、ファンたちは足早に馬券売り場に吸い寄せられていく。橋浦はそんな人々の表情に若き日の自分をかいま見ているようだった。特別室に通じるエレベーターのボタンを押しながら泰子のことにふれた。

「それでノーザンファームの吉田勝己社長になんとか仲介の労をとってほしいと頼み込みました。

この方がまたあっさりした気性のおひとでね。すぱっと足して二で割るおひとや。いっそのこと共同でこの二頭をもったらどうやと話をまとめてくれましてな。東京に帰って瀧澤泰子さんにおめにかかり、話をさせていただいたんです。なにしろ外交官夫人でしかもあの器量でしょう。はじめはひどく緊張しました。そやけど、ほんまに育ちがええひとというのは気どったところがないものなんですな。この人とならやっていけると即座に思いましたね。こんないい馬を、しかもあのような方と二人で持たしていただけることになったんです。本当に私は果報者や」

まもなく出走のファンファーレが鳴り響いた。そしてスターターの旗があがり、ゲートが一斉に開かれた。一番人気のサイレントギャラクシーはスタートでやや出遅れた。が、鞍上の武豊騎手は少しも慌てなかった。終始うしろから四、五頭目を進んで、第四コーナーに差しかかるあたりからピッチをあげ、思い切って大外に持ち出した。武豊はこの馬の手応えに自信をもっているのだろう。直線に入ると最後の二百メートルで鞭を一発入れた。サイレントギャラクシーはグーンと加速し、前にいた四頭をあっという間にかわしてゴール板を駆け抜けた。危なげのない勝利だった。

「よかった。これで香港のジョッキークラブ競走への招待は、ほぼ確実になりました。よう走ってくれました。ギャラクシーは一戦ごとに強くなる。共同オーナーとの相性ですわ」

上機嫌の橋浦は、泰子を先にたてて勝利の口取りに降りていった。

「ちょっとお待ちになって」

泰子は振り返ると、すっと橋浦に近寄って、わずかにずれていたネクタイの結び目を直した。泰子がミラノで求めてきたチューリップ柄のティノ・コズマだった。

「これならいいわ。まいりましょう」

このひとが人生の伴侶だったなら、わが人生はどれほど華やかで光にみちあふれたものだったろう。そんな思いが一瞬橋浦の脳裏をよぎったのだが、そこで地下道が終わり、ウィニング・サークルが待ち受けていた。ターフには陽がさんさんと降り注ぎ、幾万という観衆が重賞馬のオーナーたる自分に視線を向けていた。人生で求めていたものはこれだったのか――橋浦はそう感じていた。

「スティーブン、あのふたり、ずいぶんタイプが違うけどなんだかとてもいい感じね」

麻子がスティーブンの耳元にささやいた。

「そうかな。僕らは小さい頃から男女隔離教育で育ったものだから、そういう男女の機微には、えーと、こういう用語法でいいんだよね、意外と疎いんだよ」

「あら、気がつかなかったの。橋浦さんって、一見、大阪の商人風だけれど、生命力がみなぎっていて、男の魅力を感じるわ。お上品な奥様といった泰子さんも、橋浦さんと話しているうちに、だんだんお茶目な顔つきに変わってきたもの」

「サイレントギャラクシー」と「サイレントディテクター」。銀河を意味するギャラクシーは、泰子が初めて橋浦と会った折に着ていた着物の柄にちなんで命名した。泰子の着物を手がけている作家、岩崎かず子は、彼女らしいはなやぎを銀河の意匠に投影して好んで使うという。

「弟の名前は、橋浦さんのお仕事のイメージから採りましょう」

泰子はこういって譲らなかった。結局、刑事を意味する英語に、橋浦マシネックスの主力商品である検知器の意味をだぶらせ、種牡馬から「静かなる」という意を引いて「サイレントディテクター」とした。スティーブンは、この命名のいきさつを橋浦から聞かされて、泰子の知的なセンスにいたく感心した。英語を母国語にするイギリス人だって、こんなしゃれた馬名は思いつくものではない。

それにしても、これほどの血統の馬を二頭も手に入れるには、かなりの金がいるはずだ。ともに名種牡馬サンデーサイレンスの傑作といわれ、将来は種馬になる可能性も秘めている。それだけに、合わせて三億円はくだらない高価な買い物のはずだ。スティーブンは、当局に提出された有価証券報告書の数字を思い浮かべていた。創業者利得を計算にいれても、橋浦はかなり無理をしている――。もう少し調べてみる必要がある。やはり、いちど函館に出かけてみようと決心して、橋浦にそれとなく切り出してみた。

「橋浦さん、おかげさまで先日のリポートがロンドンで大変に好評でした。『経済ジャーナル』というコーナーの担当者が、あの放送を聴いていて、すこしアングルを経済番組向けにして、ふたたび橋浦マシネックスを紹介してほしいと言ってきました。今度はコア・テクノロジーが企業を生き残らせるという視点でやってみたいと思います。ですから、ハイテク最前線である函館の研究所に伺わせてください」

「いいとも。近頃ではこういうんですよ、スティーブンさん」

橋浦は豪放に笑って快諾した。

その晩、橋浦と泰子は、サイレントギャラクシーの重賞制覇を心にとめておこうと、銀座の資生堂パーラーで二人だけの祝宴をあげた。この上品なレストランを選んだのは、秘めやかな会食といった印象を与えたくないという橋浦らしい気配りだった。

ようやく手にした「グレードワン・レースの馬主」という栄冠がよほど嬉しかったのだろう。小博打なんぞに手出さず、天皇賞馬を持つような大オーナーになるんやで——牛乳瓶の底を思わせる眼鏡をかけたあのおばちゃんのことばを泰子に語って聞かせたのだった。泰子は食事のあいだ中、大きく目を見開いて橋浦の話に聞きいった。

いま眼の前にいる男は、常にぎりぎりの絶壁まで自らを追い込んで勝負を挑み続けてきた。泰子はそんな橋浦の勁《つよ》くひたむきな姿に抗しがたく惹かれていく自分を感じていた。

「泰子さん、こうしてお会いできたのも何かのご縁です。ギャラクシーの勝利を忘れんように、泰子さんの着物をつくりましょ。墨黒地に白ぼたん、帯もすくい織りでぼたん尽くしというのはどうでしょう」

「すてきだわ。花柄のデザインは、作家の岩崎かず子さんにお願いしていいかしら」

「そうですな、戦勝記念といっても、暴れ馬の絵柄というわけにはいきませんから」

泰子は声をあげて笑った。こんな屈託のない表情を夫に見せたのはいつだっただろう。

「私、橋浦さんとご一緒していると、時間があっという間にたってしまいます。若い頃にもどったような気持ちになりますわ。きょうはほんとうに楽しかった。あなたとのご縁ができただけでも感謝していますのに、ギャラクシーはこんな大レースで勝ってくれるんですもの」

泰子の思いがけないことばに、橋浦は胸がしめつけられるような喜びを感じていた。

「今夜はもう少しゆっくりと」

そういいかけたとき、泰子は腕時計に目をおとして腰をあげた。

「では、わたくしは一足お先に失礼します」

「えっ、もうお帰りですか」

橋浦は、少年がしょげかえるような顔を見せた。

そのとき、泰子がテーブルのうえにそっと封筒を差し出した。

「亡くなった父が上京した折に使っていた乃木坂のマンションがそのままになっています。地図と鍵がなかに」

誘ったのは泰子だった。

天蓋

サイレントギャラクシー号の優勝を心からお祝い申し上げます。宿舎はザ・ペニンシュラの貴賓室をふたつご用意させていただきました。恐縮でございますが、できるだけ早めに日程をお決め下されば幸甚でございます。


香港のジョッキークラブからの招待状だった。GIレースを圧勝したサイレントギャラクシーは、二ヶ月後に香港で行われる国際招待レース「ジョッキークラブ・カップ」に日本代表馬として出場することが正式に決まった。橋浦雄三と瀧澤泰子、ふたりのオーナーには、ホテルの宿泊案内とファースト・クラスの航空券が送られてきた。

橋浦は、泰子の携帯電話に連絡して、香港での日程を相談した。

「香港では一日でも、いや、半日でもいい。泰子さんと一緒にいる時間をすこしでも長くもてたらとおもってます。その口実つくりもあって、検知器の新製品の紹介をかねて得意先を回る日程をくんでます。両替商組合の理事長さんと地元の商業銀行の頭取、お二人へのトップ・セールスです」

「わたくしはレースの前々日にチェックインすることにします。前の日にジョッキークラブのパーティーがありますが、なにを着ていこうかしら」

「先方は日本の着物やと思っているでしょう。泰子さん、どうでしょう。こんどの香港レースの思い出に、チャイナドレスをこの私にプレゼントさせてくれませんか」

「まあ、ほんとうに。うれしいわ。お言葉に甘えて、そうさせていただこうかしら。でも、若い頃ならともかく、チャイナドレスを着こなせるかしら、自信ないわ」

「泰子さんなら、大丈夫ですわ。九龍の空港にお着きになったら、ホテルからスイート・ルームの客のためのロールス・ロイスが出迎えてます。ペニンシュラにはまっすぐおいでください。運転手に地図を渡しておきます。セントラルにある『年華時装公司』です。寸法を採ってもらう手はずを整えておきます。布地はそのときいっしょに選びましょ。つぎの日の昼過ぎにはできあがるよう特別に頼みますから」

「やっぱり不安だわ。パーティー用のドレスもいちおう持っていくことにします」

しかしすべては泰子の杞憂だった。ジェード・グリーンの絹地に包まれた泰子は、夜会に姿を見せたすべての人々の賞賛の的となった。髪をアップにし、耳には大粒の真珠のイアリングが光っていた。これも橋浦のプレゼントだった。さんざめきのなかで華やかな香港の夜はゆっくりと更けていった。

四つの瞳が遠巻きに橋浦と泰子を見つめていた。ふたりの男はブラック・タイに身をつつんでいる。赤のワイングラスを右手に持っているが、口をつけようとしない。ひとびとの海のなかにひっそりと身をしずめたままだ。ひたすら橋浦と泰子に視線を注いだまま動かない。

橋浦が泰子をみて小さくうなずいた。泰子は優雅な所作を崩すことなく、人混みを抜けて夜会をあとにした。

本館七階のガーデン・スイートには専用のエレベーターが用意されていた。泰子はクリスタルビーズが豪華なジュディス・リーバーの小さなパーティー・バッグから部屋の鍵を取り出して、七階に通じるロックに差し入れた。橋浦と泰子の部屋は隣りあわせだった。テラスからはビクトリア・ハーバーが見渡せた。大理石のバスルームでシャワーを浴びると裸身のままで広々としたベッドに横たわった。真っ白なリネンのひんやりとした肌触りが心地いい。

二日前にチェックインを済ませた橋浦は、ホテルの支配人をハイ・ティーに誘い出し、紫の風呂敷に包んだ高価な塗り物を差しだして切りだした。

「支配人さん、わたしはこのとおり率直な人間です。明後日に私の部屋の隣に泊まるご婦人とは、ええ、つまりそういう関係なんです。二つの部屋を行き来する鍵をいただけたら大変ありがたく思うんですが」

「橋浦さんのような有力な経営者でしかも名馬のオーナーが、私どもを信頼して、打ち明けてくださった。まずそのことにお礼を申し上げます。協力させていただきとう存じます。ただ、ひとつ条件がございます」

橋浦は不安げな表情を浮かべて、支配人の細い眼を覗き込んだ。

「これはお客様を決して信用しないというのではありません。あくまで、セキュリティーの原則に関わる事柄ですので、ご理解いただけると存じます。鍵をお渡しする前に、お隣のお客様にご了解をいただかなければなりません。もちろん不躾なことはいたしませんのでご安心を。万一緊急の事態が生じた場合、ホテルの警備責任者が駆けつけるまで、隣室からお客様の様子をみていただくための措置とご説明します。すべてこの私にお任せください。情報の管理には万全を尽くします」

橋浦は、この支配人の手を思わず握りしめて謝意を伝えたのだった。

泰子がガーデン・スイートに消えた四十分後、二つの部屋を隔てるドアの鍵穴にキーがそっと差しこまれた。橋浦だった。泰子は天蓋《てんがい》のついた大きなベッドで橋浦を待ち受けていた。

だが、ジャカード織の分厚いカーテンのリールに超小型の赤外線暗視カメラが据え付けられていたことに、ふたりは気づかなかった。撮影された映像はワイヤレスで一階下の部屋に待機するふたりの男のもとに送られていった。男たちはビデオテープをデッキから取り出すとアタッシェケースにしまい、部屋のドアをそっと閉めて姿を消した。

灯を落とした室内から望むビクトリア・ハーバーには漁火が点々と浮かんでいた。夜が更けてもなお湾には明かりを煌々とともした小型船が行き交い、海の面は摩天楼のイルミネーションを映して蛍光色に輝いていた。

サハリン

　スティーブン・ブラッドレーを真っ先に迎えてくれたのは、函館でも歌舞伎役者たちだった。「橋浦マシネックス」の技術研究所の一階ロビーには、浮世絵のみごとなコレクションが並んでいた。こぶりな作品とはいえ、初代と三代目の豊国描く役者絵が選りすぐってかけてある。橋浦のコレクターとしての趣味のよさを感じさせる作品群だ。

　技術研究所の所長、長峯俊二が、スティーブンの姿を見て駆けつけてきた。

「言ってくだされば、空港にお迎えにいったんですが。社長からは話を聞いております。お寒いなかを、わざわざようこそおいで下さいました」

　技術研究所が建つ八幡坂に沿ってニセアカシアとダイヤカエデが植えられている。所長の長峯は、すっかり葉を落としてしまった並木をさして、残念そうにいった。

「つい三週間ほど前は黄色と橙色に色づいて、それはもうきれいだったんですよ。その頃に来ていただけるとよかったんですが。小ぶりな木はリュウキュウツツジとクロフネツツジです。北の港町は風情があっていいですよ。物価も東京に比べるとぐーんと安くて暮らしやすい」

　所長の長峯は社長の腹心らしく、本社の常務を兼ねている。単身で函館に暮らし、技術開発チームを統括しながら、橋浦の名代として馬主会とのつきあいまですべてを切り盛りしている。

「もうすぐ八幡坂の石畳に雪がうっすらと降り積もります。夕方になってオレンジ色の街灯に照らされると、それはもう砕いたダイヤモンドを敷きつめたようにきれいです。うちの社長は、この光景に心惹かれて、ここに技術研究所を設立しようと言いましてね。九八年の初冬のことです」

橋浦は、買い手のつかないまま放置されていた貿易会社の古いビルを買い取った。そして全面的に改装を施し、翌年には橋浦マシネックス技術研究所が、この八幡坂の中腹にお目見えした。ライトブルーに塗られた壁が坂道に溶け込んで彩を添えている。

坂の途中にはロシア極東国立総合大学函館校がある。その一部はロシア総領事館の函館事務所になっている。石畳が敷き詰められた八幡坂をおりきるとそこはもう函館港だ。かつて青函航路を往き来していた連絡船「摩周丸」が桟橋に当時のまま繋留されていた。その右手には交易で栄えた北の港の面影をいまに伝える赤レンガの倉庫群が立ち並んでいる。

「社長は、会社の事情さえ許せば本社機能をここにそっくり移したいと思っているようです。高校を卒業するとすぐに大阪の堺を捨てて帰ったこともない自分にとっては、函館がふるさとだといっています」

かつての橋浦青年は、名馬アカネテンリュウにいざなわれてこの港町にやってきた。函館への思いはいつかここに住みたいという気持ちに変わっていった。そして技術研究所を設立することで、その夢の半ばをかなえたのだった。三階の一角をこの港街での住まいに充て、それを足がかりに函館馬主会への登録も済ませ、その役員もつとめている。

「いまや函館の人ですわ」

橋浦はロータリー・クラブの例会で、こう地元の人たちに挨拶するという。

所長の長峯は、応接室で紅茶を勧めながらスティーブンに尋ねた。

「社長からは、あなた様にはもう何でも自由に見ていただくようにと連絡が入っております。ご覧になりたいものがあればどうぞ遠慮なくおっしゃってください」

二階にある第一研究室では、白衣の研究員たちが、偽ドルを相手にさまざまな実験を繰り返していた。香港やバンコクに次々にあらわれる偽ドルはまずこの研究所に持ち込まれる。これらの偽紙幣は、現地の捜査当局にとっても大切な証拠物件だ。外国の検知器会社に譲ってくれることなどありえない。だからこそ、先手を打って現物を自前で入手しなければならない。

こうして送られてきた偽札は、研究員にとっては真札よりよほど貴重な宝物なのである。橋浦が東南アジアの両替商たちの間に築きあげた人脈を通じて、ホンモノと見紛うような出物が届くと、所内は函館の港に北洋から大漁旗を翻した漁船が入ってきたときのように沸き立つという。研究員たちは、偽札を真札と隔てるほんのわずかな瑕を見つけだし、コンピューターに貴重な分析データとして蓄積していく。そしてその瑕にセンサーが敏感に反応するよう検知器を改良する作業を日々積み重ねている。

姿勢よく座っている主任研究員の高橋潤一が説明してくれた。

「お札というのは生き物なんです。だからお札にはホンモノの揺らぎとよばれる現象がつきものです。つまり、ホンモノの百ドル札であっても、印刷の過程でわずかに、何ミクロンの単位で、差異を生じるケースがあります。うちの社長が収集している浮世絵にも、このホンモノの揺らぎはみられます。数多く摺って磨り減ってしまった版木では、絵の輪郭がぼやけて、浮世絵が本来持っているあの鮮やかな線と色彩が失われていきます。しかし、それは決してニセモノじゃない。わが社の検知器もこうしたホンモノの揺らぎをあらかじめ計算に入れておかなければなりません。

ホンモノのお札まではじいてしまえば、お客様から苦情をいただいてしまいます。精巧なニセモノをあばきだすためには敏感でなければならない。だが、同時にホンモノの揺らぎに反応してしまうほどに過敏であってはならない。どうです。生き物であるお札を相手にするマシーンもまた生きていなければならないんです」

　スティーブンは感心して相槌を打ち忘れるほどだった。日本人を相手にしたインタビューでこれほど見事な語り手にめぐり合うことは奇跡に近いからだ。明晰で論理的な説明。それでいて聞き手の想像力をかき立てる巧みなレトリック。放送メディアでいう「録音テープに鋏を入れることを許さない語り手」とは、この高橋主任研究員のような人を言うのだろう。ロシア人なら街角の庶民もチェーホフの劇中のひとのように語る。だが、マイクを向けて日本の人々に話を聞くのはほとんど苦行にちかい。落語や講談という豊かな語りの文化を持っていながら、政治家も学者も市民も、凡庸を絵に描いたような答えしか返してこないのはなぜなのだろう。だが、何事にも例外はある。絶望の唄を歌うのはまだ早いのかもしれない。

　昼時になった。長峯所長が第一研究室に顔をだした。

「一階の応接間にお昼を用意させていただきました。函館名物のイカソーメンはお嫌いでしょうか。社長がぜひ召しあがっていただくようにと申しておりましたので、出前を取らせてもらいました」

　スティーブンと長峯所長、それに午前中いっぱいつきあってくれた高橋主任研究員の前にイカソーメンが運ばれてきた。カニの身がたっぷりと入ったみそ汁も添えられている。イカがあまりに新鮮でつるつるとすべってしまう。さすがのスティーブンも掬い取って口に運ぶのにはちょっと苦戦気味だ。これまた高橋が箸を巧みに操って指導してくれた。

「ここでは皆さん、とても楽しそうに働いていらっしゃいますね。僕もこんな職場で働きたいものです。先日伺った本社の秘書さんたちもとても感じがよかった。やはり橋浦社長のお人柄なんでしょうか」

「東京では秘書連中がうちの社長のことをマシネックスの星野監督って呼んでいるんです。明るく元気いっぱいで根性があり、厳しいけれど情け深い。ちょっと似ているでしょう。まあルックスは負けるかもしれませんけど」

「星野チームの皆さんにお願いがあります。午後、もう一時間だけおつきあいいただけないでしょうか。皆さんの検知器は、偽ドルのどこを攻略して、偽札としてはじき出すのか。できるだけ具体的な例をあげて教えていただきたいのです。企業秘密に触れるような話はむろん伺いません。僕はまったくの素人ですから、貴重な材料はたとえいただいても料理できません」

　午後の説明役も、スティーブンを感動させたあの語り部、高橋主任研究員だった。まずホンモノの百ドル札を高感度のビデオカメラで撮影し、スクリーンに映し出した。

「シリアル番号の8と9のところを見てください。この部分に安全性の帯といわれるセキュリティー・スレッドが縦に走っているのをご覧いただけますね。それではこの帯に紫外線を当ててみましょう。赤とピンクに輝くのがわかりましたね」

　高橋は、つぎにこのお札を垂直に立てて、カメラに映し出した。「ＵＳＡ１００」という数字がセキュリティー・スレッドのなかに浮かびあがってきた。

「九〇度に立てると、このように数字が浮かびあがって来るのがホンモノの特徴です。ですから、検知器のセンサーにも、こうしたデータをきちんと記憶させせなければなりません。センサーが記憶するデータと違った反応がでれば怪しい札ということになります。シグナルを出して警告するよう設計してあるんです。我が社の検知器はこうしたチェックポイントをあわせて四十八箇所設けています。ホンモノと晴れて認定されるには、この四十八の関所をすべて通過しなければなりません」

スティーブンは、帰りぎわに二階の奥を指して、長峯所長に尋ねてみた。

「あそこに第三研究室という札がかかっていますが、どんな研究をなさっているんですか」

「いや、いまは使っていないんですよ」

だが、午前中に白衣姿の研究員が入室するのをスティーブンは確かに目撃している。

「それは企業秘密というわけですね」

「いや、そうじゃなくて、いまは物置にしているんです」

長峯は表情を硬くした。スティーブンにとっては、答えはそれで十分だった。

第三研究室のドアには非接触型のＩＣカードによるセキュリティー・システムが取りつけられていた。頻繁に使われていることは明らかだった。外部の者を近づけたくないにちがいない——。

スティーブンは、約束通りに午後三時まえには取材を切りあげた。鄭重に礼を言うと、所長自ら助手席に乗り込んで、研究所の車で郊外の函館空港まで送ってくれた。ふと見ると、後部座席の左側ドアのポケットに時刻表が三分の一ほどのぞいていた。表紙がめくれた冊子を何気なく手にとってみた。ページの一部分だけが黒く汚れている。ずいぶんと使い込まれた跡がはっきりしていた。函館—サハリン便の発着スケジュールのページだった。赤いボールペンで印までつけられ、余白には書き込みがあった。

研究所の所員たちは、いったいどんな用事があってサハリンまで出かけているのだろう――。

スティーブンの頭の片隅で警報装置が点滅した。

「ほんとうに楽しく取材をさせてもらいました。いつもこんな仕事ばかりだといいのですが。研究所の皆さんにくれぐれもよろしく」

空港に着くと、チェックイン・カウンターに向かったのだが、東京行きの便には乗らなかった。キャリーオン・バッグからコートを取り出してタクシーを拾い、湯の川温泉に一泊した。そして翌金曜日の朝、再び函館空港に舞い戻った。

ここからは月曜日と金曜日の週二回、サハリン向けの定期便が飛んでいる。アエロフロート系のサハリン航空が、この函館―ユジノサハリンスク線の運行を担当している。就航しているのは、定員三十六人乗りの旧式なアントノフ24型機だ。日本人の商社マンや北海道からの経済視察団、それにロシアの漁業関係者が多く利用するという。エクソンモービルやブリティッシュ・ペトロリアムは、専用のチャーター機を持っている。このためサハリン油田の関係者はこの便をあまり利用しないという。

空港内にはロシアへの旅行を専門にする代理店が出張所を開いていた。スティーブンは、いかにもロシアに行きつけているといった商社マンを装って窓口の係員に尋ねてみた。

「この間、ユジノサハリンスクで、橋浦マシネックスの方に親切にしていただいたのですが、よくサハリン便を利用されるのでしょうか」

この係員は当然といった風に肯いた。

「橋浦マシネックスさんなら、よくサハリン航空を利用しているよ」

「貨物は別送にされているんですか。それとも手荷物でアントノフ機に載せておられるんでしょうか。いや、取り引きのある商品をマシネックスさんに託したものかどうかと思って、お尋ねしているんですが」

「あそこの製品は、重量はともかく、そんなに大きくないから、たいていは手荷物で運んでいるんでないの」

橋浦マシネックスは、函館―サハリンの直行便を利用して偽札検知器をユジノサハリンスクにじかに持ち出している。それにしても、わざわざ技術研究所から社員に偽札検知器を手荷物として運ばせているのはなぜなのだ。通常のビジネスなら貨物としてまとめて製品を輸出するはずだ。いったい誰が偽札検知器を現地で受け取っているのか。

スティーブンは函館から東京に戻ると、まっすぐ湯島に帰宅した。門をあけると、紅く色づいたヤマボウシとモミジが眼にとびこんできた。緩やかな曲線を描いて置かれた御影の切り石をつたっていくと、母屋の玄関につきあたる。その左手に木戸があり、小体な白壁の土蔵がたっている。ここがスティーブンの第二の「砦」だった。一階は収納蔵だが、二階には書斎として使っている六畳の板の間がある。引っ越してまもなく、光ファイバーの通信回線を引き、デスクトップ・コンピューターをすえつけた。母屋のサキとはインターフォンで連絡をとる。週に二度ほど掃除をしてくれるが、サキはふだんは書斎に姿を見せない。

スティーブンは土蔵の二階にある電話で、ワシントンのコリンズを呼び出した。小さな窓から天神様の境内が見える。銀杏の葉が黄色に染まっていた。

「マイケル、日本のソバ・ヌードルは知ってるだろう。函館の街にはイカ・ヌードルという珍しい食べ物があるんだ。生のイカを細長く切って、生姜を入れたつゆをつけて食べる。口に入れるとつるつるして舌触りがいい。噛むうちに口の中に甘みがじわっとひろがってくる」

「そのつるつるの他は何か釣りあげたのかい。われわれが掘り進めている鉱脈の延長線上にその検知器メーカーがあると決めつけるだけの材料がでてきたのかい」

「まだ、ぼくの勘なんだが、環日本海に張り巡らされている偽札ネットワークに組み入れられている疑いがある。ぼくも知らなかったんだが、函館からサハリンには直行便が飛んでいる。しかも橋浦マシネックスの検知器は、社員が手荷物としてユジノサハリンスクに運んでいることがわかった。ふつうなら工場から出荷すればいいはずだろう」

「スティーブン、そこで連中は何をしているんだろう」

「僕も、その現場を押さえるために、思わず直行便に飛び乗ってサハリンにいきたい衝動に駆られたよ。だが、ジャーナリストがロシアに入るには、ロシア外務省を通じて取材ビザを取らなくてはならない。そこで君のところのジミー、あのモスクワにいるエージェントに調査を頼んでほしいんだ。彼らが誰に検知器を手渡しているのかを突きとめてほしい」

「わかった。引き受けるよ。ジミーも重要な仕事をたくさん抱えているから、いつ動けるかはわからないが、頼んでみる。様子がわかったら知らせるよ」

　スティーブンの電話から三日後、モスクワのジミーは、ロシア人のエージェントをハバロフスク経由でユジノサハリンスクに向かわせた。航空便の接続が悪く二十七時間の行程だった。だが、戦果は上々だった。

橋浦マシネックスの社員が偽札検知器を持ち込んでいるのは、クリュコワ通りにある小さな商社だった。この界隈には中国から持ち込まれるさまざまな日用品をあつかうスキタイ市場もあり活気に溢れている。この会社は北朝鮮の意を受けたダミー商社であるらしく、ユジノサハリンスク—ソウル—函館を結んで、定期便を使いながらさまざまな荷物を頻繁にやり取りしている。だが、偽札検知器をどのようにして北朝鮮に持ち込んでいるのかは、サハリンでは突きとめられなかったという。

モンロー

シークレット・サービスのオリアナ・ファルコーネ主任捜査官は、マイケル・コリンズをさりげなく東京に送り込んだ。重大決定をスティーブンにそっと伝えるためだった。サハリンにロシア人のエージェントを派遣してからちょうど五ヶ月後のことだ。

コリンズが泊まっている皇居脇のパレスホテルに、スティーブンは愛車のMGBを駆って迎えにいった。車寄せで待っていたコリンズの巨体を助手席に収容した。品のいいドアマンが玄関でこの七二年型を見送って敬意を表してくれた。それはひとり我が道を往く者へみせる、絹のような礼節だった。ブリティッシュ・グリーンの車体は、桔梗濠を右手に見ながら内堀通りを快走していった。すでにお堀端のソメイヨシノも盛りをすぎ、葉桜に変わりはじめていた。

「もう一週間早く来てくれたら、君に桜吹雪をみせてやれたのになぁ」

「君とこうして東京の街を走れるだけでもうれしいよ。このMGBもじつによくがんばっているな。幌を取り払って走れるのは、このアジア・モンスーン地帯じゃ、ほんの短い間だろう。一瞬の春ってわけだ」

「MGBがこの国で活動するのは、フランシスコ会の日本での伝道に譬《たと》えればいいかな。苦難の道のりなんだ。ちょっと気を抜くと、シートにも窓枠にもすぐカビが生えて来る。サキさんは車の手入れは全くしてくれない。そのくせいつ美しい女の人を乗せるかもしれないんだから、カビ臭いのは致命傷だって説教するんだ」

ＭＧＢは軽快なボディーをもつスポーツカーだが、パワーに難があるためスピードが思うようにでない。皇居前広場に差しかかったところでカローラにあっさりと追い抜かれてしまった。スピード速きがゆえに尊からず。愛車は悠然と黒塀が連なる新橋の花街に滑り込んでいった。料亭なか里の門の前にぴたりとつけた。

半纏姿の男性が、待ち構えていたようにドアを開け、ふたりを玄関に案内してくれた。ここでもＭＧＢは相応の礼をもって迎えられたのである。

「ようこそ、なか里へ。ブラッドレー様、お久しぶりでございます。さあさあなかへお入りください」

女将の由良子がにこやかに出迎えてくれた。金茶地の光琳のかきつばたの写しに、金地の水衣の帯をきりりと締めている。

はんなりとした美しさを湛える由良子を、コリンズはまぶしそうに見つめていた。

「着物や帯の柄には、季節を少し先取りした草花や風物を取り入れるものらしい。それが粋だといわれている」

スティーブンはコリンズにそう説明した。

「女将さん、帯の柄は琳派《りんぱ》ですね」

「まあ、さすがはブラッドレー家の御曹司。きょうは外国のお客様とうかがっていましたが、イギリスの方かしら」

「落ちぶれたりといえども、こんな男はイギリスにはいませんよ、女将さん。着ているものをみてください。このボタンダウンのシャツにチノパンツ。粗雑にして粗野。まさしくアメリカ人です。この男はジャンクフード・フリークですからよろしく」

「まあ、スティーブン。あなただってマヨラーだってききましたよ。先週、湯島の書道のお師匠さんのところで、サキさんとご一緒しました。マヨネーズじゃ百年の恋も冷めちゃうって、それはそれはご心配でしたよ」

「まったく、主人の秘密を漏らす女バトラーは困り者だなぁ」

コリンズのために掘りごたつの部屋が用意され、和食になれない外国人の口にもあう心づくしの献立が用意されていた。床の間にはアンディ・ウォーホルのシルクスクリーンがかけられている。ピンクの「マリリン・モンロー」だった。

まず、だいこん、きゅうり、にんじん、みょうがの千切りに平目の薄造りをのせ、ぽん酢を添えた前菜が大皿に盛られて運ばれてきた。この陶器はどっしりとした風格を湛えており、それでいて素朴なぬくもりを感じさせる。

「女将さん、これは魯山人ですか」

「なかなか、いいでしょう。アメリカ、ペンシルベニアのものなのよ。アパラチア山脈の麓にあるケンプトンというところで、地元の土と釉薬をつかって薪窯で焼きあげたものなんですって」

コリンズが、わがテリトリーとばかり女将に解説してみせた。

「ハリソン・フォードの主演した『刑事ジョン・ブック　目撃者』をご覧になりましたか。あの映画の舞台となったのが、たしかその一帯です。アーミッシュの家族がいまも電気を使わずに、十七世紀さながらの暮らしを営んでいます。この焼き物を見ていると、広々としてなだらかなペンシルベニアの野山が浮かんできます」

ついで備長炭で焼いて、わさび醤油で味付けした極上のフィレステーキが藍色の古伊万里に盛られて供された。

箸で一口食べたコリンズは感嘆の声をあげた。

「うーん、これが牛肉だっていうのかい」

「うまいだろう。これが米沢牛なんだ。見たわけじゃないが、農家ではビールをかけて毎日、牛の身体をマッサージしているらしい。ここの板前さんがマイケルのために特別に取り寄せてくれたんだ。僕たちがどれほど君を歓待しているかわかるだろう」

「これにくらべたら、オクラホマのビーフは鋼だな」

つづいて巻きエビ、そらまめ、しいたけの天ぷら、それに小柱、あわび、三つ葉のかき揚げが、漆黒の輪島塗りの皿にのせられて運ばれ、仕上げはフロリダ産のオレンジをくりぬきゼリー寄せにしたデザートだった。スプーンですくって口に運ぶ。あまりに柔らかくこぼれ落ちそうになった。

最後にふくよかな香りのコーヒーが運ばれて、人の出入りがピタリとやんだ。

白いジノリのコーヒーカップを皿に置く音がした。コリンズが重大な機密をスティーブンに打ち明けたのはその時だった。

「財務省の首脳は、百ドル札のセキュリティー・スレッドのなかに日本製の無線ＩＣタグを埋め込み始めている」

コリンズは胸の内ポケットから手帳を取り出して説明をはじめた。０・０４ミリ角という超小型の無線ＩＣタグは「ナノテクの王者」とよばれ、特殊な信号を発して「真札」たることを自己証明するという。

「この技術を使えば、一枚一枚のお札に認識番号がついているようなものだから、コピーしたり勝手に刷ったりすることは、もはや不可能になる」

「マイケル、この国ではお金のことをお足というらしい。つまりあっという間に懐から消えてしまうからなんだ。ところが君の言う認識番号をこのお足につけたら、その追跡も可能になるわけだ」

「だから人権団体の強硬な反対が予想される。政府のお偉方は当座は秘密裡にことを進めるつもりらしい。スティーブン、この話はいうまでもなく、トップ・シークレットだ。本来は、ボスですらこのインテリジェンスを漏らす権限を与えられていない。だからこうして僕を東京に送り込んだんだ」

「だが、北朝鮮の偽造チームも、遅かれ早かれ、この情報を手に入れるだろうな」

「俺もそう思う。そのための布石をどう打っておくかが問題だ」

「僕が眼をつけている例の偽札検知器の会社があるだろう。この会社を使って北の連中に何か特別な工作ができないものか、ちょっと考えてみるよ」

二人の話がひといきついたそのときだった。

「スティーブンさん」

ふすまのむこうから女将の声がした。コリンズは目を剝いた。

「どうして我々の内密の話が終わったと分かったんだろう、スティーブン。盗聴マイクでもついているのかな」

「すべてをお見通しってやつなんだ、きっと。どこかの高みからすべてを見ている神の視座ってやつなのかもしれない。このお座敷という世界には、そういう不思議な空気が流れている」

たしかに女将の由良子は、おっとりした風情を漂わせ、鋭さなど少しも感じさせない。そのくせすべてを心得ている。

「遠来のお客様のために余興を用意させていただきました。どうぞお楽しみください」

座敷のもう一方のふすまが開け放たれると、次の間には篠笛を手にした槙原麻子が坐っていた。

麻子は、笛をすっと唇に運び、越谷達之助の「初恋」を奏ではじめた。笛を柔らかな手つきでもち、すっきりと前を見るその姿が凜々しく美しい。

スティーブンにとっても予想外の展開らしい。心なしか、はにかんでいるのをコリンズは見逃さなかった。

コリンズは傍らに控えている女将に、わが親友は篠笛のお師匠さんに心ひかれているのではないかと尋ねたかったのだが、スティーブンに通訳を頼むわけにはいかない。由良子のほうを振り向いて尋ねる素振りをしてみた。

由良子は「そのようね」とうなずく風をみせた。

やがて、麻子は布袋からもう一本の篠笛を取り出して、スティーブンに差し出した。師匠と同じ姿勢で弟子が奏で始めたのは「グリーンスリーブス」だった。途中から、麻子が低音部を合奏し、見事なデュエットに紡ぎあわされていった。

サイレントディテクター

料亭なか里の床の間に据えられた青銅の花器には、ヒューシャ・ピンクの芍薬に銀色に染めた雲龍柳が添えられていた。スティーブンが、このお座敷で篠笛を麻子と合奏した時には、水辺に浮かぶ花々をイメージしてベネチアングラスの浅い鉢に紫のあやめがあしらわれていたから、もう二ヶ月が経ったことになる。床の間にかけられたシルクスクリーンの「マリリン・モンロー」を引き立たせようと、お花の師匠、花千代さんが活けたものだった。

「スティーブンです。女将さん、外務省の瀧澤さんがお客ならただでもいいといっていましたね。その瀧澤さんをお招きしようと思うのですが。来週の木曜日は、お部屋、あいていますか」

電話口の由良子の声がぱっと明るくなった。

「瀧澤さんなら、お部屋を建て増ししてでもお迎えするわ。舟橋のあだ男瀧澤さんとスティーブンの組み合わせ、素敵ねぇ。お姐さんたちにはみんな声をかけないと恨みを買っちゃう」

「由良ちゃん、それがちょっと、こみいった話があるんです。お座敷は女将さんひとりで大丈夫。それならお姐さんたちにも恨まれずに済むでしょう」

「男ふたりじゃあ、ちょっと不粋ね。でも、あの瀧澤さんなら勘弁してあげます。また、あのクリクックとかいうワイシャツをお召しかしら」

「あの襟と袖口が別の生地になったワイシャツは、クリクックじゃなくクレリック。このあいだは、白地に赤の縞が入ったクレリックに、ブリティッシュ・グリーンのサスペンダーでした。ぎょっとしたなぁ。ぼくらロンドンっ子は、派手なワイシャツには慣れっこだけど、あの赤縞はイギリスでもちょっとお眼にかかれない代物だった」

「あら、瀧澤さんは何を着てらしても素敵よ。お料理も京風の献立をみつくろっておきます」

瀧澤勲は、その日、約束の時間より早めになか里にやってきた。出迎えた女将が、意外だという表情をみせた。この練達の外交官は、そんな女将の様子に気がついたのだろう。

「白いシャツなのはどうして、という顔をしていますね」

「あら、どうしてお分かりになるの」

「顔にそう書いてありますよ。じつは、午後、御所で両陛下にアジア外交についてご進講を申しあげてきたのです。外務省から出向している式部官が、宮内庁から言われたらしくて、服装のご注意があったんです。こんなこともほんとうは話してはいけないんだ。でも、女将は口が堅いからな」

「ええ、牢屋に入れられてもしゃべりません。さあ、どうぞ。ブラッドレーさんはもうお待ちですよ」

その日の献立は、鱧の落とし梅肉添えとじゅんさいの葛引きの先付けにはじまる京風だった。

「瀧澤さんは、関西ですから、女将にそう頼んでおきました」

「いや、わたしは関西といっても、そりゃ柄の悪いところだから。京料理なんて、ガキのころはまったく見たこともなかった。好物は、なんといっても、キムチ入りの硬焼きそば、これですよ。大阪の舟橋で、スティーブンにも食べさせたいもんだ。これがうまいんだ」

瀧澤という男はよほど自分に自信があるのだろう。そうでなければ、ここまで率直に生い立ちを語れるはずがない——。

続いて運ばれた椀物は、冬瓜と鮑。向付けは鯛、烏賊に青ずいき、茗荷に茄子の煮物がいずれも見事な器に盛られて供された。

「役所で電報を読むときには、BBCラジオをつけっぱなしにしているんだ。スティーブンの鯨リポート、あの、オホーツク海沿いの鯨肉レストランからの放送。あれには、ちょっと驚いたなぁ。『鯨の刺身はじつにおいしい』なんて、言ってたでしょう。イギリスの環境団体をさぞかし怒らせたんじゃないかな。いやぁ、どちらにも偏らない勇気あるリポートだった」

「鯨の尾の身というのが大トロよりおいしいことを率直に認めただけなんですが。放送直後からロンドンの電話は鳴りっぱなしだったそうです」

「タブーに挑むというのはそんなものですよ。日本のパチンコ資金が北に流れこんでいる、こんな話すら、ついこの間までは口にするのをはばかる空気がありましたからね」

瀧澤という外交官は、そもそも太っ腹なのだろう。自分のほうから、相手が聞きたがっている話題にひとりで踏み込んでいく。

「北朝鮮への送金ルートの中心はどこだと思いますか」

「そりゃ、一にマカオ、二に瀋陽《しんよう》でしょう」

瀧澤は、外交官にありがちな持って回った言い回しをおよそしたことがない。

「北朝鮮の当局が直接、送金に携わっているのでしょうか」

「送金方法は、いろいろあると思うな。一番多いのは、ダミーの商社が商品の決済を装って代行するケースでしょう。もっとも、そんな面倒なことをしなくても、偽札工場でどんどん新札を刷れば済むんだろうけどね。なにしろ、ホンモノと少しも変わらない精巧な百ドル札なんだから」

瀧澤は、どんどんと核心に入っていきながら、その一方で、落しの寿司、さば寿司などの八寸を、小気味よく口に運んでいく。若鮎の焼き物をあっというまにたいらげ、漆椀のふたをあけて、賀茂茄子の白味噌餡をうまそうに眺めた。

「瀧澤さん、アメリカ財務省だって北朝鮮のそういう手口にはとっくに気づいているでしょうから、手を打ちそうなものですが」

「さすがスティーブン。これは報道されちゃ困るんだが、アメリカの財務省は、日本側の協力も得てもう手を打ちはじめていますよ。無線ＩＣタグという技術を聞いたことがあるでしょう。世界では日本が一番進んでいる。そのハイテクを導入して、百ドル札の識別をやろうとしているらしい」

瀧澤は、意を決して機密情報の領域に踏み込み、貴重なインテリジェンスを明かしている――。だが、スティーブンは、そんなことには気づいてもいない素振りで尋ねてみた。

「でも、そういうハイテク技術を持っているのは民間ですよね。どうやって民間のメーカーから技術を引き出すのでしょう」

「軍事技術の移転もそうなんですが、政府間の難しい交渉にはしないほうがうまくいく。民間から公募してその技術を買い取るかたちをとるのがふつうだな」

「なるほど、日本のメーカーではたとえばどんなところが」

「さしずめターゲットは『日本マイクロチップ』あたりかな。ドル紙幣に無線ＩＣタグを埋め込んで、偽札ディテクターに感知させる。北朝鮮は、もうぐうの音も出ないはずだ」

「ディテクターといえば、僕は去年、検知器の代表的なメーカーを取材したことがあるんです。『或るベンチャー企業の自画像』というリポートに仕立てたんです。この会社のオーナーが橋浦雄三さんという面白い人で、浮世絵のコレクターにして競走馬のオーナーでした。そう、持ち馬は、検知器の意味をかけて『サイレントディテクター』でした。サイレントは父親があのサンデーサイレンスだからです」

炊き込みご飯を持った瀧澤の左手がわずかに止まった。だが、次の瞬間にはなにごともなかったかのように快活に口にはこんでいる。

ふたりは、姿を見せた女将をまじえて、にこやかに語り合い、デザートに供された桜桃をほおばった。

竹垣をめぐらした砂紋の中庭を風が吹きぬけていった。八角燈籠をとりかこんで植えこまれた孟宗竹がさらさらと音を立てていた。

影

腕時計のアラームがちりちりと鳴った。午前七時二十分だった。

成島行彦《なるしまゆきひこ》はその日も会社のソファーで一夜を明かした。ポロシャツに綿のスラックス姿のままだった。机の下に健康サンダルが転がっている。首筋にべっとりと汗がはりついていた。深夜には空調が切られてしまうからだ。ドル紙幣に埋め込む無線ＩＣタグの開発がいよいよヤマ場に差しかかっていた。一分でも時間が惜しい。泊まり込んでの作業はこれで四日目だった。疲れが澱《おり》のように溜まって思考力を鈍らせる。きょうこそは駅前のカプセル・ホテルに泊まろう。あそこなら一泊三千八百円で済む。洗髪もできるし、サウナに入れば慢性の肩こりも多少楽になるかもしれない。

成島は腰を右手でぽんぽんとたたいて、思いっきり伸びをした。ブラインドの間から差しこんでくる陽射しがまぶしさを増し、奥のソファーで寝ていた部下も起きてきた。

「おはようございます。きのうは何時に休んだんですか。朝メシどうします。コンビニのおにぎりいきますか」

「うん、きょうは、ちょっとはずんで新潟コシヒカリおにぎりシリーズにしよう」

「焼鮭ハラミと紀州梅種抜き大玉でいいですね」

会社は相変わらず開発コストを少しでも抑えようと必死だった。近頃では、わずか三千八百円の領収書にもいやな顔をされるため、つい会社に泊まりこんでしまう。昨夜は靴下を脱ぐのも億劫で、そのままソファーに倒れこんだ。午前二時半を過ぎた頃だった。だが、早朝にはもう起きあがり、無線での発信機能を一センチでも伸ばそうと格闘をはじめていた。

一ヶ月半前、半導体の開発技術を誇る日本マイクロチップ社は、全社からもっとも優秀なエンジニアを選りすぐって特別プロジェクトを発足させた。そのチームリーダーが、無線ＩＣタグの開発一筋に打ち込んできた主任技師、成島行彦だった。

プロジェクト・チームの発足式で社長が檄を飛ばした。

「優秀な製品を世に送り出すだけでは十分ではない。国際的なマーケットに受けいれられる製品を短期間で世に出して欲しい。ここに集まった技術者諸君はわが社の至宝ともいうべき人材だ。一切の責任はこの私がとる。開発予算に糸目はつけない。何か意見があればこの私に直接申し出てほしい」

最前列にいた成島は、さめた表情でこの訓示に耳を傾けていた。開発予算にはプロジェクトの発足前から厳しい枠がはめられていたからだ。無線ＩＣタグを紙幣に埋めこむ実験には、ドルと同じ組成の紙が必要だった。だが、会社側はそんな費用も出し渋った。チームリーダーの成島が、経理担当の役員と幾度もかけあわなければならなかった。

「君、わが社が置かれている実情は知っているはずだろう。なんとか代用品で工夫できんのかね。技術者らしい知恵を絞ってくれたまえ」

綿布に近い組成をもつドル紙幣の代用品などどこにあるというのか。成島は、アメリカ出張の際、持ち帰ったホンモノの百ドル紙幣を使うことにした。だが０・０４ミリという極小の無線ＩＣタグを埋め込む実験を重ねると、自前の百ドル札は瞬く間にぼろぼろの紙くずと化してしまう。

「成島主任、これだけじゃ正確なデータなんか取れませんよ」

開発チームからは、苦情が相次いだ。

「ドルと同じ紙を製紙会社に特注して実験に使わなければ、結果に責任が持てません」

つきあげられた成島は、担当役員に食い下がった。

「アメリカ財務省は、うちの無線ＩＣタグに眼をつけて、偽ドル防止の決め手にと考えているんです。高額ドル紙幣にこの無線ＩＣチップが使われれば、巨額の受注が転がりこみます。アメリカ財務省の決断は、やがてユーロ紙幣にも及ぶでしょう。いまが開発費の使いどころなんです」

だが、成島の説得にも、担当役員は頑として支出の決裁印を押そうとしなかった。会社側との果てしない折衝に神経をすり減らし、成島の胃の粘膜は、ただれはじめていた。

相模原にある日本マイクロチップ社の研究所に、橋浦雄三がチームリーダーの成島行彦を訪ねてきたのは、早朝から午後まで続いた会議が終わった直後だった。営業部から偽札検知器に大量の引き合いがあったと報告を受けるや、橋浦は直ちに研究所に乗り込んできたのである。この引き合いの背後には何か大きなビジネス・チャンスが隠れている——。商売人の勘が何かを嗅ぎ取ったのだろう。

「成島さん、お世話になっています。ずいぶんと規模の大きなプロジェクト・チームですなぁ。さすがは日本一の半導体メーカーさんや。ターゲットになるお客さんも半端なところやないと睨みましたわ」

「橋浦さん、そんなことは、現場のわれわれにはお話しできませんよ。会社のお偉方の号令で突然この騒ぎになったんです」

「先月、常務さんのお供でワシントンに出張されたようですな。そのあとすぐに、うちの偽札検知器を買っていただいたということは、やっぱり紙幣がらみの大型プロジェクトでっしゃろな」

「社長、そう大きな声をださないでください。困ります。私にも立場があります」

成島は、困惑の表情を浮かべながらも、本音でまっすぐ勝負するこんなトップがいれば、自分の会社も大企業病をまぬがれていたはずだと思った。

開発作業が長引くに連れて、チームのメンバーは家に帰って寝ることを何より楽しみにするようになった。だが、成島行彦はさして家を恋しいと思ったことがない。妻も二人の子供も成島の帰りを待ちわびている様子がないからだった。むしろ留守を喜んでいる節すら見受けられる。相鉄線の沿線にある2LDKのマンションは、家族四人ではいかにも手狭なのだ。六十三平米のスペースにごろごろされてはたまらないのだろう。妻の久美子は、さあ、これから働きに行こうという出がけに、いやなことを持ち出す。いつもの癖だった。

「あなた、理沙の塾の授業料、振込みは来週はじめなのは、知ってるわよね。七万八千円。ちゃんと用意してね。うちにはお金ないんだから」

疲れ果てて帰宅した時も、この愚痴攻勢にさらされる。マンションの主婦の集まりで、メーカーほど給料が安いところはないことをすっかり学習してしまったのだ。給与の額面もさまざまな手当ても、大手商社や一流銀行と比べるとずっと見劣りがする、と不平を鳴らす。

「くたくたになるまで残業してこの安月給。あなただって、東工大の修士課程まで出たんだから、この給料はないわよね。そもそも就職先の選択をまちがったんじゃない」

きょうは早く帰って風呂を浴びて、ビールでも飲もうかと思うのだが、あの愚痴を聞かされるかと思うと、つい研究所に長居してしまう。そして気がつくと会社のソファーで一夜を明かしている。これが最新鋭のパテントを二十八も持っている一流企業の技術研究者の日常だった。

そんな折『無線ＩＣマガジン』の記者が成島のもとを訪れた。取材の申し入れは会社の広報を通してあり、話してよい内容は事前に広報から知らされていた。成島は、開発中の長距離無線Ｉ

Cタグについてわかりやすく技術的な説明をしてやった。何年後かに売り出される商品の前宣伝なのである。市場に新商品への期待感をあおり、株価を少しでも下支えしたいという首脳陣の意をうけて広報が動いている。だが、成島にとっては、ともかく研究の話を熱心に聞いてくれる人がいるだけ救いだった。妻よりはよほどましな存在なのである。

この取材を受けて三日後のことだった。

「先日、取材にうかがった『無線ＩＣマガジン』の者ですが、じつにわかりやすい説明で記事を書く際にずいぶん助かりました。おかげで充実した特集を組むことができそうです。雑誌ができたらすぐにお送りします」

「お役に立てたのならよかったのですが。ご丁寧にありがとうございます」

「ところで、きょうはちょっとお願いがあって電話を差しあげたんです。取材でつきあいがある韓国の半導体メーカーの人に成島さんのことを話したんです。そしたらぜひ一度お目にかかってお話を伺いたいというんです。お忙しいことは十分承知していますが、ぜひ会ってやっていただけませんか」

「お会いするのは構いませんが、この間の取材以上のことはお話しできませんよ」

「それで結構です。お仕事の機微に触れる話は伺いません。いわば成島さんの技術開発に賭ける哲学といったものをお聞きできればいいそうです。先方は成島さんのような一流の研究者のお人柄に触れるだけでもいいといっています。いちど夕食の時間をつくっていただけますか」

高輪プリンスホテルの「若竹」が会合場所だった。成島が久々の背広姿で出かけていくと、韓国の半導体メーカーの名刺を持つ男が、若手の社員を伴って待ち受けていた。男の肩書きは研究開発部長だった。お座敷天ぷらを食べながらの会話は和やかにすすみ、先方も企業秘密に触れるような話題は一切持ち出さなかった。かき揚げがのった小丼に熱い茶を注いでいたとき、部長を名乗る男がこう切り出した。

「いやぁ、今夜は大変に勉強させてもらいました。わが国の半導体メーカーのなかには、もう日本を追い抜いたなどという自信過剰な連中もいます。だが、今夜、成島さんのお話をうかがって、改めて肝に銘じました。われわれは、成島さんのような方にまだまだ学ばなければと。どうでしょう、成島さん。週末にいちど、プライベートなかたちでソウルにきていただけませんか。韓国の若い技術者にあなたというひとを見せたいんです。お願いします。むろん、技術に賭ける姿勢といったことをお話しいただくだけでいい。細かな技術情報を伺おうなどという、けちな根性は持ち合わせていません。このわたしを信用していただいていい」

部長を名乗る男は達者な日本語でこうもちかけた。

かくして、週末のシャトル旅行が始まった。成島行彦は仕事を早めに切りあげて、小型のキャリーオン・バッグを引いて高輪のプリンスホテルに出かけていく。黒のリムジンがすでに待ち受けており、成島を成田空港に送り届けてくれる。航空機の手配からソウル到着後の車の手配まで、すべてが流れるように整えられていた。帰りには高麗人参茶の詰め合わせが土産に渡された。木箱の底には高額なドル紙幣が忍ばせてあった。成島は、かねがね会社の同僚から共同購入を誘われていながら、決心のつかなかった富士山麓カントリー倶楽部の会員権を三十万円で購入することにした。

ソウルの「無線ＩＣタグ研究会」は、いつもホテルの小さな会議室を借りて開かれた。聴講生は八人の若いＩＴエンジニアだった。全員がじっと成島の講義に耳を傾け、誰ひとり私語する者などいない。

左端に座っている若い女性が手を挙げて立ち上がった。

「成島先生、電源を自ら備えた無線ＩＣタグが出現するのは遠い将来のことなのでしょうか」

尊敬のまなざしを成島にまっすぐに向けてくる。ミッシェルというニックネームをもつ女性エンジニアだ。濃紺のパンツスーツをすっきりと着こなし、受講生のなかでもずば抜けて知的でチャーミングだった。黒髪をショートカットにし、色白の首すじをあらわにしている。そのひたむきな瞳で見つめられると、ついすべてを伝えてやりたくなる。

休憩時間になると、成島はノートパソコンの電源を切って、ホテルのラウンジに教え子たちを誘う。ミッシェルはピタリと寄り添ってついてくる。ほのかな香水のかおりが鼻をつく。銘柄はいまパリで評判の「マタハリ」だった。

ラウンジで技術論を戦わせる様子は、ゼミの合宿を思い出させた。受講生と楽しいひとときを過ごした成島は、会議室に戻るとパソコンにパスワードを打ち込んだ。受講生はみなさりげなくキーボードから視線を逸らす。なんと礼儀正しいんだろう。成島は感動すら覚えはじめていた。

会議室の天井の一隅から、小型のビデオカメラが成島の指先をじっと見つめていた。

追跡

ポトマック河沿いの小さな船着き場に、瀟洒なレストランが一軒、ぽつりと建っている。その名もポトマック・ランディング。広いテラスから海を見渡すことができるこの店は、最近では「スパイの館」が通り名になってしまった。「ワシントン・ポスト」紙が、中国のエージェントが国防総省内の協力者から機密情報を引き出すために使っていたと報じたからだ。

店内では白服のウェーターがきびきびと立ち働いている。

「ボスと食事をするのは三年ぶりです。こうしていると、インターネット・マリッジで紹介を受けたふたりがはじめて会って食事をしているように見えませんかね」

「さしずめマイケルは、百回を超すベテランにみえるわ。あの事件以来、その筋の人たちがぱたりと来なくなって、ここはワシントン一帯でいま一番安全なレストランよ」

ライトブルーの空の一角にジュラルミンがキラリと輝いた。やがてその極小の金属はジェット旅客機となってあらわれ、やや遅れて轟音が頭上に響き渡った。ふたりは、三分ごとにレーガン・ナショナル空港に滑りこんでいくジェット旅客機の下腹を眺めながら、ソフトシェル・クラブを食べていた。

主任捜査官、オリアナ・ファルコーネは、ケンダル・ジャクソンのソーヴィニヨン・ブランをマイケル・コリンズのグラスに注いで言った。

「北朝鮮の一団が、百ドル札にICチップが埋めこまれたというインテリジェンスを入手して、どんな対抗策に出てくるか。あなたがどう考えているか、ゆっくり聞いてみたくて声をかけたの」

「どんなに機密保持に手間をかけても、財務省のウェブサイトで民間のメーカーから技術を公募してしまえば、北朝鮮が情報を手にするのは時間の問題です。ボスが朝食でフレンチトーストにブラックベリージャムをつけて食べている事実をつきとめるほうがよほど難しい」

「あなたとブレックファースト・ミーティングをするときには、ブラックベリーはおろかフレンチトーストも注文したことはないはずよ。どうして知っているの。だいいちフランスがイラク戦争に反対して以来、この政権じゃフレンチトーストは敵性の食べ物よ」

「たしか大統領専用機『エアフォース・ワン』ではフリーダム・トーストと名前を変えたんでしたね」

ファルコーネは、ワイングラスの縁をすっとぬぐってこう切り出した。

「北朝鮮は必ず対抗措置をとってくるわ。彼らは無線ＩＣタグを手に入れて、彼らの作る百ドル札に埋め込もうとするはずよ。だって限りなくホンモノに近づけようとしているんですから。そうだとしたら、逆手をとって、その無線ＩＣタグになにか仕掛けができないかしら」

「なかなか面白いアイデアですね。北朝鮮が手を伸ばしてくる無線ＩＣタグに前もって特殊な仕掛けをしておく。そうすれば、それを埋め込んだ偽札が出す無線信号をてがかりに、北朝鮮の偽ドルの動きを追跡することができる。やってみる価値はありそうです。僕は高校生の時にオレゴンの山中で野生の熊の生態観察に参加したことがあるんです。動物生態学者になろうと一時は真剣に考えていました。その実験というのは、熊の体内にテレメーターを埋め込み、その電波を頼りに熊の行動を追いかけるという壮大なものでした。ボスのアイデアは、熊の追跡実験そのものです」

「マイケル、オレゴンの野生の熊に、いったいどうやってテレメーターを埋め込んだの」

コリンズは、よく訊いてくれたといわんばかりに微笑んだ。

「麻酔銃です。冬眠している熊の穴蔵に近づいて麻酔銃をぶっぱなしたんです。これでおとなしくさせ、メスで背中を切り裂いてテレメーターを埋め込みました。もっとも三頭のうち一頭は麻酔の打ちすぎで死なせてしまいましたが」

「わたしたちは、そんなドジを踏まないようにしなくちゃ。問題は、どうやって北の熊に無線ICタグという鈴をつけるかね」

黒い瞳がそっと閉じられた。長い睫毛が喩えようもなく美しかった。

「ボス、この作戦の一番の泣き所は、無線ICタグの構造にあります。テレメーターは電波をだす電源をもっていて、電波の足も長い。ところが、いまある無線ICタグは、独自の電源をもっておらず、電波の足もごく短かいんです。これでは追跡も難しい」

「現状では、技術的にかなりの困難があるわけね。でもチャレンジしてみる価値はありそうだわ」

「たとえ技術陣がハードルをクリアしたとしても、問題は、仕込みの方法です。くだんの熊にいかにして鈴をつけるか、それを解決しないことにはこの作戦は成功しません」

「あなたの東京コネクションと共同戦線は組めないかしら」

オリアナはすらっとした脚を組み直してひっそりとささやいた。

「その改良したICタグを手に入れることができれば、熊に鈴をつけるのは、彼が引き受けてくれるかもしれません。難しいオペレーションですが、もしうまくいけば、北朝鮮製の百ドル札はテレメーターと化します」

主任捜査官は瞳を輝かせていった。

「つまり、偽ドルの流れをトレースするには画期的な方法となるわけね」

東側のスパイを摘発して寝返りさせながら、何事もなかったように泳がせておく。そして決定的な局面が訪れたところで、この二重スパイを介してディスインフォメーション、つまり偽の情報を流して、クレムリン首脳に痛打を浴びせる。あの冷たい戦争の時代、英国秘密情報部がもっとも得意とした作戦だった。ファルコーネのアイデアは、この二重スパイの役割を無線ＩＣタグに担わせようというものだった。そしてこの作戦をダブル・エージェントの運用に長じた「ロンドンからきたスパイ」にやらせる。これが「狐の女王」のひらめきだった。

この重要作戦を「ロンドンからきたスパイ」に委ねることは、シークレット・サービスのトップが許可しないだろう。こう判断したファルコーネは、ここデンジャーフィールド島のレストランまで部下のコリンズを連れ出し、ひそかな遂行を持ちかけたのだった。

東京のスティーブン・ブラッドレーを公式に徴用しようとすれば、英米の情報当局は気の遠くなるような折衝を重ねることになろう。そしてなにより、英国秘密情報部は、そんな男の存在を容易には認めまい。情報の世界では血を分けた盟約など絵空事にすぎないのだ。

コーパス・クリスティー・カレッジのふたりに黙ってすべてを委ねるほかに道はない――ファルコーネの瞳はすでに意を決しているようにみえた。

パテント

橋浦マシネックスは、北の偽札コネクションに深々と組み入れられている――。スティーブンは、社長秘書の吉野香乃子に電話をかけてみた。

「まあ、ブラッドレーさん。先日は函館のお礼状を早々に頂戴しまして、ありがとうございました。橋浦が感激しておりまして、朝のミーティングで『礼状はこのように早く、しかも心のこったものじゃなきゃいかん』と、社員に紹介したんですよ」

「星野監督にほめていただき恐縮です。函館ではみなさんに本当によくしていただきましたから。香乃子さん、近いうちに、函館での取材を補なうため、橋浦さんにもう一度お話をうかがいたいんです。こんどはインタビューじゃなく、バックグラウンドの解説をお願いしたいとおもいます。箱乗りはどうでしょうか」

「箱乗りって何のことですか」

「すみません。僕らの業界用語なんですね。取材先の車に同乗させていただいてお話を伺うことなんです。お忙しい方にわざわざ時間を割いていただくのではなく、という」

「でも、どうでしょう。うちの橋浦は、車のなかでは電話もしませんし、込み入った打ち合わせもいたしません。情報の管理には、ああ見えても結構神経を使っているんです。ブラッドレーさん、こんなのはどうでしょう。社長がメンバーになっている狸穴《まみあな》のアメリカン・クラブのジムでお目にかかるのは。橋浦の意向もきいてご連絡します」

「星野監督と五千メートルを走るのはちょっと自信がないなぁ。でもお話が伺えるなら喜んで飛んでいきます」

吉野香乃子のアレンジは完璧だった。約束の午後五時二十分に出かけてみると、橋浦はカーディオ・マシーンのうえでジョギング中だった。ナイキのバスケットボールシューズをはいている。

それもハイカットの新鋭エアー・シューズだった。声をかけずにうしろからのぞいてみる。傾斜率六％、ランニング・スピード時速十二キロ。かなりハードな設定だ。

橋浦はスティーブンに気づくと右手を挙げた。

「あと一・三キロでゴールですわ。ご一緒にどうですか」

額から汗が滴り落ちていた。

橋浦がクールダウンのボタンを押すと、ベルトはゆっくりと停止した。

腰につけていたのは、アップル製の最新iＰｏｄだった。

「吉野君がジョギング用に見つくろってくれた演歌の傑作集です。八代亜紀の『舟唄』に、都はるみの『小樽運河』。ほんまにええ歌です」

「こんなところにまで押しかけて恐縮です。函館の研究所のお礼を直接申しあげようとおもいまして。ついでに、検知器開発の苦労話をもうすこしだけ伺いたかったんです」

「あなたはほんまに仕事熱心ですな。こんなに働くイギリス人には会うたことがありません。函館でもよう働いてはったそうですね」

橋浦は肩にかけた白いタオルで汗をふきながら、スティーブンを促してテーブルにつき、キャロット・ジュースを注文した。

「橋浦さん、すし職人はいいネタに恵まれてこそ、腕に磨きがかかるといいます。検知器も手強い偽札を相手にしてこそ、世界の水準を超える品質が生まれる、そんな一線のかたがたのご苦労がよくわかりました。やはりジャーナリストは現場を踏まなければと、あらためて思いました」

「それはわれわれ商売人も同じことです。現場を踏んでなんぼ、というんです。ですが、活きのいい偽札に出会うのは容易なことじゃない。ずいぶん苦労しました。笑い話みたいやけど、現地ではゲテモノの偽札をようつかまされましたわ」

橋浦は愛想よく取材に応じているが、こちらの狙いを慎重に見定めているのだろう。スティーブンは剛速球をど真ん中に投げ込んでみた。

「橋浦さん、新たに出現した例のウルトラ・ダラーですが、MCXの後継検知器で完全にチェックができるものなのでしょうか」

橋浦の太い眉が一瞬、かすかに震えた。

「正直にお答えしましょ、スティーブンさん。完全とはいえません。なぜかというと、サンプルがあまりに少なすぎる。我が社も偽札収集にはかなりの資金を注ぎ込んでいるんですが、なかなか手に入らんのです。アメリカのシークレット・サービスが精力的にかき集めてしまってる。われわれ民間のものはとうてい及びません」

「BBCに『パノラマ』という調査報道の看板番組があるんですが、その取材チームがダブリンに現れたウルトラ・ダラーを追っています。スコットランド・ヤードの科学捜査官も舌を巻くほどの水準だそうです」

「われわれの研究陣の結論もおんなじです。ホンモノとどこがいったい違うんや。ほんまに泣きたくなるほどの品質です。そやけど、ネバー・ギブアップ、現場にハッパをかけています。ハードルが高ければ高いほど、それを突破したもんには大きな利益が転がり込むんですから」

スティーブンはここで疑似餌を差し出してみた。

「ワシントンで財務省を担当している同僚から聞いたのですが、アメリカ政府は、このウルトラ・ダラーに対抗するため極秘裏に百ドル札の改訂に着手したらしいですね」

橋浦は真正面から応じてきた。

「私どももアメリカ財務省はすでにチップを埋めこんだんじゃないかと読んでいたんです。あなたのようにワシントンにいいニュース・ソースを持っているわけじゃない。そのかわり、われわれには商売という武器があります。どうやら日本の企業に引き合いがきてるらしい。日本が世界に誇る半導体の派生技術を先方さんはえらく欲しがってはるようです」

「そんなに高度な技術を持っている企業はやはり数えるほどでしょう。日本マイクロチップがさしずめ一番手でしょうか」

「スティーブンさん、われわれ商人はお得意さんのことは口にするわけにはいきません。けど、関係者につきあいのいい技術屋さんがいるんです。このひとはパテントを二十八も持ってはるんですが、このひとの見立ても同じです」

橋浦はアメリカ財務省の動きをすでにつかんでいた。この貴重な情報は「日本マイクロチップ」の技術者から巧みに引き出したにちがいない。そしてこの技術者情報のウラをスティーブンからとって、今後の商売に結びつけようとしている。やはり橋浦に会ってよかった。この接触をアレンジしてくれた吉野香乃子の顔を思い浮かべて、近いうちに借りを返さなければと思った。

アメリカン・クラブから戻ったスティーブンの行動は迅速だった。日本マイクロチップの公開情報を洗い出し、橋浦が漏らした技術者の特定に取りかかった。決め手はパテントだった。無線ICタグの関連で特許庁に出されているパテントをピックアップし、その会社と申請者名を洗い出した。四人の名前がリストにあがってきた。そのうちの一人が「日本マイクロチップ」の開発チームに所属していた。名前は「成島行彦」だった。

成島行彦の自宅を割り出すまでに要した時間はわずか十八分。家族構成がわかったのは二十九分後だった。住所は横浜市旭区中沢二丁目。妻は久美子、三十八歳。長女、理沙、十二歳。長男、光太郎、九歳。分譲マンションを六年前に買い、住宅ローンがまだ十四年分残っている。

スティーブンは興信所に連絡をとってみた。元警察官が経営する小さな事務所だった。

「成島行彦という日本マイクロチップ社の技術者をそれとなく当たってくれませんか。家庭の様子など日常の細かい情報がわかればありがたいんですが」

興信所の所長は、翌日の夕方にはもう電話で様子を知らせてくれた。

「成島はほとんど仕事の鬼といっていい人物のようです。隣近所とのつきあいはおろか、近くに飲み友達もいない。成島本人を攻めるなら、会社にあたる以外にないと思います」

これが、かつて所轄署で一課の刑事をつとめた興信所長の判断だった。

「家族の様子は何かつかめましたか」

「近所の主婦には何人か話がきけました。妻の久美子のほうは、かなり闊達な性格のようです。留守がちな夫にすっかり愛想をつかしてしまい、いまはパートにでています。若い頃から着物好きだったらしく、銀座にある『織り匠　ふじむら』で週四日働いています」

「パートというと、収入はどのくらいなんでしょう」

「時給は八百円。これも近所の主婦にあけっぴろげに本人が明かしています。勤めは洋服でもいいそうですが、着物で出勤すれば時給二百五十円が加算されるとか。久美子は週に二日は母親から譲り受けた地味な風合いの着物をきて、店に出ているらしい。店を訪れる外人客にも物怖じせず英語で応じる久美子は重宝がられている。ざっとこんなところですが、後ほどリポートにしてお送りします」

　妻の久美子が突破口になるかもしれない――。話を聞き終えたスティーブンは、久美子への接近方法に思いを巡らした。「着物の麻子」と思いついて携帯電話を鳴らしてみた。篠笛の稽古中だったのだろう。一時間ほどして電話がかかってきた。

「スティーブン、メッセージを聞いたけど」

「じつはお願いがあるんだ」

「なにかしら、私にできることなら」

　弾んだ声がかえってきた。電話回線にかすかな雑音が混じっていた。

「銀座にある呉服の店をいちど訪ねてみてくれないか。そこで働いているパートの主婦と知り合いになって、話を聞きだしてくれると助かる。ついでに気に入った着物があれば買ってほしいんだ。来月の麻子の誕生日に着物をプレゼントしたいと思っていたところだったから」

　スティーブンは来月のカレンダーを頭に思い描いていった。

「あら、嬉しい。でも、なんだかわけありな感じだけれど。まあ、いいわ、頼まれてあげる。あなた、私の着物の趣味は高級なのよ、覚悟しててね」

「詳しい事情はきかないんだね」

「別に事情なんて聞いても仕方がないじゃない。スティーブンのお役にたつならそれでいいわ」

　麻子は屈託のない声でいった。

「で、そのお店とお目当ての人の名前、それに特徴を教えて。いまメモをとるから」

侠気をうちに秘めていると見込んだだけのことはある。ここはやはり、麻子に攻略をゆだねよう——。

織り匠

どっしりとした樫の木の扉を押し開くと、ミラノの超モダンなインテリア・ショップを思わせるような空間が広がっていた。床には薄いグレーの由良石が敷きつめられ、壁は天井から床にかけて薄墨色のグラデーションが施されている。正面には和紙を青墨で染めあげた四枚の戸ぶすまがはめ込まれていた。「織り匠　ふじむら」は、織の着物だけをもっぱら扱っている呉服店だ。手織りの紬がもつ独特のぬくもりを引きたたせようと、室内の色調はいたって控えめにおさえられている。

栃の一枚板でつくられた大きなテーブルのうえで、年配の客が越後上布の反物をひろげていた。北国の粉雪を思わせる白地に、青海波の絵絣が織り出されている。麻子は思わずこの上布に引き寄せられた。

「お気に召しましたか」

生成りの小千谷縮を着た女性が声をかけてきた。明朗で人を逸らさない。そんな人柄が全身から溢れている。成島久美子に違いない。

「すばらしいわ。これだけ丹念に絣を織り出すのは、どんなに手間がかかったかしら」

「越後上布は手づみの上質な麻だけで織りあげますので、それはそれは贅沢な織物です。夏物をお探しですか」

「ええ、そうなの。黄色い芭蕉布の帯をもっているんだけれど、それにあわせて、ちょっぴり遊びごころのある着物を一枚つくりたいと思って」

久美子は、白いノースリーブのワンピースを着た麻子の全身をみつめると、弾んだ声でいった。

「琉球藍で染めあげた宮古上布はいかがでしょう。藍色が深くて、とってもいいお召し物がはいっております」

おおぶりの葉が大胆にちりばめられた絣もようだった。麻子が胸にあててみると、紺地の透ける感じが涼しげだった。

「艶があっていいわ。それになにかしゃきっとした気分になるわね」

「とてもお似合いです。黄色の帯と上布が互いを引き立てあって、さぞかし素敵なお着物になると思います。伝統的な藍染めに斬新な柄。お客様のようにすらっとして、よほど個性的な方でなければ、着こなせません」

久美子なら、老舗の女主人もなんなくつとまるだろう。

「気に入ったわ。いただきます」

麻子は、値段も聞かずに、クレジット・カードを差し出した。

「お気に召していただいて嬉しく存じます。失礼でなければ伺いたいのですが、お着物にご縁のあるお仕事をなさっているのでしょうか」

篠笛のことを話すと、久美子は演奏会の案内をぜひ送ってほしいと名刺を差し出した。

「このお店にはいつから」

誘い水はこのひとことで十分だった。広島育ちで和服が好きなため半年前からこの店に勤めだしたこと、エンジニアの夫が働き蜂で自分のことなど眼中にないことを瞬く間におしゃべりした。

「うちの主人、入社以来、研究一筋のエンジニアなんです。特許もたくさんもっているんですよ。たしか、二十八。でも家計の足しにはちっともならないんです」

「日本の大企業って、そうらしいわね。社員がいくら会社に貢献しても報いようとしない。それじゃやる気も失せてしまうわ」

「そんなこともあるのでしょうか。このところ、一週間おきにソウルに行って、大学のようなところで教えているみたいです。日本の大学と違って、講師料は結構よくて、最近わたしにもお小遣いをくれました」

久美子は嬉しそうだった。

「それでこの着物を買ったんです。従業員割引きですけれど」

成島行彦は一週間おきにソウルに出かけてかなりの報酬を得ている——。このインテリジェンスは、きっとスティーブンを喜ばせるだろう。麻子の目の前にかかっていた霧がすっと晴れて眺望が開けていった。

スティーブンは、その日の夕方、愛車のMGBを駆って東横線の学芸大学駅近くにある麻子のマンションにやってきた。1LDKの部屋なのだが、二十畳近くあるリビングは稽古場を兼ねている。壁や床には防音装置が施されていた。バルコニーにはラベンダーやバジルの鉢植えが並ぶサンルームがしつらえてあった。

スティーブンは、サンルームの籐椅子に腰かけて、碑文谷公園越しに街の夜景を眺めるのが好きだった。麻子は、シャンパンにピーチ・ジュースをカクテルしたベリーニを渡していった。

「成島久美子さんって、お友達にしたいような人だったわよ。面白くてさっぱりしてて。表情がリスみたいで可愛らしいの。料亭の若女将もつとまりそうな、しゃきしゃきしたひとだったわ」

「なか里の由良子さんが海外に出かけるときには、代役も頼めそうだね。お客も案外喜ぶかもしれない」

「彼女なら大丈夫。しいて難を言えば、誘導尋問に無防備なところかしら」

麻子はスティーブンの後ろにまわって耳元でささやいた。

「あなたのようなひとが手を尽して尋ねたら、たちまち心を開いて何でも話してしまう。そんなひとだわ」

「それで、成島久美子はなにか言っていた」

「それを教えるのには、宮古上布一枚では安いなぁ」

麻子はくるりと身を翻して向かいの椅子にすわり素足を組んだ。

子供の塾の話、仕事ばかりの夫の愚痴、ふじむらでの仕事。麻子は、久美子の語り口まで真似て報告してくれた。それは、斥候兵として彼女の資質の高さをうかがわせて十分だった。

スティーブンは、麻子の話が成島行彦のソウル行きに及ぶと、ラベンダーに手を伸ばして枯れかけた葉を摘むしぐさをした。関心の所在をうかがわせようとしなかった。麻子は、そんなスティーブンににこりと微笑みかけて立ちあがり、宮古上布を取り出してきた。

「どう、ちょっと地味だけど、粋でしょう」

「麻子は色が白いからよく似合うとおもう。できあがったら、一緒に新潟の行形亭《いきなりや》にでかけてみよう。真っ白な日傘をさして歩いたら、きっとみんな振り返るよ。その着物は、約束どおり僕にプレゼントさせてくれるね」

「あらいいのよ。宮古上布は、前から欲しかったんだから。あなたのおかげで気に入ったものに出会えたんだもの」

麻子は、自分が買うといって譲らなかった。奥の寝室にある二棹の桐簞笥には、着物がびっしりと収められている。篠笛の稽古だけでこれほどの暮らしができるだろうか――そう考えていたスティーブンに、パリッと糊のきいた男物の浴衣が差し出された。

「ねえ、明日は何時からお仕事なの」

「時間はたっぷりあるよ。早く引退して新橋に置屋さんを開いて、篠笛のお師匠さんと毎日こうしていたいなぁ」

「わたしは朝十時から赤坂でお稽古。暇な置屋の旦那といつまでも付きあっているわけにはいきません」

スティーブンは麻子をそっと引き寄せた。それは、篠笛の唄口に触れたときのような感触だった。艶のある麻子の黒髪に手をまわして抱きしめると、妙なる音色が伝わってくるようだった。

ブリティッシュ・グリーンのＭＢＧは翌朝まで路上に停まったままだった。

スティーブンは、二年前、ＢＢＣのラジオ番組「海外特派員だより」で『召しあげられた旅券』というリポートを放送し、物議をかもしたことがあった。韓国の半導体メーカーが、日本の半導体メーカーに追いつけ、追い越せとばかり、激烈な開発競争を仕掛けていた頃だった。日本の中堅技術者が週末ごとにソウルに招かれ、多額の謝礼が支払われていた。こうした技術者を介した半導体技術の移転に危機感を抱いた日本のメーカーは、ターゲットとされた技術者たちからパスポートをとりあげてしまった。

「自分たちは社畜じゃない。週末に家族と旅行をする自由を奪う権利は会社にはないはずだ」

そうしたエンジニアのひとりは、新橋のガード下の焼き鳥屋で焼酎をあおっていた。アサヒビールのケースを二つ重ねて仕立てたテーブルを叩いて、憤懣をぶちまける現場にスティーブンは偶然となりあわせたのだった。

「匿名でいいんです。音声も少し変えて放送しましょう」

スティーブンはこう説得し、スクープ・インタビューをものにして放送した。反響はすさまじかった。大手半導体メーカーの広報担当者は、ロンドンの支社を通じてＢＢＣに厳重な抗議を申し入れ、韓国の半導体メーカーも「そのようなアンフェアな行為を行ったおぼえはない」と文書で申し入れる騒ぎとなった。

その一方で「われわれも旅券をとり上げられた」という内部告発が相次ぎ、韓国での秘密レクチャーの現場も判明するに及んで、活字メディアも次々に報じ、波紋は広がっていった。

スティーブンは無線ＩＣタグの特許を扱っている弁理士、仲田美佐に依頼して「日本マイクロチップ」の特許申請を徹底して洗い出してもらった。日本の大手各社は韓国の半導体メーカーとそれぞれがっちりとした提携関係を結んでいる。かつてのように、日本の半導体技術者を一本釣りして技術の移転を図るといった手法は過去のものになりつつある。そして何より日本マイクロチップの特許申請はすべての領域に及んでおり、不正な技術移転は直ちに訴えられてしまう。

成島情報の最終到着地は韓国ではない——。北朝鮮の組織は、韓国の半導体メーカーを装って、成島行彦をソウルに招き「日本マイクロチップ」が開発した無線ＩＣタグの最新情報を盗み出そうとしているのではないか——。スティーブンはそう直感した。

ソウル行きビジネスクラス「８Ｆ」

成島行彦は、いつものように成田発ソウル行きの最終便、ビジネスクラス「８Ｆ」の座席でシートベルト着用のサインが消えるのを待っていた。アナウンスが流れるとすぐに小型のノートパソコンを取りだして、ソウルでのレクチャーの準備にとりかかった。成田国際空港発20時30分、インチョン国際空港着23時10分。使用機材はボーイング７６７—３００ＥＲ型機だ。

成島は、かすかな微笑を湛えて自分を見つめるミッシェルの顔を思い浮かべた。あと三時間もすれば彼女と時間を共有できる。そう思うと、胸の昂《たか》まりを抑えがたくなった。

「彼女にならすべてを教えてやりたい」

どうにも御《ぎょ》しがたい情熱が内奥から湧き出してきた。自分はいま流通、医療、安全のシステムを根底から変えてしまうような革命的な研究に取り組んでいる。だが、会社の上司はいうまでもなく、妻さえも研究者としての自分の存在を認めようとしない。給料を月々引きおろす銀行口座の名義提供者としか考えていないのだ。

そんな我が家族にくらべて、週末の教え子たちが自分に注ぐまなざしはどうだろう。自分が語るひと言ひと言を貪欲に学びとろうとしている。無線ＩＣタグの研究者として歩んできた道のりのすべてを知り尽くしたい――そうした熱意が痛いほど伝わってくる。成島行彦はもう何年も味わったことのない充足感に満たされていた。

隣の「8G」の席に栗色の髪をした、すらりと背の高い外国人が座っている。言葉は交わしていないがどことなく感じがいい。黒革の鞄から文庫本を取り出して熱心に読んでいる。なんと日本語ではないか。司馬遼太郎の『坂の上の雲』の第三巻だった。成島は話しかけてみたい誘惑にかられた。東郷艦隊の作戦参謀、秋山真之の郷里、松山で少年時代を過ごしたからだ。文庫本を開いてまもなくこの隣人は、くすくすと笑い出した。成島はもうこらえきれなかった。

「日本語をお読みになっているんですね。僕の愛読書なのですが、どのくだりがそんなに面白いんですか。初対面の方にこんなことまできいてすみません」

成島は思わず声をかけてしまった。

「いいえ、ちっとも。お話しできて嬉しく思います。ここに『結婚して家庭をつくることは男児の志を弱らせる』と書いてあります。あたかも女性は武人の敵であるかのように。いくら明治の話でも、英国の作家には、ここまで女性読者を敵に回す勇気はないなぁとおかしくなったんです」

成島はそのさわやかな笑顔に引き込まれてしまった。しかも、惚れ惚れするようなきれいな日本語だった。

「ほんとうに日本語がお上手なんですね。どこで勉強されたのですか」

スティーブンは東京にBBCの特派員として赴任して以来、この質問を数限りなく受けていた。

「日本語というのは、私たちイギリス人にとっては、まったく難攻不落の二〇三高地のような外国語です。小さな堅城を抜いたと安心していると、二週間後には押し戻されている」

「そんな努力の積み重ねが大切なんですよ。われわれだって、英語を中学から勉強しているのですから、もう少し上達していいはずです」

「僕は、鎌倉にある日本語塾に一年間住みこんで鍛えられました。そのオオムラという先生は、それは厳しい人でした。おかげでまぁなんとか話せるようにはなったのですが、まだまだです」

スティーブンはヘーゼル色の瞳を輝かせて「ご出張ですか」と水を向けた。

「ええ、韓国の友人に是非にと頼まれて、半導体立国ニッポンの歩んできた歴史と今後をシリーズでレクチャーしているんです。仕事がありますから、こうして週末を利用して一週間おきにソウルに来ています。韓国の若いひとたちは、とても熱心に話を聞いてくれます。自分の経験を若い世代に伝えることはなかなか楽しいですよ。それに、やがて日本や欧米の技術を凌いでみせるという彼らの気迫には、頭がさがります。韓国という国こそ、半導体世界の『坂の上の雲』だなあと感じています」

狙い定めた照準のなかに獲物が入りかけている——。スティーブンは成島の研究内容をさりげなく尋ねながら、相手が核心に近づいてくるのをじっと待ちつづけた。

「無線ＩＣタグから発信される電波の足をすこしでも伸ばすことはできないか。いま僕が仲間と取り組んでいるプロジェクトです。従来の無線ＩＣタグの発信距離は、せいぜい数十センチですから。これを二、三十メートルまで伸ばすことができると、用途は飛躍的に高まるんですが」

「無線ＩＣタグは、ちょっとした入場券にも組み込んであると聞きますが、そんなに小さなものなんですか」

その極小の物質をどうしても見てみたい――。少年のような無邪気さで、スティーブンはこの技術者の眼をじっと見つめつづけた。

これほどの企業秘密を素性も知れぬ外国人に見せることなど滅相もない――。企業人としての成島の良識はこうささやいている。その一方で、大切な宝物を見せて自慢したい、という他愛のない誘惑に抗しきれずにいた。

待ち続けるスティーブンの心臓がかすかに脈打った。

十秒ほどの沈黙の末、成島はアタッシェケースの留め金に手を伸ばした。

獲物が照準にぴたりと収まった瞬間だった。

極小の粒が収められたビニール袋は、砂金袋のようだった。成島はこの袋に人差し指を入れ、そのうえにきらきらと輝く粒を載せてみせた。

「ごらんになれますか。僕の指の上に小さな粒がみえるでしょう。直径わずか0・04ミリ。これが僕の開発した無線ICタグなんです。読みとりのアンテナを用いれば、離れたところからでも電波をキャッチできます。いわゆる非接触型のタグです。おそらく世界でもっとも進んだ製品です」

成島は、この砂金袋を再びアタッシェケースに戻すと、留め金をぱちんと閉め、前の座席の下に押し戻した。

隣の座席を確保できたことがすべてだった。スティーブンは全日空国際線の客室乗務員、安斎万里の顔を思い浮かべた。

一年前、東京からワシントンに向かう全日空便で皮膚の難病を研究している医者に英語で話しかけられ続けて、一睡もできなかったことがあった。そんなスティーブンを気の毒がって、救い出そうとしてくれたのが彼女だった。

「お優しい方なんですね。お疲れが出ませんように」

そのひとことに感激して、制服のネームプレート「M・ANZAI」をしっかりと憶えていた。

スティーブンは、その翌日、フィリップス・コレクションに出かけ、セザンヌの「舟遊びの昼食」の前で安斎万里と再会した。この小さな美術館を訪ねることを彼女に伝え、よければ一緒にと誘っておいたのだった。

「昨日は救出に乗り出してくれて本当にありがとう。せっかくお声をかけていただいたのに、我慢してしまいました。僕はどうしてこんなに気が弱いんだろうな」

「なんて辛抱強くて、やさしい方なのかしらと感心していたんですよ」

スティーブンは、万里の快活な笑顔に魅せられて、美術館のカフェテラスでランチをご馳走した。そのあと、ドガの「踊り子」を見て、楽しいひとときを過ごしたのだった。この出会いがきっかけとなって、東京でも根津美術館の雪舟展に出かけている。

成島行彦の隣の席をなんとしても射止めなければならないが、彼女なら力になってくれるはずだ——スティーブンが真っ先に思い出したのが、安斎万里だった。

「どうしても機内でインタビューしたい人物がいる。ごく自然に隣の席に坐る方法はないだろうか」

電子メールに残しておいたメッセージをフランクフルト線のフライトから帰った万里が見てさっそく電話をくれた。

「そのインタビュー相手というのは半導体の日本人研究者なんだ。この二ヶ月の間、一週おきに金曜日の夜、最終便で成田からソウルに飛んでいる。律儀にANAを使っている。マイレージを貯めているのかもしれない。いかにも偶然隣りあわせたようにして、話が聞ける機会をつくってもらえるとありがたいんだが」

万里の反応は素早かった。

「方法は二つかしら。組合活動をやっていたときに友達になった女性がいるわ。彼女は予約部門でかなりハイランクな立場にいるので、予約のコンピューターにアクセスできるはずです。もうひとつは、スティーブンがその技術者を装って予約の確認をしてみてはどうかしら。あなたの日本語力と演技力なら大丈夫よ。セント・ポールズでリア王を演じて賞状をもらったって話してくれたじゃない」

万里が教えてくれた第二の方法は、単純だがなかなか優れたアイデアだった。予約センターに「成島行彦です」と名乗って電話をかける。そして「いつもの席が取れているかどうかを確認したい」と言えばいい。こう彼女はささやいてくれた。かくしてスティーブンは、成島がANAソウル行きのビジネスクラス「8F」の席を予約していることを突きとめた。ついで旅行代理店に「8Gの席を」と連絡し、成島の隣の席をまんまと手に入れたのだった。

成島行彦は8Fの席で「無線ICタグ」の参考文献を熱心に読みつづけていた。離陸して一時間五分が過ぎたときだった。成島は席をたって通路左手にあるトイレに入っていった。

スティーブンは成島のノート型パソコンの左横にあるUSBポートにフラッシュメモリを素早く差しこんだ。四ギガバイトの高速メモリだ。内蔵されているデータが見る間に写し取られていく。成島が二分二十秒トイレにいてくれたら、ほぼすべての情報を吸いとって、ワシントンで待ち受けるコリンズを喜ばせるはずだ。

その間に、成島の足元に置いてあったアタッシェケースを開け、ビニール袋を取り出した。そして米国財務省が特別に開発した足の長い無線ICタグとすばやく差し替えた。

トイレのドアのノブが動いた。とっさにフラッシュメモリを抜き出した。この間、一分五十五秒。データはほぼコピーしおえたはずだ。

こうしてコリンズから託された「足の長い無線ICタグ」は、凍土の偽札工場に送り込まれていった。

スティーブン―コリンズ連合軍が北朝鮮に反転攻勢に転じた瞬間だった。

スティーブンは『坂の上の雲』を読みふけり、成島はミッシェルの瞳を思い浮かべながらレクチャーの準備に余念がなかった。機内にはまもなくインチョン国際空港に到着するアナウンスが流れてきた。


「親展」


社長秘書の吉野香乃子が社長室のドアを軽くノックして入ってきた。明日の予定表と一通の郵便物を透明なファイルにはさんで机の端に置いた。茶封筒のあて名の横には「親展」の印が押されていた。

「社長、紅茶でもお持ちいたしましょうか」

「いや、いまはええ。ありがとう」

橋浦雄三は一刻もはやくひとりになって親展の封を切りたがっている。勘の鋭い吉野は、退室の会釈もそこそこにドアをそっと閉めた。

それは差出人がない大判の封筒だった。消印は東京中央郵便局。橋浦はペーパーナイフを取り出すのももどかしく、封筒をびりびりと破って中身を取り出した。

一枚の写真が入っていた。

橋浦の顔からすっと血の気が引いていった。

香港のペニンシュラの一夜をカメラが捉えていたのだ。橋浦と瀧澤泰子のあられもない姿が写っていた。橋浦は震える手で封筒を逆さに振ってみた。だが送りつけられてきたのは、目の前の写真一枚だけだった。あわてて封筒に写真を戻し、引出しにしまって鍵をかけた。

口の中が無性に渇く。インターフォンに手を伸ばしかけたが、かろうじて思いとどまった。とっさにペニンシュラの支配人の細い目を思い出した。そしてかぶりを振った。世界有数のホテルがこんな下卑たまねをするはずがない。本階最上階のガーデン・スイートは二重のカーテンで窓が覆われていたはずだ。それに写真は窓越しに撮影されたものではない。室内に誰か潜んでいたのだろうか。橋浦は言い知れない恐怖に苛まれはじめていた。心臓の動悸が早くなり、冷や汗が下着にはりついた。

「吉野君、きょうはちょっと予定を変えてスポーツ・ジムに行くことにする。夕方から帝国ホテルの楓の間で開かれるマルオカ電機の創立記念パーティーには、常務に代理で顔をだすように頼んでくれたまえ。もし都合が悪ければ総務部長でもいい。十五分後に車を用意してくれ」

橋浦はインターフォンに向かって、できるだけ穏やかに話したつもりだった。だが、秘書の吉野には、声のトーンがいつもより高く、標準語になっていたのを悟られたはずだった。吉野はどうやら泰子との関係に気づいている節がある。何ひとつ痕跡は残していないのだが、あの眼は何かを知っているかと語りかけているようにも見える。

函館の技術研究所から、橋浦宛てに差出人のない親展の封書が再び届いたという連絡が入ったのは、それから五日後のことだった。急いで取り寄せて開封したその文面はごく事務的なものだった。ワープロで白い紙に打ち出された通知だった。

弊社の業務に日ごろからご愛顧を賜り心より御礼申し上げます。ユジノサハリンスクへは御社の製品をお送りいただいていますが、御社の製品をさらに継続的にお送りいただきたく、ご連絡申し上げるしだいです。従来、納品いただいている「ＭＣＸ」はこの頃では東南アジア各地での調達も可能となってまいりました。したがって今回は、新たなスペックの製品あわせて四十五台を発注させていただきます。弊社より函館の技術研究所に特別のスペックを従来の通信ルートでご連絡申し上げます。橋浦社長におかれましても、現場に対して弊社の求めに応じて検知器のスペックを速やかに整えるようご指示を賜れば幸甚でございます。新しい製品の価格については別途協議のうえ、速やかに送金することを堅くお約束申し上げます。尚、大変に申し上げにくいことではありますが、万一、弊社の要望をお聞き入れくだされないときには、先日、本社にお送りしました品物を各方面に送付することのやむなきにいたりますので、そのようなことのなきようご協力のほどをよろしくお願い申し上げます。

あの写真は、やはり北朝鮮の関係者が隠し撮りしたに違いない。そしていま彼らは、橋浦と泰子の秘められた関係を材料に、次なる要求を突きつけてきたのだった。

彼らはこれまで続けてきた合法的な取り引きという衣をかなぐり捨てようとしている。

たしかに橋浦は、北朝鮮をエンドユーザーと知りつつ、函館の技術研究所からユジノサハリンスク経由で「ＭＣＸ」を売り渡してきた。だが、空港の税関には手荷物として正規に申告し、すべては合法だった。ただ、北朝鮮系の商社が、凍土の偽札工場に送って、検知器が百ドル札の仕上がり具合を検査するのに使われていることは薄々承知していた。その事実が公になってしまえば、捜査当局に目をつけられ、民間のクライアントの信頼を失う恐れがあった。このため、社内秘とするよう現場には徹底させていた。

この取り引きは、手間がかかるわりには取引額が小さくて利幅も薄く、社内では不評だった。だが、橋浦にとっては魅力的なディールだった。ユジノサハリンスクのダミー商社は、時折、飛び切りのブツを世話してくれたからだ。プノンペンやチェンマイの両替商で、北朝鮮製の偽ドルを入手できるようひそかに手配してくれたのである。

活きのいい北の偽ドルを手にいれることは、競争他社を引き離す決定打になる。橋浦マシネックスの検知器ならどんな偽札も見逃さない。こうした顧客の評価を保ち続けるには、何としても良質な偽ドルが必要だった。

橋浦マシネックスの実力を誰よりよく知っているのはオーナーの橋浦だった。メディアには「驚異のテクノロジー」と書かせてきたが、他を圧倒するようなコア・テクノロジーなど持ってはいなかった。だからこそ、新たに出現する北朝鮮製の百ドル札を他に先駆けて入手する手立てを失ってしまえば、たちまちトップメーカーの地位から転がり落ちてしまう。ひとたび王座を明け渡せば奪回は絶望的だ。こうした焦りが橋浦を落とし穴へと誘いこんでいった。

やがて、北朝鮮側はこのダミー商社を通じて、ひとつの提案を持ちかけてきた。「偽札検知器のチェックポイントが何カ所かを教えてほしい。この技術情報には応分の報酬を支払う」

ユジノサハリンスクから打診を受けた函館の技術研究所は、直ちに橋浦の判断を求めた。

「最高度の企業秘密を渡せるわけがない、きっぱりと拒絶しろ」

代わって彼らが持ちかけてきたのは、技術情報の交換だった。偽札と判定する技術システムの一部を開示してくれれば、見返りに偽札の新たなチェックポイントを教えてもいいとほのめかしてきたのである。これは橋浦マシネックスにとっては拒みがたい魅力的なオファーだった。チェックポイントの機密情報さえ手に入れれば、ドイツのライバルをあと一年半は引き離しておける。ドイツの偽札検知器メーカーは、捜査当局と緊密に連携して急速に追い上げてきていた。日本ではこうした当局の技術協力など望めない。焦燥を募らせていた橋浦は、この取り引きに深入りしていった。

技術研究所の二階奥では、橋浦の指示を受けて、北朝鮮のダミー商社にどの技術情報を渡すのか検討が進められていた。さらに、彼らが提供してきたチェックポイントを検知システムに組み込む作業も同時に行われていたのだった。函館を訪ねてきたスティーブンには、どんなことがあってもさらしてはならない聖域。それが第三研究室だった。

橋浦はこのときもなお、北朝鮮のダミー商社とビジネスをやっているだけだと自らに言い聞かせていた。だが、凍土の工場が次に要求してきたのは「北朝鮮仕様」の偽札検知器だった。橋浦マシネックスの技術陣が、精魂傾けて造りあげた四十八カ所に及ぶチェックポイントのうち、いくつかを改竄して、検査基準を緩める検知器の製作を命じてきたのだ。その見返りに香港の商社を通じて巨額の研究開発費の提供を申し出てきたのだった。

「要求を拒めば、いままでの関係を各国の官憲に暴露する」

香港の写真は、彼らの要求がどれほど真剣であるかを裏書するものだった。

傍受

各員は各々の判断で最適の場所に「受信アンテナ」を速やかに設置されたし。空港内での設置にあたっては、各国の当局に設置の目的を明かしてはならない。公安当局が空港を実質的な管轄下に置く地域にあっては、一切を極秘裏に設置を進められたい。

「オリアナ・ファルコーネ主任捜査官」の名で、世界七都市に配されているシークレット・サービスの要員に緊急指令が発令された。これを追いかけるように、ワシントンからは小型の荷物を携えた外交伝書使が香港やマカオに派遣されている。厳重に梱包された荷物には無線ＩＣタグの発する電波を捉える受信アンテナが収められていた。

コリンズ捜査官も相前後して、現地での指揮をとるため、作戦の前線本部が置かれる香港に発っていった。コリンズは、成田空港で香港便に乗り換える時間を利用して、スティーブンに電話を入れてみた。土曜の午後なら湯島の自宅にいるはずだ。サキが電話口にでた。

「はい、こちらはブラッドレーです。どちらさまですか」

「もしもし、コリンズです。いつもおせわになっています。サキさんのことは、よく話をきいています」

「まあ、コリンズさん。あなたも日本語、話すんですね。湯島に来てくださいよ。天神様に案内します」

サキは大声でスティーブンを呼んでいる。国際電話はいまでもたいそう高いと思いこんでいるのだ。

「土蔵のほうの電話にかけなおすようにいってください。サキさん、近頃、電話線に妙な雑音が入るといっていたでしょう」

コリンズは二分後にかけなおしてきた。

「さっき、成田空港に着いたところだよ。ひとつ聞いてもいいかな。サキさんがいっていたテンジンサマって何のことなんだ」

「うちのすぐそばにある有名な神社のことだよ。菅原道真っていう学問の神様を祭ってある。だから受験生には人気がある。だが、きみのような成績抜群のローズ奨学生にはお参りの必要はないな。でも、こんどの件がうまくいくようにサキさんに代参するように頼んでおくよ」

「スティーブンの仕込みが吉と出るよう祈っている。モスクワ・ルートは、ケビン・ファラガーのダブリン事件で北も警戒しているはずだ。香港、マカオ、シンガポール、それにバンコクの四都市に必ず最初の兆候が現れるはずだと俺たちは読んでいる」

「僕もそう思う。香港は小さな頃に住んでいたし、短期間だが特派員としてもいたから、僕に手伝えることがあったら、遠慮なく連絡をしてくれ。幸運を祈っている」

コリンズは、香港の九龍国際空港に到着すると、出迎えたエージェントの案内で、さっそく空港内での仕掛けを点検した。飛行機から降り立った乗客は、ターミナルの中を歩いて、パスポート・コントロールに向かう。この間の通路に「受信アンテナ」は仕込まれていた。九龍国際空港の通路幅は十五メートル前後。「受信アンテナ」の足の長さからみて、獲物を取り逃がす恐れはまずない。

通路の両側には、マクドナルドやフライデーといったファースト・フードの店がびっしりと並んでいる。これらの店を説得して仕掛けをほどこしたらしい。

「仕掛けた店の前にきても立ち止らないように。その店を通り過ぎるときに、左の親指を中にいれ握って合図してくれればいい」

仕込みは、ごくありふれたファースト・フードの店に左右それぞれ一軒ずつ施されていた。事情を知っているコリンズが目を凝らしてみても気づかないほど巧みにカモフラージュされていた。香港という出城を受け持っているのは、モスクワのジミーと並んで切れ者といわれるアンディーだ。ベトナム系アメリカ人である。といってもショロン出身の華僑なのだろう。広東語と北京語を自由に操る。香港の雑踏に溶けこんでしまえば地元の人間と見分けがつかない。やつならうまくやってくれるだろう。

「アンディー、ここは単独のオペレーションだったね」

「もちろんです。香港の空港当局は、北京の公安の支配下にありますから」

アンディーが使ったのは、手下の中国人を香港観光局の役人に仕立てる方法だった。地味な背広を着たこの中国人がアタッシェケースを携えて、この通路にあらわれる。そしてマクドナルドの店長に身分証明書を示してこう切り出したのである。

「例の鳥インフルエンザの影響で、このところ香港を訪れる外国人観光客の数が大きく落ち込んでいましてね。皆さんの店も影響をうけていると思います。観光局では、何とか対策を講じようということになりました。調査なくして対策なしといいます。そこでまず乗降客の実数調査をということになりまして。ご協力いただけますか。なに、ちょっとした自動カウンターをセキュリティーカメラの横に二週間ほど置かせていただければとおもいます。すべての責任はこちらで負いますから」

店長には現金を握らせ、了解をとりつけている。

受信アンテナは、紙幣に埋め込まれた無線ICタグに電波をぶつける。ICタグはこれを駆動電力に変換して、自らの情報を受信アンテナめがけて発信する。このように受信装置は、アンテナ機能と情報を読み取る機能に分かれているため「アンテナ分離標準型リーダ」と名づけられている。一般には「4パッチ・アンテナ」の名でよばれ、大きさは十六センチ四方、厚みはわずか二センチ、重さが百六十グラムというコンパクトなものだ。

開発技術者たちは、この無線ICタグから発信する電波の足をどこまで伸ばすことができるかを競ってきた。ギガヘルツの電波帯を使えばせいぜい三十センチが限界だった。ところがUHF帯の電波を使えば足はぐんと長くなる。成島のプロジェクト・チームは、九一五メガヘルツ帯の電波を使うことによって、電波の足を飛躍的に伸ばすことに成功した。

だが、この無線認識ＩＣタグにも致命的なウィークポイントがあった。人間と金属にきわめて脆弱なのである。周りに金属があると電波は反射して受信しにくくなってしまう。もうひとつの大敵は人間だった。ヒトの体は六十％以上が水分でできている。そしてこのハイテクは、水にはからきし弱いのである。ワイシャツのポケットにこのＩＣタグを入れていれば、通信距離はたちまち半減してしまう。手に載せると電波はほとんど飛ばない。

コリンズとアンディーにとっては、あとはじっと待ち続ける日々だった。ただただ待ち続ける。だが、これこそインテリジェンス要員に求められる第二の資質だった。早朝から最終便が到着するまで、通路に並ぶさまざまな店をはしごしながら、リーダが偽札に反応するのを待つ。しまいには香港の街中でファースト・フードの看板を眼にしただけで吐き気を催すほどだった。少年のころからあれほど親しんだマクドナルドのマーク。空腹でなくともあのロゴを見ただけでふらふらと迷い込み、ダブル・バーガーを口にしていたジャンクフード・フリークのコリンズも、こんどの任務を機にハンバーガーとどうやら縁が切れそうだ。

「アンディー、この無線認識ＩＣタグというアイデアは、もともとイギリスでうまれた、と親友のＢＢＣ特派員が自慢している。英国航空で頻発した乗客の荷物の盗難がきっかけで、何とか電子荷札を作ってほしいと日本の半導体メーカーに開発を依頼したのが始まりなんだ」

二人が張り込みを始めて十一日目のことだった。無線ＩＣタグが埋め込まれた百ドル紙幣が発信する電波をマクドナルドの「リーダ」がとらえたのだった。運び屋はコスタリカのパスポートを持ったアジア系の男だった。

第四章　仄暗き運河

公電

「副長官がいらっしゃることは連絡を受けておりましたが、資料の検索なら、課の者にやらせますので、何なりとお申しつけください」

条約課の隅にあるスライドラックの前に座りこんで「先例集」をひもときはじめた高遠の姿を見て、課長が飛んできた。

「これは私的な論文の仕事ですから、条約課の皆さんにやってもらうわけにはいきません。ここにいてはお邪魔かしら」

「いえ、そんなことはありませんが、課員もなんだか緊張しておりますから」

交渉の記録を過去に遡って探索してみなければ――。そう思い定めた高遠希恵がまず乗りこんでいったのが、古巣の条約局だった。外交にかかわる重要な文書は、「先例集」のファイルにまとめられている。高遠のひとことで退散していった課長にかわって、ジュネーブ時代、国連代表部で一緒だった女性事務官が、コピーをとったり、お茶を入れたりと世話を焼いてくれた。

「あなた、あちらでつきあっていたイタリア男、あの彼どうしたの」

「副長官、少しお声が大きいようです。課の者が耳をダンボにしています」

「あれは極秘限定配布の情報だったわね。そう、もう別れたの。新しいひとができたらいちど連れていらっしゃい。一緒に呑みましょうよ。もし、お相手が外国人なら、私もあちらの男を連れて行くわ。ＢＢＣの特派員で、篠笛なんか習っていて、なかなか粋なのがいるの」

高遠はそうしている間も、片時も文書類から目をそらさない。「先例集」に次々と付箋を張り、あたりをつけていった。そのスピーディな手並みは、若い事務官の頃から少しの衰えもみせていない。特捜部の検事が、押収した膨大な帳簿の山から黒い資金の流れを解き明かし、疑惑の核心に迫っていくさまを思わせた。

二時間ほどして自分の読み筋にあたりがついたのだろう。高遠はこの女性事務官と呑みに行く約束をして引きあげていった。条約課の全課員がほっとため息をついた。

ついで高遠希恵は、外交電報の閲覧許可を外務省大臣官房に文書で申請した。高遠は外務省の出身であり、現在も内閣官房にあって外交全般を総攬する立場にいる。そんなハイランクの官僚でさえ、電信室や公電の収納庫にみだりに出入りすることは許されない。極秘裏に行われる外交交渉では、知られてはならない情報源がからんでいるケースが多い。このため記録の扱いを誤れば情報提供者の死を招いてしまうことすらある。

『韓国と北朝鮮の対日請求権問題をめぐる国際法上の視点』と題する論文執筆のため――。これが公電閲覧の申請理由だった。来るべき北朝鮮との国交正常化交渉では、日本の植民地支配の補償を求める北朝鮮の対日請求権こそ最大の難所になるはずだ。現職の官房副長官にして国際法の権威でもある高遠希恵は、公電をひろく渉猟して過去の交渉の経緯を洗い直し、日本政府が今後とるべき指針を論文で示そうとしている。省内の誰もがそう考えて怪しまなかった。

「大臣官房の決裁がおりましたので、閲覧希望の日時をお知らせください」

申請から四日後、官房総務課長が連絡してきた。

高遠の標的は外務省の地下二階だった。ファイリング・センターには、極秘の度合いが最も高い文書が一堂に収められている。官房副長官ならスタッフを派遣して目当てのファイルを取り寄せることもできたかもしれない。だが、高遠は何に関心をもっているかを秘しておく狙いもあって自ら地下二階に出向いていった。

エレベーターホールに高遠のハイヒールの音が響きわたった。官房総務課長の決裁印が押してある閲覧許可書を携え、地下二階に通じるエレベーターのボタンを押した。ゆっくりとした速度でエレベーターは降りていった。ガラス越しに見えるコンクリートの壁は、下にいくにつれて汚れがひどくなっていく。やがて扉が静かに開いた。コンクリートの天井から裸電球がぶらさがっていた。

黴の臭いが鼻をつく。続けざまに二度くしゃみをした。敏感な鼻の粘膜が、天井や壁に付着しているハウス・ダストにアレルギー反応を起こしはじめている。

高遠は、エレベーター前のホールをまっすぐに進み、突き当りを右に曲がった。錆ついた鉄製のドアの前で、痩せぎすの男がひとり立っていた。

「副長官、文書課からまいりました」

その顔は蠟人形のように青白く、蛍光灯の下で頬骨が浮き出ていた。

「ごくろうさま。お手間をかけます」

高遠はそう口にするのがやっとだった。事務官が木札のついた鍵を穴にさしこんで鋼鉄製の扉を押し開けた。金属が擦れあう不快な音がした。

「鍵はあとでお返ししますから文書課に戻ってもらって結構です。これは閲覧許可書です。課長にお渡しください」

薄暗い空間に公電の収納庫が二列ずつまっすぐに連なっている。ひと昔前の図書館を思わせる造りだった。この闇の先を突きすすめば、書類と共に封印したはずの過去に絡めとられてしまう——高遠はそんな懼《おそ》れにとらわれた。

朝鮮半島をめぐって四半世紀にわたり繰り広げられた日本の外交。高遠は機密指定が未だ解かれていない幾多の公電を自ら精査してみることで、ミッシング・リンク、失われた繋ぎ目を探し当てようとしていた。

日本の対北朝鮮外交は、この十年、北東アジア課長からアジア局審議官、さらにはアジア大洋州局長へと進んだ瀧澤勲が、節目節目を取り仕切ってきたといっていい。高遠は条約局にあって、瀧澤の対北朝鮮外交を見続けてきた。

この男の行動からは一瞬も眼が離せない——そう思い至ったのが、八七年にビルマ沖で起きた大韓航空機事件だった。日本人女性を装った北朝鮮の工作員、金賢姫らが引き起こした爆破テロ事件はいまなお多くの謎を残したままだ。そのひとつが、実行犯である金賢姫に日本語を教えたリ・ウネと呼ばれる教師の正体だった。彼女こそ日本国内から拉致された田口八重子さんだったのではないか。当時、北東アジア課長だった瀧澤は韓国に赴いて金賢姫から事情聴取を行った。

リ・ウネは金賢姫に日本語を教えながらともに多くの時間を過ごし、時には互いの過去も語りあったという。瀧澤ほどの男が、金賢姫と真剣にわたりあえば、田口八重子さんの拉致をめぐる決定的なインテリジェンスを引き出せたはずだ。高遠は、瀧澤が筆を執った当時の報告電の輪郭をいまも記憶していた。だが、田口さんを日本から連れ去った犯人に迫る情報はすっぽりと抜け落ちていた。

現職総理の戦後はじめての北朝鮮訪問は、高遠の瀧澤への強烈な関心をさらにかきたてることとなった。二〇〇二年九月十七日の電撃訪問には、不可解な要素があまりにも多かったからだ。瀧澤アジア大洋州局長は、「延辺の男」と呼ばれる人物との極秘ルートを通じて、日朝首脳の直接会談に道を拓いたとされる。しかしながら、予備交渉で核開発や拉致の疑惑がどう扱われたのかはついに明らかにされなかった。

総理訪朝に先立つ一年あまり前から、瀧澤勲は、北京で、ピョンヤンで、時にはシンガポールで、「延辺の男」と極秘裏に接触を続けていた。だが、当時、官房副長官補だった高遠は、瀧澤の報告電に接した記憶がない。機密電の配布先から自分だけが巧みに外されていたのだろうか。そうだとしても、極秘のインテリジェンスが官邸の上層部に流れれば、どこからかその気配は漂ってくる。それを嗅ぎとる勘に高遠はひそかな自信をもっていた。

共同声明づくりは本来条約局が中心的な役割を担う。だが、総理訪朝の際発表された「ピョンヤン声明」に限っては、瀧澤アジア大洋州局長が取り仕切り、条約局に相談がもちかけられたのは、訪朝のなんと一週間前だった。すべては、総理、官房長官、アジア大洋州局長のたった三人限りの超極秘事項とされ、驚くべきことに外務大臣や事務次官にすら全容は知らされなかった。

高遠は公電をいまいちど検証することで、日朝交渉の秘められた欠片《かけら》を拾いあつめようとしていた。その数はすでに五日間で三千七百本に及んでいた。ファイリング・センターに埋もれた膨大な記録のなかに「延辺の男」の素顔を刻んだ報告の痕跡がかならず潜んでいるはずだった。

この日、高遠が公電庫に入ってすでに四時間余りが経っていた。だが、瀧澤と延辺の男のやり取りを記録した公電はどうしても見あたらなかった。高遠は、公電ファイルの背表紙にじっと視線を向けてたちずさんでいた。

外交とはつまるところ公電を書き綴っていくわざなのだ。たしかに事態が動いているときには、外務大臣にも、直属の上司にすら見せない覚書はある。だが、そんなときでも、プロの外交官なら、交渉の記録だけは手元に必ず残しておく。それは、外交を委ねられた者に課せられた責務である。三十年の後、それらの外交文書は機密の封印が解かれて、外交史家の手に委ねられ、歴史の裁きを受けることになる。これは外交官という職業を選んだ者が受けなければならない最後の審判なのだ。

歴史への畏れを抱いた外交官だけが、組織内の栄達や目先の政治情勢に足をとられることなく、筋の通った交渉をやり遂げる。その志が公電のかたちをとって歴史に刻まれていく。外交の軌跡を公電という形で記録に残さなくていいなら、後世の批判を恐れることなく、恣意的な交渉に身を委ねればいい。その果てに国家や国民を裏切る決着を図ることすら可能だろう。交渉の内実は将来にわたって誰にも知られる心配がないのだから――。だが、そうした行為は歴史への冒瀆にほかならない。

高遠も入省したての頃には、鮮烈な交渉に身を委ね、歴史にわが名を刻みたいと思ったことがあった。だが、外交官として実務を積み重ねるうち、そうした野心はいつしか自らの内面から消えていった。外交官という仕事は匿名性のなかにこそ美学があることをひとりの先輩外交官から学びとったからだ。その人は有り余る志と能力を持ちながら、その志のゆえに陽のあたるポストを歩かなかった。その人がひとりごちたことがあった。

「外交官とは国家の恥部をもあまねく記録に刻みつづけるものをいう——。こんなことを書いた英国の外交官がいた。その勇気がやがて国をあるべき針路に向かわせる」

若き日の高遠はこの先達に教えられて、日独伊三国同盟を結んで日本を破局に追いやった近衛内閣の外相、松岡洋右の外交文書を調べたことがあった。松岡は同盟締結の翌一九四一年、ドイツ、イタリア、ソ連を歴訪した。彼の地ではヒトラーらと互角に渡り合ったと豪語して凱旋将軍のように帰国する。驚くべきことに松岡はこの会談記録を残そうとしなかった。だがドイツ側の記録は、独裁者に追従する枢軸派外相の素顔を醒めた筆致で伝えていたのである。

外交を委ねられた政治家は、外交当局を率いて、その都度、決定をくだしてゆく。そして、その政治決断の結果責任を次の選挙で国民に問い、審判を仰がなければならない。だが、外交官は巨大な官僚機構の内側に身を置いて、政策決定を積み重ねていくため、その責任の所在が曖昧になりがちだ。自らの外交の失敗を公にして責任を取った官僚などいない。それゆえに、外交官たるもの、公電を刻みつづけるという営為を通じて、やがて歴史の審判に身を委ねるという覚悟を持たなければ、いつしか自らも、そして国家も蝕まれていく。

「外交官としてもっとも忌むべき背徳を、しかも意図してやっていた者がいた」

高遠希恵は、空調のパネルから吹き出してくる生暖かい風に吹かれて、公電の収納庫のまえに立ち尽くしていた。頬が怒りで熱を帯びている。内側から湧きあがってくる憤怒を扱いかねていた。自らの手で押し開いた扉の向こうに見てしまったもの——それはどす黒く汚れた意匠だった。

「現代史の重要な一頁を飾るべき公電は何者かの手によって抹殺されたのではない。後世の審判を仰ぐべき第一級の史料たる公電は、そもそも初めから書かれていなかったのだ」

高遠希恵は嘔吐をこらえながらこう断じたのだった。そして、満々たる自信を漲《みなぎ》らせて交渉のテーブルで采配を振るう瀧澤勲の姿を思い浮かべ、必ずやその素顔を白日のもとにさらしてやると自らに言い聞かせていた。

あれは、日朝の両首脳が会談のテーブルに就こうとする直前の出来事だった。北朝鮮の当局は、拉致被害者の消息について「生存者は五人、死亡者は八人、一人は不明」と通告してきた。高遠は、その現場に居合わせたのだが、提示された死亡者リストなるものは、首脳会談向けに急ごしらえされたものにちがいないと直感した。亡くなったとされた八人の死亡日時は、いずれも不自然をきわめていたからだ。

生存者五人は、その後、祖国日本の土を踏んでいる。

この五人を再び北に帰すかどうかをめぐって、官邸内で激しい論争がもちあがった。

「いま残留を決めれば、北朝鮮側と築きあげてきた信頼の糸がぷつんと切れてしまう。一時帰国を前提に五人が日本に来た以上、いったんは北朝鮮に帰すべきだ」

こう主張する宥和派。その急先鋒が瀧澤勲アジア大洋州局長だった。

「拉致は犯罪そのものであり、日本政府の意思として五人を再び北の手に渡さないと言い切るべきです。原状の回復をやり抜く姿勢を貫かなければ、日本を法治国家だと世界の誰も認めなくなってしまう」

頑として譲らない強硬派。なかでも残留を強く主張したのは、高遠希恵官房副長官補だった。結局、生存者五人は日本に留まることになったのだが、この論争の過程で、高遠は、北朝鮮との重大な密約が埋もれたままだ——という確信を深めていった。

八人のうちの幾人かはいまも凍土で生きている——。

高遠はそう信じている。

拉致被害者の家族の痛切な気持ちを踏みつけにするように、北朝鮮側との交渉を瀧澤がひとり占めしている。しかも、その経緯を一切記録に残そうとしていない。

すべては闇のなかに埋もれようとしていた。

「そんなことは断じて許さないわ。このままでは、日本政府は北朝鮮側を追い詰める手立てを持ち合わせていないことになる。何の権限があってあの男は——」

高遠はこぶしを思わずぎゅっと握りしめ、親指の爪が白くなった。

ロンダリング

同じ頃、シークレット・サービスのファルコーネ・チームは、東アジア各地に輸出されていった偽札検知器の行方を懸命に追っていた。輸出先を手がかりに、北の次なる意図を読み解こうとしていたのである。

ボスの密命を帯びて、マイケル・コリンズが頻繁に東京に姿を見せるようになった。

新橋の料亭なか里は、コリンズにとって格好の寄港地となった。女将の由良子は、牛を思わせるこのオクラホマ男をまごころを尽くしてもてなした。そうした気持ちは相手にも伝わるのか、コリンズはなか里にやってくるたびに心のこもったプレゼントを携えてきた。日本に独特な贈答文化があることを文化人類学の書物で知ったらしい。

「メロンちゃんの首輪です」

由良子がシーズーのメロンちゃんをかわいがっていると聞くと、首まわりのサイズを聞きだしてワシントンの専門店から求めてくるまでになった。今回はさらに趣向を凝らした土産を持参してきた。

「女将さん」と最近では正確な日本語で呼びかける。

「メロンちゃんのブロンドのかつらです。マリリン・モンローをイメージして、ニューヨークにインターネットでオーダーしてみました」

「まあ、なんて素敵。メロンちゃんならきっとよく似合うわ」

このプレゼントに由良子は眼を輝かせて喜び、あきれ顔のスティーブンを振りむいて言った。

「アメリカ人のほうがイギリス人よりよっぽど繊細よ」

奥まった小さな座敷では、スティーブンとコリンズが東アジアの地図を幾枚も広げて向きあっていた。

北京、ソウル、プノンペン、ペナン、マニラ、香港、マカオ、シンガポール、バンコク。これらの都市のうえには青色のドットが打たれている。いずれも橋浦マシネックスが偽札検知器ＭＣ

Xを輸出した場所であることが確認されている。

「スティーブン、こうして通常のルートで検知器が輸出されているなら、君が函館で探り出したようなサハリン経由の出荷はなぜ必要なんだろう」

「まず考えられるのは、各国の通貨当局への気兼ねだな。偽札の流通を食い止めると謳っている企業が北朝鮮にも検知器を売っているとなれば信用を傷つけてしまう。北朝鮮が偽ドルを完璧なものに仕上げる最終チェックに橋浦マシネックスの検知器を使っていることは明らかだからな」

「だが、北朝鮮が単なる偽札検知器を手に入れたいだけなら、ダミーの商社を使って簡単に入手できるだろう。わざわざ危険を冒してまで函館の技術研究所からじかに仕入れる必要はないと思うが」

「マイケル、君の言う通りだとおもう。北朝鮮がどうしても函館の技術研究所から手に入れなければならない理由があるはずだ」

コリンズは、地図の上に赤色のドットを打ってみせた。北の影が黒々と落ちていると思われるマカオ、香港、プノンペンの三都市だった。

「東アジア各地に配置しているエージェントは、足の長い無線ICタグを仕込んだ北朝鮮の紙幣を徹底的に追跡している。その結果、北朝鮮の偽ドル運搬人たちは、凍土の工場から影のようにあらわれ、三つの重要拠点に吸い寄せられていったことが確認された」

香港の商業銀行、マカオのカジノ、それにプノンペンの両替商の三ヶ所がマネー・ロンダリングの舞台になっている。これがコリンズ・チームの見立てだった。

「ということは、何らかの理由で、その三ヶ所が、彼らにとって最も安全確実な偽札洗浄の工場になっているということだろうな」

「なかなか鋭い読み筋だな、スティーブン。君が訪ねた橋浦マシネックスは、この企みに関係しているんだろうか」

「たとえば、こうは考えられないか」

スティーブンは、函館の技術研究所の様子を詳しく説明しながら、ひとつの仮説を導き出した。

「橋浦マシネックスは、北朝鮮からの注文に応じて、特別仕様の偽札検知器を作っている。僕に見せようとしなかった二階の第三研究室が工作現場だとして、ここで作られる検知器を仮にネオMCXと呼ぼう。このネオMCXは、ありふれた偽札はちゃんとはじくが、北朝鮮製の改訂版ウルトラ・ダラーはホンモノだ、とお墨付きを与えるスーパー・マシーンってわけだ」

コリンズは、なるほどとうなずいて赤いドットに眼を落とした。

「北朝鮮は、そのネオMCXを三つの拠点に持ち込む。改訂版ウルトラ・ダラーはネオMCXを通すことで、確実にロンダリングされる。そういう仕掛けか」

「いったん銀行口座に当座預金として収まったり、他の通貨に両替されたりしたら、偽ドルは、もう誰に後ろ指をさされることのない立派なホンモノだ。きれいになって、世界のどこへでも送金できるというわけだ」

彼らは、手塩にかけた自前の百ドル札を完璧に洗浄し、さて何に使おうとしているのだろうか。ふたりにとって北の真意は依然として深い霧に包まれたままだった。

「いいかマイケル、彼らがはたして何を企んでいるのかをまず突き止めるべきだ。北の意図が明らかになるまで、こちらから動いてはならないと、現地の監視チームに厳命してくれ。贋金を金融機関に持ち込む北朝鮮の要員を逮捕しちゃならない。ドルの運搬人なぞ、しょせんは雑魚にすぎない。泳がせておくんだ」

シークレット・サービスの捜査官たちは、次第に姿をあらわし始めた北の贋金ネットワークの捜査網を日一日と狭めながら、「東アジアの贋金ロンダリングの拠点に踏み込んで一網打尽にせよ」というファルコーネ指令が届くのをいまや遅しと待ち受けていた。

だが、ワシントンは沈黙したままだった。

機密電

マイケルへ
　急ぎ主任捜査官室に来られたし
　　オリアナより

ランチから帰ると、コリンズの机の上には一枚のメモが置かれていた。

コリンズは紙切れをつかむと、廊下に飛び出した。ひんやりと冷えた大理石に猛牛を思わせる靴音が響きわたった。B115号室のドアが激しく叩かれた。

オリアナ・ファルコーネの漆黒の瞳がコリンズを凝視していた。

「マイケル、いつか、この日が来ると思っていたわ。あなた、副長官級の緊急会議を憶えているわね。わたしがなんと言ったか」

「ええ、はっきりと。『核弾頭を運ぶ長距離ミサイル――。こうした大量破壊兵器を持つための資金に偽ドルがいずれ充てられると私は確信しています。かくして北の独裁者が手にした核ミサイルの刃はやがてここワシントンにも向けられることになりましょう』。最後のセンテンスが推量形だったか、断定形だったかは、記憶がややあいまいですが」

「トルーマン・カポーティは、インタビュー相手の言い回しを九十五％を超える正確さで再現したというけれど、あなたの引用もじつに正確です。わたしの予言は不幸にも適中してしまったわ」

　ボスの瞳の奥深くに沸騰する怒りが燃え滾《たぎ》っていた。

「この日がはたして来るかどうかではない。いつ来るのかだけが問題なのだ――。私は、週に七日、一日二十四時間、それだけを考えつづけてきたわ。そう、ベッドで寝ている間もね」

「狐の女王」は、キエフ発とモスクワ発の極秘電二通を、コリンズに黙って差し出した。

「トップ・シークレット」という最高度の機密指定が付された公電は、ウクライナの首都キエフに駐在するアメリカ大使の名で国務長官宛に送られてきていた。キエフ駐在のアメリカ公使ビル・ボードマンがウクライナのスビャトスラフ・ビシュクン検事総長に面談して、直接聞き取ったことが報告から窺われる。電文にある「内話」とはそれを指している。

　重大な事実を関係国に内報する場合、その内容を文書にして手渡すことがある。説明がウクライナ語で行われたため、情報を受け取る側の聞き取り能力が十分でなければ、深刻な結果を招きかねないからだ。だが、外交の慣例上は「ノン・ペーパー」、つまり公式には存在しない覚書とするのが一般的だ。このため、公電では覚書に触れず、相手から聴取した「内話」として処理される。

在ウクライナ　ジョン・ハースト大使発　ライス国務長官宛（2005年3月14日発、極秘・限定配布）

件名　ウクライナ製巡航ミサイルの対中国、イラン密輸出（当国検事総長の内話）

往電第12035号に関し、14日、当館ボードマン公使が標記に関し、当国スビャトスラフ・ビシュクン検事総長より聴取した主要点次の通り。関連情報入手し次第追電するも、とりあえず。なお、御如才なき事ながら、本件取り扱いには、機密保持に特段ご留意願いたい。

1．（1）このたび、検察当局の捜査結果として自分（「ビ」検事総長、以下同じ）のところに、核弾頭搭載可能な巡航ミサイルが当国より中国およびイランに密輸出されていたとの報告があった。

（2）捜査で明らかにされているミサイルは、ウクライナ製の〈X55〉。欧米のミサイル専門家の間で〈AS15〉または〈Kh55〉と呼ばれている巡航ミサイルである。200キロトンの核弾頭を搭載可能で、射程はおよそ2500キロから3500キロと見られる。

2．（1）本件密輸事件に関与しているのは、ウクライナ人とロシア人からなる武器の密輸商組織と見られており、3年前から右巡航ミサイルを中国へ6基密輸した嫌疑が濃厚で、また、イランへはすでに6基を密輸出したことが確認されている。

（2）しかしながら、今までのところでは、中国とイランが本当のエンドユーザーか否か確認できていない。自分から担当部局に、中国、イランを経由して第三国へ迂回されているかどうか、確認を急ぐように指示している。

3．本件に関し、現在お話しできることは、以上である。事の重大性に鑑み、さらなる事態が判明すれば、貴官にはご連絡することをお約束する。因みに本件は、現在のところ、きわめて限られた政府内の関係者しか情報を有していないので、本日の話は、厳に貴官限りとして頂きたい。

コリンズはキエフ発の機密電を読み終え、オリアナ・ファルコーネの瞳にふたたび視線を戻した。怒りの炎は漆黒の海原でなお燃えさかっていた。

「マイケル、この公電には、最高度の機密保持が義務付けられているため、同盟国のイギリスにもすぐには明かしていないはずよ。東京にいるあなたの親友にどんな形で伝えるかはまかせるわ。いうまでもありませんが、扱いには十二分に注意して」

「承知しました。電文にある『御如才なき事ながら』とは、情報のプロにはいまさら言うまでもないことながら、扱いには手落ちがないようにと言うわけなんでしょう。なんとも古風な言い回しです」

「この機密電では、中国とイランに合わせて十二基の巡航ミサイルが供与されたことは明記しながら、密輸団が手元にあと何基隠し持っているかは触れていないところがポイントね。少なくとも八基から十基は持っていると見たほうがいい。モスクワからの情報も同じ見方をしているわ」

続いてコリンズは「モスクワ発のアメリカ大使の関連電」を手にとった。ロシア通をもって知られるホール参事官の手になる公電は、事件の核心に迫って読みごたえがあった。

在ロシア　アレクサンダー・バーシュボー大使発　ライス国務長官宛（2005年3月16日発、極秘・限定配布）

件名　ウクライナ製巡航ミサイルの対中国、イラン密輸出（情報筋取りまとめ）

ウクライナ発来電第12035号に関し、当地情報筋より十六日までに、当館ジョナサン・ホール参事官が標記に関し入手した情報とりまとめ次の通り。先方との関係もあり、本件取り扱いにはご留意願いたい。

1．今回摘発されているキエフの武器密輸商の裏には、ロシアの大がかりな密輸団が関与しているものと見ている。ウクライナ製の巡航ミサイル〈X55〉の不正輸出に当たっては、ロシア向けと偽って輸出許可を取り付けていたことがすでに確認されているが、このことからも、これは明らかである。

2．イランや中国のエージェントと取引を行った場所は、現在までにわかっているだけで、キエフ、プラハおよびブダペストの3都市。取引はすべて現金決済で行われた模様。また、本件巡航ミサイル本体は決済の現場で現金と交換する形で取引されたものと見られる。

3．今回の摘発によって、ウクライナ人2名、ロシア人1名が逮捕されたため、この密輸団はかなりのダメージを受けた事は間違いない。しかしなお、別働隊が存在し、それが10基前後のミサイルを隠し持っているという信じるに足る情報がある。これが正しいとすると、中国ないしイランから、あるいは直接に、北朝鮮にこれらが渡るおそれが強い。ロシア情報当局としても、この点に関する情報を全力を挙げて収集しているところである。お見込みにより関係公館に転電願いたい。また、本電を国防総省に転達願いたい。（了）

コリンズが二通の機密電を読み終えるのを待ちかねるように、ファルコーネは指示した。

「マイケル、東アジア各地の要員には、公電のさわりだけでもうまく伝えてあげて。密輸団の残党が、手元にある巡航ミサイルを北朝鮮に売りさばく事態に備えて、あらゆる警戒を怠らないように。なにか新しい情報が入ったら、真夜中でも構わないわ、遠慮なく起こして」

コリンズは、現下のウクライナ政局を報告した。

「政変はインテリジェンスの泉となるといいますが、今回のウクライナのケースはまさにその通りです。ウクライナの国家権力が、親ロ派の独裁者、レオニード・クチマ前大統領から、親ＥＵ派にして国際金融のプロ、ヴィクトル・ユシチェンコ大統領の手に移ったことで、国家の奥深くに隠されていた超一級のインテリジェンスが燻りだされたというわけです。クチマ前大統領は国営企業の民営化で巨万の富を手にしたといわれています。そしてユシチェンコ現大統領は汚職追放を唱えることで、新政権の手に求心力をと狙ったのです。そのための切り札が巡航ミサイルの密輸疑惑を暴くことだったのでしょう」

「たしかにビシュクン検事総長といえども、独断でこれほどのインテリジェンスをワシントンに伝えることはちょっと考えられないわ。ウクライナが親欧米路線に転換した。その証しをこのメッセージにこめているとみるべきね」

「その通りだと思います。巡航ミサイルの密輸をめぐるインテリジェンスは、まさしく、オレンジ革命の贈り物というわけです」

キエフ発のインテリジェンスによれば、武器密輸の一団が、クチマ前政権に「ロシア向け」として輸出の許可を取りつけたのは全部で二十基だったことが、申請の書類から裏付けられている。アメリカの監視の目が一段と厳しくなったいまは、イランも中国もこれ以上の危ない取り引きに手を出そうとはしまい。だとすれば、キエフの残党は、X55を北朝鮮に直接売り渡して現金を手にしようとするのではないか――。

「問題は、この取り引きが、いつ、どのように実行されるのか、ということでしょう」

「ウクライナとは、われわれも柔らかい脇腹をグサリと衝かれたものね。あなたのお師匠さんは、こんな事態も予言していたのよ。『想像すら出来ない事態をひたすら想起せよ』。心すべきだったわ」

「闇取り引きの素地は整っていたんです。ウクライナは旧ソビエト連邦の穀倉地帯であるだけでなく、兵器庫でもあったわけですから。九〇年の独立後も、ウクライナは航空機やミサイル産業をそっくり受け継いで、温存してきました。その証拠に、大型旅客機を外国に輸出できる実力があるのは、アメリカとEUを除けば、ウクライナだけでしょう。しかもそのお得意先は中国とイランです。われわれは、もっと大胆に想像力を働かせてみるべきでした。分析の材料はこうして眼のまえにあったんですから」

ファルコーネは自らに言いきかせるように言い放った。

「決定的な瞬間が近づいているわ。北の独裁者は、ウクライナ製の巡航ミサイルX55を手に入れるために、ウルトラ・ダラーを営々と刷りつづけてきた。マイケル、いいわね、彼らの取り引きの現場をなんとしても押さえるのよ」

ファルコーネの低い声は揺がぬ決意を告げていた。

コリンズは、各地のエージェントに新たな指示を与える公電を書くため部屋を出ようとした。

その部下を引き止めてファルコーネがいった。

「マイケル、それにしても、オレンジ色で埋め尽された広場の光景は印象的だったわ」

「ええ、親ＥＵ路線のユシチェンコ派のシンボル・カラーが、ウクライナ語で『ポマランチ』だったからです。ウクライナ人のオレンジをめぐる色彩感覚はそれは豊かで、それを表す言葉もじつに多様なんです。ちょうど李氏朝鮮の人々が白をめぐって鋭利な感覚を研ぎ澄ませていったのと似ているかもしれません。この『ポマランチ』は、ポーランド語には対応する言葉がありますが、ロシア語にはぴったりの言葉がありません。そのため、ユシチェンコ陣営では、選挙キャンペーンのシンボル・カラーにこの『ポマランチ』という言葉を選んで、ロシアからの離脱の意味をこめたのだといわれています」

「あなたは、やっぱりハーバードの教授になるべきだったわ。きっと女子学生に人気のプロフェッサーになったはずだわ」

「あのケンブリッジ人民共和国では僕は俗物にすぎますよ。今度のオレンジ革命で、キエフの町でオレンジ色のマフラーが大流行して、一枚六十フリヴニャの高値で売られていた、という下世話な情報なんかは知っていてはまずいんですよ、象牙の塔では――」

コリンズの足音が遠ざかっていった。

自室に戻って、くつを履き替えたコリンズは、ロッカーのほうに行きかけて足を止めた。短時間で戻ってくるならコートなしで出かけようと思ったからだ。

財務省の通用口からタクシーを拾って、ポトマック河を渡ると、ジェファーソン・メモリアル沿いにソメイヨシノが蕾をふくらませていた。この陽気が続けばあと一週間でタイダル・ベースンは満開の桜に覆われるだろう。

コリンズは、ロシア・ウクライナの軍事情報の分析担当官をペンタゴンに訪ねようとしていた。この人物なら、ウクライナ製の巡航ミサイルについて個人的な立場で、ということで解説してくれるだろう。電話で面談を申し入れたときには「偽札捜査官がなぜウクライナの軍事情報など」とぶっきらぼうだったが、それでも「来るなら会ってもいい」と受けてくれた。

「リバー・エントランスの受付で身分証明書を提示して電話をしてくれ。エスコートの秘書を迎えにやる」

その口ぶりに似合わず親切だった。

秘書に先導されて四階の部屋を目指したのだが、その道のりのなんと遠かったことか。五角形にして五階建ての巨城はしばしば「世界最大のオフィス・ビル」と形容されるが、そんなやわな存在ではない。巨大な観客席を備えたフットボール場を五重に積み重ねた伏魔殿なのである。コリンズは、底がラバーのコンフォート・シューズに履き替えてきたわが判断を褒めてやりたい気持ちだった。

「入ってくれ」

　低い声が室内から聞こえてきた。

　ハリソン・ディール空軍大佐は、バージニア・リトルリーグの強豪チームの監督にして、ロシア・東欧の軍事分析では並ぶ者なきエキスパートだった。部屋の壁は野球チームの優勝写真で埋まっていた。身長は百九十センチを超え、グレーの口髭を蓄えた堂々たる偉丈夫だった。軍服のズボンには二本の折り目が入っていた。自分でアイロンをかけたのだろう。そういえば、野球のユニフォームの着こなしもひどく無頓着なのだ。大佐はダイエット・コークまで用意して、コリンズに勧めてくれた。

「コリンズ監督、それで用件は」

「いつも、手ひどく痛めつけられているあなたに、監督といわれると緊張してしまいます。どうかマイケルと呼んでください。大佐、ウクライナの巡航ミサイルX55について詳しく教えてくださいませんか」

「マイケル、X55の何たるかを理解するポイントはたったひとつだ。X55はアメリカが開発した巡航ミサイル、トマホークの純粋なコピーなんだ。旧ソ連のKGBや軍諜報部は、トマホークの情報をせっせと盗み続け、やがてウクライナ東部のミサイル工場でほとんど同じものを完成させた」

　ディール大佐は一枚の紙を差し出していった。

「これは公開された資料だからコピーしておいた」

この資料によれば、ウクライナ軍がX55と命名したこの巡航ミサイルは、西側の軍事関係者の間では「Kh—55グラナット」と呼ばれている。全長は八・〇九メートル。幅七十七センチ。翼の長さは三・一メートルと記されている。速度はマッハ〇・四八から〇・七七。ミサイルの到達距離はおよそ二千五百キロから三千五百キロ。

「ごく小型の無人ジェット飛行機を思い浮かべればいい。全重量は千七百キログラムだから普通自動車一台分の重さだろう。二百キロトンの核弾頭を搭載することが可能だ。北朝鮮から発射すれば沖縄の在日アメリカ軍基地を含む日本列島全てがすっぽりと射程に収まることになる」

「大佐、トマホークに比べて、このウクライナ製の巡航ミサイルは、命中精度はどの程度でしょうか」

「爆撃の誤差の範囲は、だいたい百五十メートル前後。だから、かなりの命中精度とみていい。中国の弾道ミサイル東風31号や巨浪2号の命中精度は、よくてフットボール場程度だといわれているので、これに較べると格段に高い命中精度を誇っている」

「地上から発射するだけでなく、軍用機からも発射することが出来るのでしょうか」

情報関係者から貴重なインテリジェンスを引き出すには、ちょっとしたこつがいる。あなたから国家の機密を聞き出そうとしているわけではない。公知の事実を解説してもらうに過ぎないと思わせることだ。情報に関わる者は往々にして孤独である。文字通り命がけで手に入れたインテリジェンスも、情報機関の内部ですら見向きもされないことが珍しくない。あなたがひと知れず国家に尽くしていることを自分は承知していると敬意を払えば、彼らだって話を聞いてもらいたいはずだ。

「旧ソ連が開発したツポレフ―95といった軍用機に搭載して空中から発射することはもちろん可能。この巡航ミサイルは比較的小型で軽量なため、中国の戦闘機F6にも搭載できる」

「なるほど。お忙しいところ恐縮ですが、最後にもうひとつだけ教えていただけますか。この巡航ミサイルの登場で、東アジアの戦略地図はどう塗り替えられることになるのでしょう」

この情報士官は、嬉しくてたまらない自分を必死で隠そうと、ことさら気難しそうな表情をしてみせた。

「あなたはイギリスで学んだことがあるのでしょうな。かの地には『紳士たる者は戦術を語らず』という格言がある。たいていの人は、『ジェーン海軍年鑑』を引く手間を省くような凡庸な質問しかしない。戦略問題をこのわたしに真っ向からぶつけたのはあなたが初めてだ」

コリンズは、ディール大佐の眼にじっと見入ったまま、言葉を差し挟まなかった。その喉仏がごくりと動いた。

「これまで北朝鮮は、弾道ミサイルに核弾頭を搭載して運搬する技術を十分にものに出来ずにいた。ところが、この巡航ミサイルをもてば、核弾頭を確実に運搬する手段を手に入れたことになる。核爆弾を持っているらしいという段階から、核弾頭で相手を確実に捉える能力を持ったということになる。その戦略的意義は、もう説明するまでもあるまい」

「弾道ミサイルの開発に苦しんだ挙句に、巡航ミサイルをなんとしても欲しがったというわけですね」

「その通り。北朝鮮は、短距離ミサイル・ノドンから、中距離ミサイル・テポドン、さらにすすんで航続距離の長いテポドン改良型へと開発を進めてきた。この弾道ミサイルをひとつの水系とすれば、巡航ミサイルはまったく別の水系といっていい。北朝鮮は、核弾頭を確実に運ぶことができる弾道ミサイルをなかなか開発できない行き詰まりを、巡航ミサイルの導入で打開しようとしたとみていい。弾道ミサイルは、ロケット推進燃料にくわえて酸素も内蔵して飛行するため、大気圏外を航行することができる。これに対して巡航ミサイルは、空気中から酸素を取り入れるジェット・エンジンを装備しているため、大気圏内だけを航行する。巡航ミサイルX55は、超低空を飛行して敵のレーダー網をすり抜け、狙い定めた標的を一撃で屠《ほふ》ることができる。核弾頭がこの巡航ミサイルに搭載されれば、北朝鮮の脅威は飛躍的に高まろう」

コリンズは、深い霧がすっと晴れていくように東アジアの戦略風景を見渡せたと感じた。同時に、北朝鮮の指導部が偽ドルの製造になぜかくも熱心に取り組んできたのか、その意図が透視できたのだった。

「コリンズ君、ウクライナ製の巡航ミサイルX55は、朝鮮半島の情勢を一変させるだけではない。台湾海峡をめぐる危機の様相をも根底から変えてしまうだろう」

ディール大佐は、巡航ミサイルが超低空で航行することで、米海軍の誇るイージス艦のミサイル警戒システムをすり抜けていく様子を図解して見せた。

「これまで中国がいくら台湾への武力侵攻を唱えてみても、台湾海峡の制海権はアメリカの第七艦隊の手に握られていた。ところが、中国側が、巡航ミサイルを戦闘機に搭載して、アメリカのイージス・探知システムの圏外に出てしまえば、第七艦隊を無力化できるのだ。あとは早期警戒管制機AWACSが運よくX55を見つけることに賭けるほかない」

この巡航ミサイルをもてば、アメリカ第七艦隊の力を大幅に殺ぐことができ、米中、中台の力のバランスを根底から変えてしまう可能性を秘めている。

「大佐、X55の登場が、台湾海峡をめぐる米中の力のバランスを根底から塗り替えてしまうのですね」

この時、ファルコーネ―コリンズチームは、「通貨のテロリズム」との戦いから「核兵器のテロリズム」との戦いへと、照準を切り替えようとしていた。

罠

ワインレッドのカクテルドレス、パールホワイトのスーツ、加賀五彩の友禅。色とりどりの衣装をまとった女性たちが、渋谷のオーチャードホールの玄関に消えていく。人々が華やかに行き交うなかで、外務省の瀧澤勲アジア大洋州局長は、ひとりの女性に呼びとめられた。グレーのスーツにかかとの低い靴を履いた痩せぎすの女性だった。歳のころは三十代の前半だろうか。

「瀧澤局長さんでいらっしゃいますね。『東アジア外交調査会』の事務局の者です。局長さんにこの書類をお届けするよう申しつかってまいりました」

封筒には筆ペンで「瀧澤アジア大洋州局長殿」と書かれており、裏には「東アジア外交調査会」の所在地と電話番号が刷りこまれていた。フラップには「緘」の朱印が押されていた。

「急ぎなら、いま拝見しましょうか」

「いえ、お渡しするだけでいいと上司から言いつかってまいりました」

その女性はそう言い残して立ち去っていった。この二人のやり取りをロビーの片隅から素知らぬ風を装って見守っている男がいた。瀧澤はそれに気づくはずもなかった。

瀧澤夫妻には正面中央の席が用意されていた。シルクタフタの桜色のワンピースを品よく着こなした泰子が、アスコット・タイにジャケット姿の勲と並んで席についた。

瀧澤は、先ほど渡された封筒の封を開け、中身を取り出そうとして、思わず手を止めた。封筒は四十五度ほど傾けていたため、泰子の視線にはさらしていないはずだ、と思った。

「講演の依頼か。土曜日にまたなんでやろ」

瀧澤はふだんは標準語のイントネーションを崩したことがない。だが、とっさの時には無意識に大阪弁が口をついて出ることを泰子は知っている。

瀧澤は封筒のうえにリサイタルのパンフレットをのせて読みはじめた。

やや間があって泰子が尋ねた。

「先ほどのお使いの方、こみいった用件なのかしら」

「いや、それほどでもないんだが、ちょっと政治家が絡んだ講演の依頼なんだ。週明けに片づけるから気にしなくていい」

瀧澤は言い訳をしながら、大丈夫、泰子には気取られなかったはず、と自分に言い聞かせた。

満場の拍手のなかで、オーチャードホールの緞帳《どんちょう》がゆっくりとあがっていった。天井近くを走るキャットウォークに仕込まれたスポットライトが、左右から舞台の中央を照らしだした。槙原麻子が虚空をじっと見つめるように正座している。やがて優雅な所作で満場の客に一礼した。膝元には両端に赤い糸を巻いた篠笛が一本置かれていた。この篠笛を取りあげ、ドボルザークの「母が教え給いし歌」を奏ではじめた。

古代紫のリボンで前髪をうしろに束ね、黒髪を帯までまっすぐに垂らしている。淡いクリーム地にブルーの忘れな草をあしらった京友禅が、錦帯とあいまって舞台に華を添えている。

舞台に向かって右手前方の客席には、ねずみ地に蔓《つる》が巻きつくように描かれた藤の訪問着を着た中里由良子。帯は白地の立涌の唐織りだ。その隣りには、浅紫の鮫小紋姿のサキ、書家の大石三世子が、そしてヘリンボーンのスーツ姿のスティーブンが座っていた。

左手前方の席には、光沢のあるシャンパン・ベージュのスーツを着た高遠希恵がヘアスタイリストのマリオにエスコートされて座っている。そこから四つ離れた席には橋浦雄三が秘書の吉野香乃子を伴って姿を見せていた。橋浦の妻は、重症のリュウマチを患い、熱海の温泉付きリゾート・マンションに引き籠もってもう四年になる。吉野は、橋浦の妻にも頻繁に電話を入れる気配りを欠かさない。妻は、そんな吉野が大のお気に入りで、こうした席にも橋浦と一緒に出かけてやってほしいと頼むのだという。瀧澤夫妻の席からは、橋浦の席が見渡せる。だが、橋浦の席からは瀧澤夫妻が見えにくい。スティーブンの心くばりだった。

槙原麻子の演奏は、渡辺博也の「風のファンタジー」に移っていた。麻子は、肉厚の篠竹でつくられた京篠笛を手に、嫋々《じようじよう》としてまろやかな音色を紡ぎだしていった。

瀧澤は封筒をパンフレットに重ねて水平にしたまま、その開け口を右手に座っている泰子とは逆に向け、左の指を差し入れて、なかをまさぐってみた。

写真のほかには何も入っていなかった。

モノクロ写真に写っていた相手は、競走馬の共同オーナー、橋浦雄三だろう。東京馬主会の新春パーティーで泰子から紹介されたあの顔だった。瀧澤は舞台をみつめる泰子の横顔を凝視した。

すでに心の通わない夫婦ではあったが、この一枚の写真は、嫉妬と憤怒の感情を巻き起こした。外交交渉の修羅場では感情を決して噴出させない瀧澤も、ほとばしりでる激情を制御しかねていた。

と同時に、心の隅で冷静に送り手の狙いを読んでいた。泰子が資産家の娘であることを相手は知っているはずだ。金目当てなら、泰子を脅迫するのが筋だ。

標的はこの自分なのだ――。瀧澤は戦慄を覚え、篠笛の音色はもはや耳には入ってこなかった。

井上陽水の「いっそセレナーデ」の演奏が終わると幕間になった。スティーブンが挨拶にやってきた。

「瀧澤さん、きょうはわざわざいらしていただきありがとうございます」

「お招きいただいて光栄です。泰子、いつもお話ししているBBCのブラッドレーさんだ。家内の泰子です」

「いつも主人がお世話になっております」

泰子は初対面を装って、型どおりの挨拶をした。

「いえ、こちらこそ、瀧澤局長にはひとかたならぬお世話になっています。僕はジャーナリストですからお世辞はいいません。ほんとうにお世話になっているんです」

「主人もわたしも大のイギリス好きですの。でもアジア大洋州局長では、この先、イギリスへの赴任はもうないかもしれません。残念だわ」

「イギリスに来られたら、うちのカントリーハウスにぜひいらしてください。ポーツマスの近くです。どうせならお二人で泊まりがけでおいでください。外交辞令なんかじゃありません」

チャイムが鳴って、後半の開演が予告された。スティーブンは、最後まで初対面の行儀よさを崩すことなく席に戻っていった。

三人のやり取りをホールの後ろからじっと見つめる視線があった。先ほどの男だった。だが、人の流れにさえぎられて、スティーブンもこの男の存在に気づかなかった。

リサイタルの後半は、師匠の福原百之助作曲の邦楽が中心だった。「花の寺」「鶯」と続き、最後は「山桜の歌」で締めくくられた。

澄んだ音色で人々の魂を深く揺さぶる槙原麻子の演奏に、会場を埋め尽くした観客の拍手は鳴りやまなかった。

アンコールに応えて演奏したのは「赤とんぼ」と「アメージンググレース」だった。オーチャードホールの舞台に緞帳がおりても、拍手は数分間続き、聴衆は席を立とうとしなかった。

このソロ・リサイタルの成功を誰よりも喜んだのはスティーブンだった。槙原麻子が「織り匠ふじむら」を訪ねてくれた折、成島久美子の勧めで宮古上布を求めたのだが、その代金をついに受け取ってはくれなかった。その償いの意味もあって、スティーブンはこのリサイタルをささやかに支援したのだった。

高遠希恵が楽屋に顔を見せてくれた。

「きょうはおめでとうございます。麻子さん、すばらしい演奏だったわ」

麻子はすでに舞台衣装からさっぱりとした江戸小紋に着替えていた。高遠は、貝紫の気品溢れる色調に眼を細めて見入った。

「きれいなお花をお届けくださってありがとうございます。お忙しいのにお運びいただいて感激しております。それにスティーブンがいつもご迷惑ばかりおかけして」

「あら、スティーブン、いまの麻子さんのせりふを日本語でなんと言うのか、オオムラ先生に聞いてご覧なさいな」

「残念ながらオオムラ先生は二年前にお亡くなりになりましたが——。そうですねぇ。姉さん女房気取り、というのはどうでしょうか」

「あなたは、どうしてこんなによく日本語ができるのかしら。スティーブン、麻子さんのように、やさしくて、気風がよくて、才能にあふれ、そのうえお料理まで上手なんて人は、金のわらじを履いて探しても見つかるもんじゃないわよ。ちょっと眼を離すとどこかに行ってしまうわよ。大切になさい」

高遠は、いまいちど麻子の着物に眼を向け、江戸小紋の胸元から訝しげな視線を動かそうとしなかった。小さな漢字が小紋に刻み込まれている——。やがてヘア・デザイナーのマリオを伴って楽屋を去っていった。

麻子は嬉しそうにスティーブンの肩に頭をもたせかけて言った。

「大切になさいって」

スティーブンも麻子の肩を抱きかかえて、しばしその髪の香りに身を委ねていた。


決裁ずみを意味する符牒を手早く書き込んで既決の箱に次々と放り込んでいく。未決の書類がなくなりかけたときだった。局長付きの秘書が不審げな表情でドアを開けた。

「東アジア外交調査会とおっしゃる方から外線に電話がはいっています。そう伝えてくれれば用件はおわかりのはずだといっていますが」

瀧澤のもとに、その電話がかかってきたのはリサイタルの二日後だった。

「つないでください」と瀧澤は言った。ひと呼吸して、受話器をとりあげた。

「瀧澤さん、写真は見ていただけましたね」

ざらついた声だった。かすかに関西訛があった。

「君はいったい誰なんだ。堂々と名乗りたまえ」

「あんたの同胞ですよ。はらからというんでしょうか。その節は、パン・シオンを無事出国させてもらってありがたかった」

「何だって。何を言っているんだ。きみらのためにしたわけじゃない」

瀧澤は、自分の舌がもつれてしまったことにうろたえた。

北朝鮮が、あろうことか、この自分を脅そうとしている。蝙蝠《こうもり》の群れが次々と身体じゅうに張りついてくるような気味悪さを感じずにはいられなかった。

「ずいぶん冷たいおっしゃりようだな、瀧澤さん。最近じゃ、辣腕のK・Tって呼ばれているそうだな。さまざまな局面でK・Tさんにはお力添えいただいていることは、われわれもよく承知しています。ただ、もう少し踏み込んでお力を貸していただきたいんですよ」

受話器を握りしめる瀧澤の眉間に険が走った。

「私は、日本の国益に殉じている下僚に過ぎん。君らに好意的と映ったとすれば、それがわが国益にかなうと私が判断したからだ。過去の歴史への償いをこの国にさせることは、この国の将来にどうしても欠かせない。その信念はいまも変わらない。この国のためだ。君らのためにやってきたわけじゃない」

吐き捨てるようにいった。

「ですから、これからは、われわれのために働いてほしいんですよ」

電話の男は乾いた笑い声をたてた。

「K・Tさんよ、そこのけじめをつけていただくために、こうして写真をお送りした。あなたの地位と影響力を使えばさして難しいことじゃない。偽ドルの防止策とやらをワシントンは画策しているようだが、その詳しい内容を探ってほしいんですよ。東京で連携している外国人がどんな奴なのかもね」

「俺の名はクンじゃない。イサオだ。呼ぶならI・Tといいたまえ」

瀧澤は言い知れぬ衝撃を受けていた。北の関係者はこの自分に情報の提供者に成りさがれと言ってきたのだ――。

グラン・カジノ

「ユシマノジタクニテ、ニホンジカンゴゴ十一ジレンラクヲマタレタシ」

コリンズからスティーブンのもとにカタカナのメールが届いた。料亭なか里に招いて以来、あのオクラホマ男は猛然と日本語の勉強を始め、今では簡単な日常会話や仮名文字はこなせるようになってしまった。防諜上もこの方が安全と考えているのだろう。

スティーブンは土蔵の二階にある書斎に入って、コンピューターのスイッチをいれた。続いて指紋を画面に押し当てて、本人であることの照合を済ませてロックを解除した。いまや、どんなに複雑な暗証番号を使っても万全とはいえない。すでにワシントンからは大容量のデータが入り始めていることをメーラーが示していた。圧縮装置を使ってビデオ映像が伝送されてきつつあるのだ。まもなく電話回線が鳴った。

「コンバンハ、スティーブン。ゲンキデスカ。ボク、マイケルデス」

「すまないが、日本語はやめて、僕の得意な英語にしてくれないか」

「ソウデスカ。ザンネンデスネ」

「この回線は秘話装置がかかっている。セキュリティー・チェックもプロの手でまめにやっているから、安心していい。まず、ビデオの説明からしてくれ」

「そう慌てるなよ、スティーブン。順序だてて説明する。われわれは、北朝鮮が改訂版ウルトラ・ダラーをどこに持ち込んでいるかをついに突きとめた。マカオ、香港、プノンペン、この三つの都市がマネー・ロンダリングの拠点になってることは話しただろ。ここで洗濯された金、総額にして百八十万ドルもの資金がこの三週間の間に、ジュネーブのプライベート・バンクに送金されていたことがわかったんだ。この送金ルートの解明については、日本銀行もずいぶんと協力してくれた」

「たしかに日銀の国際局は、北朝鮮に流れる資金ルートの解明に熱心だったからな。で、そのプライベート・バンクとは」

「老舗のデュフォー銀行さ。ジュネーブでは、二日前から捜査員をひそかに張りつけて、大がかりな監視体制を敷いている。いま送ったのは高解像度カメラでとったデュフォー銀行の映像だ。斜め前の建物から、客の出入りを徹底してチェックしている。囮《おとり》の要員も送り込んで、内部の様子も超小型カメラで撮影した。映像を見れば、現地の様子は大体つかんでもらえるはずだ」

「デュフォーほどの名門がこんな危ない商売に手を貸すとは思えない。送金自体にはなんの違法性もないんだろう」

「そのとおりだ。これがアメリカなら簡単に調べがつく。ところがスイスの銀行は難攻不落だ。連邦銀行法で厳しい守秘義務が定められていて、ともかく口が堅い。違反すれば、五万スイス・フランの罰金刑、もしくは六ヶ月の禁固刑、もしくはその両方が待ち受けている。アメリカ財務省がスイスの金融当局を通じてデュフォー銀行に顧客情報を要求しても、銀行側の協力を得られる可能性はまずない」

「事情はわかる。たとえ処罰を受けなくても、情報漏れのうわさがうっすらとでも流れてしまえば、プライベート・バンクにとっては死刑を宣告されたに等しいからな」

「結局、北朝鮮がデュフォー銀行から次にどこへ金を動かすのか、それをつきとめるには、現場で直接金の動きを追うしかない。そのために監視作戦をやっている」

スティーブンは、ここで声の調子をぐっと落として言った。

「それで奴らの金の使い道については何かわかったのか」

コリンズは低く囁くように語りかけた。

「じつは君の出番がいよいよ近づいている。北朝鮮のチームが、きれいにしたその金を使う現場をなんとしても押さえたい。スティーブン、それには君がどうしても必要なんだ」

「マイケル、君たちは偽札ハンターのはずだ。捜査の領分はマネー・ロンダリングの拠点を押さえるところまでだろう。それを超えて、北朝鮮がその金を使って企んでいる作戦まで標的にするつもりか」

「それをけしかけたのは、スティーブン、自分だということを忘れないでくれ。オオムラ先生は、まず自分が率先して取り組めっていうときには、どんな諺を教えてくれた」

「隗《かい》ヨリ始メヨ。いまとりこんでいるから、出典はこんどゆっくり説明するよ」

「スティーブン、受けてくれたと、ボスに伝えていいな。ふつうの捜査なら、外国の捜査当局に情報を渡して、あとはよろしくという段取りになる。官僚機構としては、それが賢明なやり方だ。相手国と軋轢《あつれき》も起こさず、政府部内も丸く収まる。だが、どんな貴重なインテリジェンスでも、他人からもらったものでは、真剣に動こうとはしないものだ。ブラックウィル教授が『諜報組織というものの悲しい性は、自ら金と人と手間をかけて購ったもの以外は決して信用しない』と言っていたのを覚えているだろう」

「たしかに、君のボスが最後の始末を他人任せにするとは思えない。だが、いくら単独行動主義を標榜するアメリカでも、よその国まで出張って捜査をおっぱじめるわけにはいかないだろう」

「だから、国と国の間を自由自在に動き回って、組織からの統制も緩やかな君との共同作戦がどうしても必要なんだ。国家と国家、組織と組織のすきまを埋める、そう、スキマ産業の従業員たる君の出番なんだ」

こんどはスティーブンが空気を震わせるような低音でそっと尋ねた。

「北朝鮮の標的はいったい何なんだ」

コリンズは一瞬、黙りこみ、ふたりのやりとりにわずかな空白が生じた。それは重大なインテリジェンスを明かす黙示の予告だった。

「ウクライナ製の巡航ミサイルX55だ。ウクライナの新政権は、密輸団がこの巡航ミサイルを中国とイランにすでに売り渡したことを認めた。だが、密輸団の手元には、まだ巡航ミサイルが何基か残っている」

「巡航ミサイルか。これはまたでかいディールだな」

「もちろん最高度の機密扱いになっている。詳しい情報は添付ファイルで送った。読んだらすぐに消去してくれ。ボスのオリアナは、その取り引き現場を押さえるには、君の協力がどうしても必要だと譲らない」

いつもの間延びした南部訛はにわかに早口になり、コリンズは畳みかけるように説得にかかったのだった。

「マイケル、君のボスというのは、とても美形だそうだな。そのうえ、度胸がよくて頭も切れ、部下思いだと、モスクワでジミーにきいたぜ。だが、僕はまだ一度もおめもじを許されていない」

「この場で協力を約束してくれたら喜んで紹介するよ、スティーブン。俺も招かれたことのないオリアナのアパートメントで、ウンブリア料理の正客になれるよう取りはからうぜ。ペルージャのおばあさん譲りのレシピがあるらしい。俺が邪魔なら遠慮してもいい」

「なかなか、魅力的なオファーだな。麻子師匠の許可をもらえれば、招待をうけてもいい」

スティーブンは、大学時代に戻ったような口調で応じ、少年のように微笑んだ。

「その前にひと働きしてもらうぜ。奴らはデュフォー銀行から必ず金を引き出す。そしてヨーロッパのどこかで取り引きをすると見ていい。すぐに出発準備に取りかかってくれ」

対するコリンズの声は、すでにインテリジェンス・オフィサーのそれだった。

「おい、おい、マイケル、待ってくれ。僕の仕事を何だと思っているんだ。君がブラックウィル教授の誘いを断ったおかげで、僕はこんな二重の稼業に身を沈めたんだぞ。ＢＢＣの仕事もこれでまじめに勤めている。君たちのように命令さえあれば、その日のうちに現場に飛びだせる気軽な身分じゃない」

コリンズは、ここでダメ押しにもう一枚のカードを差し出した。

「麻子さんの篠笛演奏会というアイデアはどうだろう。フィリップス・コレクションで月に一度、一流の演奏家を招いてコンサートをやっている。俺の叔母が何万ドルも寄付をしているんだ。口をきいてもらうよ。なあ、すぐにヨーロッパに飛んでくれないか」

スティーブンは、この魅力的なオファーに心を動かしながらも、なお引き受けたとは言わない。

「マイケル、そのためには『シネマ紀行』というラジオ番組を一本仕立ててあげなきゃならない。だいたい、オペレーションがどの街かも分からないのに、どうすればいいんだ。ドイツ映画なのか、ポーランド映画なのか」

「まだ奴らは動いていない。取り引き場所のあたりがついたら、すぐに報せる。スティーブン、まあ、君のことだ、その天才的なこじつけ能力でひとつ頼むよ。映画に関係のない街などないんだからな」

「わかった、乗ってやってもいい。篠笛のコンサートのほうは実現するだろうな。飛行機の便がいい国際空港なら、フランクフルトかロンドン、パリだな。フランクフルトは退屈でかなわない。ロンドンは係累が多すぎる。パリで待機するよ」

「三日のうちには飛んでくれ。いずれ俺も現地で落ち合う。ボスのオリアナも乗り込むと思う」

スティーブンを共同作戦に引きこむ説得工作がこうして重ねられている間も、ジュネーブではデュフォー銀行の監視が続いていた。高解像度カメラが捉えた画像は、アメリカ財務省の地下に設けられたオペレーション・ルームに伝送され、解析チームに委ねられた。疑わしい人物はFBIを始めとする関係機関に照会して、ただちに身元をつきとめる体制が整えられていた。

デュフォー銀行から現金を引き出した顧客のなかで、確かな身元をもっていなかった人物はあわせて七人。追跡調査の結果、二人はカンボジアとタイのパスポートを持つ麻薬マフィアの一員と判明した。おそらく同じ組織に属しているのだろう。麻薬の資金をジュネーブで洗浄し、ユーロを手にフランクフルトの空港から香港に発っていった。残る五人のうち、三人はレバノンのパスポートをもつアラブ系の男たちだった。ジュネーブからサンモリッツの山荘にこもったまま動きそうにない。北朝鮮と結びつける材料はあがってこなかったが、身元も割れなかった。このため、監視を解くわけにはいかず、貴重な捜査員をふたり山荘に張りつけておかなければならなかった。

監視を始めて六日後にデュフォー銀行にあらわれたのが、アジア系の二人組だった。銀行にいたのはわずかに四十分。正面玄関に再び姿をあらわしたふたりは、ごくありふれた黒のキャリーオン・バッグをそれぞれが引いていた。千スイス・フラン札なら一千万ドルは運べるはずだ。玄関から出てくる二人を、待ち受けていたシルバー・グレーのメルセデスが拾って立ち去った。ナンバー・プレートの照会がすぐさま行われた。ブリュッセルのエリート・レンタカーから借り出された、ナビゲーション付きレンタカーだった。免許証はEUのものを提示している。偽名で取得されたものだった。同名のパスポートを持っているはずだ。ただちにインターポールに通報された。

メルセデスはジュネーブの街から西に向かい、フランス側の町デュボンヌに抜けていった。ここなら国境の検問がないことを知っていたのだろう。車はコート・ダジュールを目指してスピードをあげていった。

アジア系の二人の男が投宿したのはモナコのオテル・ド・パリだった。かれらはチェックインから三時間後には、黒のタキシードに着がえてグラン・カジノに姿を見せた。パリ・オペラ座の設計者シャルル・ガルニエの設計として名高いこのカジノで、男たちは大金を張る「ハイローラー」としての待遇を受けているらしく、メンバー専用の奥の間に入っていった。

中央のルーレットの台では、百ユーロや千ユーロのチップが派手に飛び交い、ゲームは早くも熱を帯び始めていた。男は百ユーロの札束をビニールの袋に入れたままテーブルに投げ出して、百ユーロのチップに両替した。白のタキシードに白のボータイというでたちのクルーピエが、客からの指示を受けて盤上にチップを張っていく。二人の男は正確なフランス語を操って、ルーレットの盤上にチップを積み重ねていった。そして三十六倍の配当があたると、クルーピエに気前よく心づけを弾んでいる。

後ろから勝負を見守っていた捜査員のひとりが、ジャン・ピエールという名のクルーピエが交代して休憩に入ろうとするところを、百ユーロ札をつかませて尋ねた。

「あのテーブルにいた二人のアジア人なんだが、前にもこのグラン・カジノに姿を見せたことはあるのか」

「いや、俺が見かけたのはこんどが初めてです」

「大きく張っていたようだが、手筋はどうなんだ」

二十代半ばのクルーピエは、猜疑の眼で客を見上げた。百ユーロぽっちで情報を引き出そうというのか。男の表情はそう語りかけていた。さらに百ユーロの札が上着のポケットに差し込まれた。

「プロのギャンブラーではないでしょう。プロなら勝ったところでもうひとつ大きく勝負に出てきたはずですよ。プロにしちゃ張り方がいまひとつ半端だったたな。かなりの遊び人と見たが、博打で飯を食っている連中じゃない」

「あのフランス語はどこの国の人間だ」

「インドシナじゃない。植民地のフランス語にはそれなりの癖がある」

「それじゃ、中国人なのか」

「そこまではわからない。案外、きちんとした教育を受けているのかもしれないなぁ」

この男たちは、モンテカルロに二日滞在して、隣町のニースでもう一泊した。ここでもカジノに出かけているが、さして大きな勝負には出なかった。そして二人はここで別れ、別々にパリに向かったことが確認された。

「メルセデスがパリ市内で選んだホテルは意外なところでした」

これが追跡していた捜査員のコリンズへの一報だった。コート・ダジュールからパリ市内に入ったメルセデスは、パリ北部のレピュブリック広場に近いホテル・メレ・レピュブリックの玄関に停車した。部屋数はわずか三十九室。一泊のシングル料金は百十五ユーロ。ロビーの天井は高く、瀟洒なレリーフが彫り込まれている。十八世紀の造りのどっしりとした建物だ。

グラン・カジノでの豪遊ぶりからして、パリでも「クリヨン」か「アテネ」あたりだろう。さもなければ、三流の安宿を選ぶはず、と捜査員は睨んでいた。だが、選ばれたのはシックだが、ありふれた三ツ星のホテルだった。

最初の男が投宿してから、二日後のことだった。ニースでいったん別れたもうひとりの男が姿を見せた。シャルル・ド・ゴール空港からホテル・メレ・レピュブリックにタクシーで乗りつけ、チェックインを済ませた。

シークレット・サービスの捜査員は、二人がホテルで落ち合ったのを見届けてコリンズに再び報告した。

「ふたりともホテルに入ったときには黒のキャリーオン・バッグを持っていました。デュフォー銀行を出たとき持っていたものです。あとから来た男のほうはバッグを機内に持ち込んで、一瞬も目を放そうとしませんでした。現金が入っていると見ていいと思います」

「二人はパリで何か企てようとしている。昼夜兼行の監視を続けてほしい。その周辺にフランスの国境警察らしき姿は見えますか」

「あるいは彼らがと思い当たる節はありましたが、はっきりとはわかりません」

追跡の捜査員は素早くあたりに眼を走らせた。

「われわれとしては、フランス国内での捜査は、国境警察に委ねないわけにはいかない。シークレット・サービスがひそかに動いていることは、先方も内々に承知しているはずだ。だが、彼らの顔を立てて、目立った行動は慎んでほしい。あくまで影のように、いいね」

「承知しました。異変があったら、すぐに連絡します」

追跡者は、自分がどこかから監視されていないか見きわめて現場を離れたのだった。

アメリカのシークレット・サービスがメレ・レピュブリックの男たちの監視を正式に依頼したのは、「DST」の略称で呼ばれる国境警察だった。スパイやテロリストがフランス国内へ浸透するのを防ぐことを主な任務とするカウンター・インテリジェンス組織である。

二人がホテルで合流して三時間半が経った午後四時二十分すぎだった。先に投宿していた男がまず動きだした。薄い黄色のシャツに茶色のジャケットを羽織ってホテルの玄関に姿を見せた。徒歩でレピュブリック広場に向かい、そこからボー・ルペール通りに沿ってサン・マルタン運河まで歩いていった。

マロニエの並木のあいだから「神の道の回転橋」が見えてきた。この美しい橋のほとりにカフェ・プリュンヌがあった。昔からあったカフェなのだが、最近は「ブルジョア・ボエーム」と呼ばれる、しゃれたパリっ子のたまり場として知られている。通りの名のボー・ルペールは、フランス語で「美しい隠れ家」をさす。この界隈には、ファッションやメディアの仕事をしているユダヤ系フランス人が多く住んでいる。

　柔らかな陽射しが降り注ぐカフェ・プリュンヌのテラスでは、人々が思い思いのおしゃべりを楽しんでいた。黒のシャツに洗いざらしたドルチェ&ガバーナのジーンズを着こなした「ブルジョア・ボエーム」が、化粧気のない美しい女と談笑している。テーブルにはメルマン著の『深みのない男』が置かれていた。その隣のテーブルにハンチング帽をかぶった親爺が腰掛けていた。しゃれた雰囲気にはそぐわない親方風だった。

　チェックのハンチング帽が符牒だったのだろう。レピュブリック広場からやって来た男は、迷わず向かい合った椅子に腰をおろした。ギャルソンを呼んでステラアルトワのドラフトを注文した。ぐっと一息に飲んで喉をうるおすと、早速商談に入った。とりたててひそひそ話を交わす風もない。

『深みのない男』のテーブルをはさんで、シークレット・サービスの捜査員が、指向性の高い高感度マイクで会話を拾っていた。カフェの屋内ではフランス国境警察の刑事がガラス越しに切れ切れに聞こえてくる二人の会話に聞き入っていた。だが二人には視線をむけない。

「あんたはパリに来てもうどのくらいになるんだい」

　アジア系の男がフランス語で尋ねた。

「パリももう二十年を超えたよ。冷戦の時代にポーランドからやってきたんだ。ずいぶんと苦労したさ。当時のことだからな。でも俺は運がよかった。一足先に国を抜け出してきた工場仲間にもずいぶんと助けられたからな」

親爺のフランス語はなかなかのものだった。これなら商売にも成功したはずだと思わせる。メレ・レピュブリックの男がビールを一気にあおって話を切り出した。

「おれんところも難民なのさ。香港だ。文革のときにおびただしい数の難民が大陸から香港に渡ったんだ。ガキだった俺もその一人だった。もっともいまは体裁をつけて亡命者だったと称しているがね。なあにほんとうは乞食同然の難民よ。ところで、お前さんを男と見こんで頼みがある。運河をくだる船をひとつ用立ててもらいたいんだ」

「でかい貨物船がいるのか。それとも小さい奴でいいのか」

「お前さんが持っている手ごろな船で十分なんだ。なあに、荷物もさして大きなものじゃない。重さにしてふつうの乗用車一台分くらいかな。われわれの共同の荷主がちょっと変わり者でね。フランスの殺風景な港町には行きたくねぇっていうんだ。どうせなら、サン・マルタン運河で荷物を積み込んで、パリの下町の風情を楽しみながらセーヌ川に出て荷の受け渡しをしたいって言い張っている。酔狂なこったが、パリでは何でもありだからまあいいかなと引き受けたんだ。中型の貨物船をセーヌ川に待機させておく。パナマ船籍だ。荷物の積み込み一切は共同の荷主がやることになっている。船の手配までが俺の受け持ちってわけさ。ひとつよろしく頼むよ」

「わかった。引き受けるよ。手ごろな船でいいんだな。で、いつ必要なんだ、旦那」

「二、三日後というところだろうか。天候のいかんにかかわらず、船は必ず出航する。詳しい日時と出発岸壁はあとで知らせるよ。ところでいくら出せばいい」

「断れない知り合いの紹介だからな。せいぜい勉強しておくぜ。半日で二千五百ユーロってところかな」

「それじゃ一日、四千八百ユーロでどうだろう。手付金はいま支払う。二千ユーロでいいかい。残りは当日船長に渡す。一両日中には船の整備を終えておいてくれ。荷物は早朝に積み込んで七時頃には舫《もやい》を解くつもりだ。それじゃ、あとの段取りは追って携帯で連絡させてもらうよ。よろしく頼んだぜ」

メレ・レピュブリックの男は、荷物の積み込みを担当するのがウクライナの一団であることは明かさなかった。ウクライナの一団は、北朝鮮が手配した船に「荷物」を積み込んで、セーヌ川で待ち受ける貨物船に「荷物」を引き渡す。それと引き換えに北は用意したスイス・フランで支払う段取りだった。

「これで話はきまったよ。船長にはうんと腕のいいのをつける。俺からもよく伝えておくよ」

「船長への心づけはたんと弾んでおくよ。こんなによくしてもらって、あんたの顔をつぶしちゃいけねぇ」

船のオーナーは、金の入った封筒を上着のポケットにねじ込んで、カフェの脇に停めてあった黒のピアッジオのバイクに乗って引きあげていった。

北ホテル

パリのシャルル・ド・ゴール空港に降りたったスティーブンが選んだのは北ホテルだった。一般の旅行客は泊めていないのだが、長期滞在なら部屋を都合してくれる。一階にはカフェとレストランがついており、食事にも不自由しない。フロントには「ぜひ十六号室を」と頼み込み、一週間分の宿泊代を渡した。フロントの男はこれで安心したらしい。しめて五百九十五ユーロという安さだった。部屋の内装は古びてはいるが、掃除も行き届いていて気持ちがいい。錆ついた窓ガラスを開けると、並木越しにサン・マルタン運河の川面がゆらゆらと揺れている。スティーブンはこの安宿がすっかり気に入ってしまった。

成田空港を出る前に、コリンズから携帯電話で最新情報が送られてきていた。「早々とパリに飛ぼうとした君の勘は冴えわたっている。北朝鮮の連中は、デュフォー銀行から大量の現金を引き出して、レピュブリック広場近くのホテルにチェックインした」

続いて、カフェ・プリュンヌでのやり取りが手短にまとめられていた。どうやら舞台はサン・マルタン運河らしい。ならば、自分のベース・キャンプは北ホテルがいいと、スティーブンは即断したのだった。

「麗しきひとのアーチ」は、サン・マルタン運河に架かる数々の橋のなかでもとりわけ美しい。夕暮れどきには、恋人たちがアーチのうえにたたずんで、運河の面がさまざまに表情を変えていくさまを見つめている。北ホテルはこの「麗しきひとのアーチ」のほとりに建っている。灰色の壁には「HÔTEL　DU　NORD」と書かれている。だが、はじめての旅人なら見過ごしてしまうだろう。それほどありふれた下町の下宿のたたずまいなのである。

スティーブンはコリンズ情報を受けて、成田空港のラウンジからBBCロンドンに電話を入れた。「シネマ紀行」のプロデューサーに番組の提案を持ちかけるためだ。離着陸のアナウンスが聞こえないよう気を使わなければならなかった。フライングしていることが露見してしまう。

「こんどの『シネマ紀行』は、マルセル・カルネ監督の『北ホテル』でいきたいと思うのですが」

電話口からは、どうしていまさら『北ホテル』なんだというトーンが伝わってきた。

「スティーブン、五月のパリは最高だからな。どうせ、素敵なパリジェンヌと楽しくやろうというんだろう。だが、彼女を連れて行く三ツ星のレストラン代は出すわけにいかないな」

「その昔はいろいろありましたが、いまはひたすら番組のことしか考えていませんよ」

「井戸を掘った人のことを忘れてはいけない、ということわざが中国にあるらしいな、スティーブン。こちらとしても、この番組枠を考え出した君には、出来るだけの協力はしてきたつもりだ。だが、『北ホテル』をいま取りあげる、うーん、なんというか、今日的な意味合いがなければ、近頃は提案会議を通すのも楽じゃない」

「分かりました。マルセル・カルネ作品を紹介する現代的な意味づけをたっぷりと盛り込んでやりますから、提案会議のほうは何とかお願いします」

ロンドンのプロデューサーは「意味づけといっても、あまり臭くならないように、素軽いタッチでたのむよ」と渋々承知してくれた。

ＢＢＣに入局したスティーブンが、恩師ブラックウィル教授の薦めもあって、ラジオというメディアを仕事の舞台に選んだことは賢明な判断だった。テレビの特派員なら、ディレクター、カメラマン、音声マン、照明マンと大勢のスタッフを引き連れて動き回らなければならない。これでは機密を要する情報活動など望めない。だがラジオの取材なら、コンパクトになった録音機材を手にひとりで行動できる。

伝統と格式を誇るＢＢＣにあっては、ラジオ・メディアの地位は飛びぬけて高い。とりわけ、海外特派員のラジオ・リポートには、英国の知的なリスナーがみな熱心に耳を傾ける。取材を申し込まれた人たちも、ラジオなら気楽に会ってくれる。スティーブンは、ラジオの世界にたちまち魅せられていった。ＢＢＣの上司は、テレビにも活躍の場を広げてはどうかとしばしば助言してくれたが、心を動かそうとしなかった。

コリンズはもうパリに入ったのだろうか——。現地の前線本部から連絡が入れば、すでに臨戦態勢に入ったことを意味する。それまでに『シネマ紀行』のスクリプトを仕上げておかなければ——。スティーブンは、パソコンのキーボードをたたき始めた。

「私がいま滞在している十六号室に、ピエールとルネの二人が息をひそめるように逗留していたのは、戦間期と呼ばれる一九二〇年代のことでした」

こうした書き出しで、パリの下町の小さなホテルを舞台にした恋物語を紹介し、最後に『北ホテル』後の俳優たちの人間模様を伝えて、パリ・リポートを結ぶことにした。

「束の間の平和はやがて忍び寄るナチス・ドイツの軍靴で破られます。そしてこの名画を世に送り出した俳優たちもそれぞれの人生を生きることになります。ルネを演じる美しさを謳われたアナベラは、その魅力の故だったのでしょうか、侵攻してきたナチス・ドイツに誘われてその協力者になっていきました。恋人役をつとめたピエールことオーモンは、反ナチのレジスタンス運動に身を投じていきます。『北ホテル』では、ぴったりと息のあった恋人同士を演じたこの二人は、第二次世界大戦後は、演技の世界ですれ違っても、もう一言も言葉を交わそうとしなかったといいます」

スティーブンは、資料を傍らにおいて執筆を始めてぴたり二十八分でスクリプトを書きあげた。

常の書き手なら三時間はかかるだろう。「二つの仕事をこなす秘訣は何か」と尋ねられたら、即座に「一にスピード、二にスピード、三、四はなくて、五に正確」と答えるだろう。

　あとは、フロントに紹介してもらったホテルの元メイドと、映画の衣装係をしていた老人から短いインタビューをとる。そして運河を行き交う人たちの話し声や船のスクリュー音、それに水門に流れ込む水音などを音響効果としてテープに収める。これらをまとめてロンドンにＦｅｄＥｘで送れば、仕事は完了だ。ふだんは東京のスタジオで自ら編集するのだが、今回はロンドンで引き受けてもらうことにした。担当のプロデューサーは、幸いにもパリジェンヌとの逢引きと思いこんでくれている。

　午後三時になろうとしていた。「麗しきひとのアーチ」のたもとにでかける時間だ。小さな掲示板にコリンズからの伝言が張り出される手はずだった。符牒に決めてあったピンク色のポスト・イットがみつかった。コリンズもパリに入ったのだ。

「迷い犬。五歳のヨークシャー・テリア。焦げ茶とベージュの小型犬。情報をお持ちの方には謝礼を差し上げます。電話番号、０１・４３・６６・７４・２４」

　かねて打ち合わせてあったとおり、電話番号の末尾四桁のうち、最初の二桁には二を足し、最後の二桁には一を足す。それがコリンズの携帯電話の番号となる。この表示が出てから一回だけ連絡に利用し、念のため明日はまた新しい番号に切り替える。

「マックリーン・セネターズの監督だね」

「ああ、パリに入った。北のチームもパリに入ったよ」

「ウクライナのチームはどうだ」

「まだ足取りはつかめない。船の手配は北の一団がやっている」

「Xデーはいつなんだ」

「まだつかめない。船のオーナーと北の男のやり取りを張り込み要員が聞いた限りでは、決行は二、三日中だろう。奴らはこのサン・マルタン運河を使うつもりだ。作戦開始の時間をつかめないまま船がでてしまうという事態も想定していてくれ」

「監督、確認するが、北のチームの動きは君たちの監視下にあるが、ウクライナのチームの動向はまだつかめていないんだな」

「残念ながらそのとおりだ。こちらも全力を尽くしている」

「じゃ、あすまた同じ方法で連絡する。だが、事態が急変すれば携帯を鳴らす。盗聴の危険があるから緊急時に限る、いいね」

北朝鮮とウクライナが現金と巡航ミサイルを交換する「Xデー」は、秒読みに入っていた。

決行

カーキ色の開襟シャツの胸元からは十字架がのぞいていた。髯面《ひげづら》の男だ。身長は百九十センチあまり。体重も百キロを超えようかという偉丈夫だった。どうやらこの男が首謀者らしい。運河に向かって小さく十字を切った。ウクライナ正教の守護聖人「リャザン」に何ごとかを祈っている。

パリの十九区を貫いて流れる全長わずか四・五キロの運河、サン・マルタン。その川面はうららかな陽射しを受けてきらきらと輝き、穏やかにまどろんでいた。ここを舞台にディールが成功すれば、東アジアの戦略地図はすっかり塗り替えられてしまうだろう。

髯面の男は、下見のためにサン・マルタン運河のほとりに立っていた。釣り竿とバケツをさげた手下ひとりを引き連れている。

「おまえ、キエフの仲間は、サツに挙げられるようなドジをどうして踏んだとおもう。人目を忍んでブツを運んだからさ。中国とのディールも、イランとのディールも、堂々と衆人環視のなかでやり通したじゃないか。あの時に限ってなぜ、あんなけちな港を使ったんだ。取り引きは大都会のど真んなかに限るんだ」

髯面の男が見てくれとは異なり、繊細な神経の持ち主であることは指先にあらわれていた。大きなぶあつい爪がきれいに切りそろえられ磨かれていた。男は旧ソ連軍のミサイル設計技師だった。命中率を算出するのが主な仕事だった。キエフ大学では統計学を専攻し、東ウクライナのミサイル工場に職を得たのだった。ソビエト連邦の崩壊で職を失い、密輸団に拾われたあとも、あらゆる事象の統計をとることはやめなかった。これまでに手がけた闇の取り引きの記録も細かくとって計算機に叩き込んだ。男の統計が導き出す結論はたったひとつだった。

「大きな取り引きほど、人目の多い場所でやれ。それがわれわれの安全を保証してくれる」

髯面の男はこういってサン・マルタン運河のほとりに視線をやった。若い恋人たち、手持ち無沙汰な老人、下校途中の子供たち。雑多な人々が河岸に腰を下ろして船の往来に見入っていた。

髯面の男が選んだチャーター船の繫留ポイントは、ケー・デ・ロワール通りに臨んだ奇妙なオブジェの横だった。美術学校の生徒たちが、フランス軍のミサイル砲をブリキで創りあげた作品だ。

「ここから巡航ミサイルを積み込めば、見回りの警察官に尋ねられても『新しいオブジェとさしかえようとしている』と答えれば大丈夫だ。当日は『フランス陸軍協力会』の身分証を用意して必ず持っていくんだぞ、いいか、忘れるな」

手下の若い男にウクライナ語で指示を与えていた。そこはラ・ビレットの貯水池を望む観光船の船着場のすぐ近くだった。チャーター船が出入りしても怪しまれる心配はない。


スティーブンのパリ到着二日目。午後三時に「麗しきひとのアーチ」のたもとの掲示板に再び「探し犬」の張り紙がでた。

「マックリーン・セネターズの監督かい。そちらには何か動きが出ているか」

「北のチームはホテルにこもったまま動こうとしない。われわれの監視に気づいたのかもしれない。フランスの国境警察がホテルの電話を傍受しているが当たりがない。ウクライナ・チームと北チームとの連絡は、レポを使ってやり取りをしたり、携帯電話やメールでやっているらしい。だが手がかりはつかめていない」

いつもの南部訛りとは打って変わって、コリンズのものいいはきびきびとして簡潔だった。

「決行日はつきとめたのか」

「いや、まだだ。だが、一両日のうちだと思う」

電波を傍受されている可能性は無視できない。会話は短ければ短い方がいい。

「監督、ウクライナ・チームの動きはどうだ」

「いや、それもまだわからない。だが、周辺に潜んでいることは間違いない。土地勘もあるんだろう。北のチームより巧妙に立ち回っているらしい」

「フランス警察は何をしているんだ」

スティーブンは、思わず詰問調になった。

「まさか、君までフランス人に期待しているわけじゃないだろうな。いろいろと明晰な理屈はいうんだが成果はないな。それでいて食事の時間だけはたっぷりとるんだぜ。だんだん胃が痛くなってきたよ。あとは君という切り札に期待するしかなさそうだ」

「こちらはたった一人のチームなんだぜ。正確に言えばテレビカメラが一台、それにぼんやりしたベルギー人のカメラマンとサウンドマン。これが全勢力だ。異変があれば緊急のラインに報せてくれ。これ以降は定期連絡は午前九時と夕方の六時の二回にしてほしい。じゃ、健闘を祈る」


スティーブンのパリ到着三日目。朝靄のなかを髯面の男が姿を見せた。ケー・デ・ロワール通りを運河沿いに歩いてくる。男が船着場横のベンチで一服していると大型のトラックが近づいてきた。テント地の布で覆われた荷台には、核弾頭搭載型の巡航ミサイルX55が木製の箱に収められて積まれていた。午前六時二十九分のことだった。小型のクレーン車が待ち受けていた。クレーンの腕がトラックの荷台に伸びていく。全長八メートル、重量千七百キロの木箱が静かに吊りあげられていった。船着場の岸壁にはチャーター船が待ち受けていた。

アンリエット号、排水量二百十トン。クレーン車は岸壁にそのまま近づき、甲板に木箱を降ろした。貨物船の喫水線が七センチほど沈み込んだ。待ち構えていた男たちは、この木箱を受け取って船倉に収容した。ただちに覆いがかけられる。エンジンがうなりをあげ、出航の準備が整った。船長と二人の船員を除く七人がウクライナの一団だった。髯面の男を含む三人だけがキエフからの要員だった。残りはパリの職業紹介所で斡旋された運搬作業員だった。木箱の中身については何も知らされていない。

「船長に舫を解くよう合図しろ。何があってもあわてるな。かならず成功する」

船が岸壁を離れようとしたとき、三人のウクライナ人は胸で十字を切り、手をあわせた。

トラックの到着からわずか二十三分。水際だった手並みだった。サン・マルタン運河のそこかしこで同じような積み込み作業が行われている。フランス国境警察は、標的のアンリエット号を見逃してしまった。

キエフからやってきた三人のうちのひとりは歴戦のつわものだった。十九の歳にソ連ミサイル師団の兵士として「アナドゥーリ作戦」に加わっている。あのキューバのミサイル危機の引きがねとなった核弾頭の輸送に携わった男なのだ。輸送船に中距離核ミサイルを載せ、カストロ支配下のキューバに持ち込んで、人類を核戦争の淵にまで追い込んだ作戦の生き証人だった。こんどは巡航ミサイルを北の手に渡して、東アジアの核危機を招こうとしている。

アンリエット号は、運河の水面を快調に滑り出していった。まず「バルエール」と呼ばれる市の門にさしかかり、その下をくぐり抜けていく。その昔、パリ市内に物資を持ち込む船はここで税金を徴収された。十八世紀の新古典主義の代表的な建築家、クロード＝ニコラ・ルドゥーの代表作といわれている建造物だ。早朝のため人影もほとんど見られない。

やがてアンリエット号はパリ十区にさしかかった。労働者たちの街だ。朝はみな早い。運河の畔でのんびりと釣り糸をたらしている男がいる。きょうは非番なのか、それとも失業者なのか。髭面の男がこの釣り人に鋭い視線を向けた。オレンジ色に塗られた釣り竿にじっと見入っている。貨物船は釣り人の前を通り過ぎていく。髭面の男がちいさくうなずいた。だが、それに気づいたものはいまい。それはほとんど目線だけのかすかな動きだった。

ウクライナの一団は、全長四・五キロのサン・マルタン運河の四ヶ所にこうして見張りを立てていた。オレンジ、緑、紫に塗り分けられた釣り竿を携えている。順に「異常なし」「異変あり」「作戦を中止せよ」の合図と、取り決めてあった。携帯電話や無線を使えば、電波を傍受される危険が高くなる。ウクライナ人たちが選んだのはもっともシンプルな連絡方法だった。

船はサン・マルタン運河の最初の水門に突き進んでいった。運河の上流と下流のセーヌ川には二十五メートルの水位の差がある。このためサン・マルタン運河にはあわせて九つの水門が設けられ、水位が調整される。水門はそれぞれ二ヶ所ずつ続いて設けられている。それぞれの水門では四メートルずつ水位が調整される。こうした工法は十九世紀のフランスで発達した。その頂点が、レセップスが開鑿《かいさく》したスエズ運河だった。だが海をつなぐ大運河も、全長がわずか四・五キロのサン・マルタン運河も、水門で水位を調節する基本的な仕組みは変わらない。

アンリエット号は、幅が八メートル、長さが四十メートルの閘門に船体を進めていった。水門のオペレーターは、船体がすっぽりと納まったのを見届けて、船尾の位置にある観音開きのマイター・ゲートを閉めていく。船は、船首と船尾をこのマイター・ゲートに挟まれて、ちょうどドックに閉じこめられた形となる。このとき進行方向の運河との水位の差は四メートル。船首側のゲートの注水口が開けられ、運河の水が一斉に川下に流れ出ていく。こうしてアンリエット号を閉じ込めているゲートの水位は少しずつ下がり始め、それに伴って船体もさがっていく。水門のオペレーターは、関門のなかの水位が行く手と同じになったのを確かめて船首側のゲートを開ける。こうしてアンリエット号は、連続して設けられてあるもうひとつの水門に進み、あわせて八メートルの水位を調節する仕組みになっている。

アンリエット号が最初の水門を通りぬけようとしていたそのときも、フランスの国境警察は、なお密輸団の足取りを摑みきれずにいた。

前線本部は、運河沿いのアルスナル・マリーナのヨット・ハーバーだった。そこで現場の刑事たちに檄を飛ばしていたのはジャック・マノー刑事部長だ。ベージュ色の背広にストライプの入った白いワイシャツ。ブルーのネクタイはおそらくラファイエット・ブランドだろう。値段も手ごろで無難なデザインで知られる。頭は禿げ上がり、つきでた腹の下にベルトが食い込んでいる。ちょっと見たところは、中年のセールスマン風なのだが、無線で部下を口汚くののしる様はやはり堅気の仕事とは思えない。

マノー刑事部長は、アメリカのシークレット・サービスとの折衝でもさかんに英語を使いたがった。ひどいフランス語訛りの英語なのだが、本人は流暢なつもりらしい。時間とともに貧乏ゆすりがひどくなっていく。前線の刑事たちを無線で次々に呼び出した。

「ラ・ビレットの貯水池にはボートに乗った刑事をもう一組張り込ませろ。地下鉄のスターリングラード駅の出口も見張りを増やせ。鉄道の北駅にもだ。乗降客で怪しいのがいたら徹底して尋問しろ」

マノー刑事部長は、これといった情報をつかめない不安に耐えられず、次々に戦線を広げつつあった。すでに問題の貨物船を取り逃がしてしまったのではないか――スチールの机にボールペンの先を小刻みに叩きつけていた。

サン・マルタン運河には日々おびただしい数の貨物船や観光船が往来している。国境警察がこれらの船へ一斉に臨検をかければ、ミサイルを取り押さえることができるかもしれない。だがそれでは、取り引き現場で待つ北朝鮮の一団を取り逃がしてしまう。巡航ミサイルを積んだウクライナの貨物船も、スイス・フランの札束を抱えた北朝鮮の一団も、一網打尽にというのが、米仏捜査当局の合意だった。

マノー刑事部長は再び無線を取りあげて大声をだした。

「水門の操作所にも捜査員を増やせ。通過する船の素性を徹底して洗ってみろ。不審な船があれば、水門を開かせるんじゃないぞ。すぐに俺に連絡しろ。船主や船の経歴を調べて打ち返す。いいか、それまでは疑わしい船を見つけたら放すんじゃないぞ」

眠っている水にはかたときも注意を怠ってはならない――。マノー刑事部長は、新入りの刑事にはこう訓戒を垂れてきた。眼前のひっそりとして静まり返った光景に欺かれてはならない。波穏やかにみえる水面の下でこそ、しばしばそら恐ろしい事態が音もなく進んでいる。重大な事件を抱えていないときこそ、安逸に流れてはならん。マノー刑事部長は、いま、眠っている水を前にして、大量の部下を現場に投入しているのだが、犯人たちのかすかな足跡すらつかめないまま時間が過ぎつつあった。

現場の統括責任者、マノー刑事部長にのしかかる心理的な重圧はしだいに限界点に近づこうとしていた。この捜査に何とか一枚かもうとする他の公安組織を退けて、今度の捜査をひとり占めにしただけに、国境警察にとっては断じて失敗が許されない。

マノー刑事部長の立てた配置図に従って、国境警察の刑事たちはサン・マルタン運河周辺で張り込みを続けていた。

「ホームレスになる連中は、かならずしゃれた犬を連れて行くんだぞ。ここらのホームレスはたいてい血統のいい犬をつれているからな」

刑事たちは指示通り、ラブラドル・レトリーバーやウェルシュ・コーギーなどを調達し、あたりを徘徊した。パリっ子は犬好きが多く、ホームレスには同情しないが、犬には心を寄せて小銭を恵む。このため、犬はホームレスの欠かせない商売道具にもなっている、というのがマノー刑事部長の説だった。

「自分が現場を取り仕切る以上、このパリでアメ公には断じて手出しはさせない」

マノー刑事部長は、こう豪語しながらも、ひりひりするような焦りで胃の腑が切り刻まれるようだった。

獲物

貨物船、観光船、そして警備艇。さまざまな船が「麗しきひとのアーチ」をくぐり抜けて下流に下っていく。アーチの上には男と女が黙って佇み、川面を見つめている。岸辺には老人がひとりベンチに腰掛けて木漏れ陽をあびていた。北ホテル界隈の常と変わらぬたたずまいを一台のテレビカメラが撮影していた。スティーブンが雇ったクルーだった。

「テレビクルーを急いで雇いあげたいんだ。ごくふつうのフリーランスのカメラマンがほしい。できれば気の利かない男を。我慢強くファインダーをのぞいてくれればそれでいいんだ」

パリに住むジャーナリストにこう声をかけた。

「スティーブン、あなたはラジオしかやらなかったんじゃない」

「君子ハ豹変ス」

「あい変わらず中国語も達者ね。ベルギー人にひとり、適当なのがいるわ。本人からあなたの携帯に電話させるわ。ところで何の取材」

「閑ネタだよ。カルネの『北ホテル』を扱った『シネマ紀行』のテレビ版を夏休み用のプログラムに仕立てている」

彼女は高名な中国学者を父にもち、北京で猫十二匹と暮らしていた変わり者だった。

カメラマンとサウンドマン。たった一人のスティーブンにとって、高解像度カメラのクルーはかけがえのない助っ人となった。彼らのテレビカメラに早速「ＢＢＣ」のステッカーを貼りつけ、即席のロケチームを編成した。

北ホテルの界隈なら、アマチュア写真家に混じって、カメラのファインダーから船を覗けば、疑われることなく相手を観察できる。

「僕らは映画『北ホテル』のドキュメンタリーを撮っているんです」

フロントにもそう説明しておいた。

「上流から下ってくる船だけを狙う。北ホテル前の水門に入ってくる様子をじっくりおさえたいんだ。とくに凝ったアングルで狙ってもらう必要はない。いってみれば土木工事の仕上げの模様をきちんと撮影して検査官に提出するといったカメラ・ワークが望ましい」

腕のいいカメラマンならこんなリクエストには不快な表情を見せるはずだが、このベルギー人は黙って頷いた。

「明日の早朝が本番だ。今夜はこの北ホテルで仮眠をとってほしい。いまから遊覧船に乗って運河沿いの風景をあまさず撮影してください。後ろの甲板に三脚を立てて、カメラを回し続けて。四十分のビデオテープを必要なだけ用意して、船から見た視点で河岸の風景のすべてをカメラに収めてほしい。上りは右岸を、下りは左岸を撮ってください」

スティーブンはその夜、カメラマンが撮影してきた映像を小さなモニターに映して、メモを取りながら細かく検証してみた。気になった箇所は何度も巻き戻して繰り返し見た。「帽子をかぶった丸顔の男」と「マトリョーシュカ」。河岸のコンクリートの壁に書かれた落書きである。帽子をかぶった丸顔から長い手足がにょきにょきと生えている。三ヶ月ほど前からサン・マルタン運河周辺にあらわれ、瞬く間に広がっていったという。落書きとはいえ、たくみな意匠を凝らしたその着想はいかにもパリの下町らしい。一方のロシア風の重ね人形も赤と黄色の色彩を巧みに使い分けてなかなかの筆捌きだった。

翌朝は、まだ薄暗い午前五時すぎにカメラクルーを起こし、午前六時前には北ホテルを出た。すぐ前の水門操作所の横にカメラの三脚を据えつけた。こうしてサン・マルタン運河を下ってくる船を狙う体制が整った。

アンリエット号が「麗しきひとのアーチ」付近に姿を見せたのは、午前七時過ぎだった。テレビカメラは船の全景を捉えている。カメラマンがファインダーをのぞき、サウンドマンがゼンハイザーのマイクを向け、そのすぐ脇にスティーブンが控えていた。

アンリエット号の舳先に髯面の男が立っていた。男は水門の手前で糸を垂れている釣り人にじっと見入っている。水門脇の木陰に卓球台が置かれてあった。二人の若者が軽快なフォームでピンポン球を打ち合っていた。

小型貨物船アンリエット号は、こうして北ホテルの前を静かに通りすぎていこうとしている。髯面の男の瞳はただ一点を凝視して動かなかった。なぜだろう——。スティーブンの記憶装置がめまぐるしく作動した。そう、あの眼は、写楽が描いた田辺文蔵だ。死を覚悟して、亡き主人の仇討ちに馳せ参じようとしている必死の形相。三世市川八百蔵演じる田辺文蔵の瞳も虚空のただ一点を見据えていた。

スティーブンはカメラマンにとっさに命じた。

「カメラをとめて。急いでいまの映像を巻き戻して。いま通り過ぎた船をチェックしたい」

地面に置いた小型モニターにかがみこみ、画面を覗き込んだ。

「ここだ」

髯面の男は、やはり視線をまっすぐに岸辺の釣り人に注いでいた。映像はひとつのフレームに男と釣り人を同時に収めていた。

「もういちど映像を巻き戻して。そう、さっきのところから再生して」

男と釣り人——。釣り人はオレンジ色の釣り竿から糸を垂らしていた。

「ファスト・フォーワード。そのまま送って」

やがて岸辺の木陰に据えられた卓球台と二人の若者を捉えた映像があらわれた。髯面の男は卓球に見入っている。

「ここだ。ストップ」

スティーブンがやや甲高い声で叫んだ。

ストップ・モーションがかかった映像は、ピンポン球が宙に浮いたままフリーズしている。ピンポン球もオレンジ色だった。

スティーブンは携帯電話を取りあげた。コリンズの緊急連絡用の番号を押した。

「監督か、ぼくだ。いましがた北ホテル前を通過していった貨物船があやしい。船名はアンリエット号。いいか、甲板にいる髯面の男の面を割るんだ。テレビカメラで撮った映像を携帯電話で送る。メールを受けとったら、大急ぎで容疑者ファイルのデータと照合してくれ」

「船主の線から手がかりはつかめないか」

「この急場じゃ間に合わない。髯面の男が優先だ。やつらは船と岸壁の交信をオレンジ色でやっている。岸辺のペアのピンポン球。釣り人の竿。どっちもオレンジ色だ。妙な偶然だとは思わないか」

「スティーブン、助かった。感謝するよ。早速、フランス国境警察に動員をかけさせて、船を徹底的にマークする」

「きのうカメラで撮った映像といまの様子をこれから見較べてみる。何かあたらしいシグナルを見つけたらまた連絡する。まず男の映像を送るので調べてみてくれ」

スティーブンはカメラマンにいった。

「『麗しきひとのアーチ』にカメラを据えて左岸に見える帽子をかぶった丸顔の落書きを二十倍

の望遠レンズで狙ってほしい」

「ベージュ色のビルのすぐ下、河岸に描いてある丸顔でいいですね」

「それだ、ぐんとアップでおさえて」

スティーブンはアーチの上でモニター画面を覗きこんだ。昨夜見た「丸顔の男」は耳のすぐ脇から両手が水平に伸びていたはずだ。きょうの「丸顔の男」は何者かによってすでに描き変えられていた。両耳から伸びた手が四十五度の角度で上に伸びている。ウクライナの一団が「オペレーション続行」の符牒としたのだろうか。右岸の「マトリョーシュカ」もチェックしてみたが変化はなかった。

このときアンリエット号は、サン・マルタン運河のほぼ中間にある「神の道の回転橋」に差しかかっていた。ふだんは運河の上に道路が渡されて、車が両岸を往き来している。だが、船が近づくと交通は遮断され、運河のうえを跨いでいた道路が大きく回転して航路を開き、船の往来に道を譲る仕組みになっている。

「神の道の回転橋」から三十メートルほど下流に釣り人がいた。犬を連れたホームレスの捜査員が、釣り竿がオレンジ色であることを確認した。マノー刑事部長に急報している。

「貨物船がわれわれに感づいたという様子は窺えません」

アンリエット号は、フランス革命の発祥の地、バスチーユの監獄跡にさしかかろうとしていた。サン・マルタン運河はここから地下水路としてパリの街中を潜っていく。長さは千八百五十三メートル。アンリエット号の行く手にはサーチライトを思わせる光が何本も降り注いでいた。石造りの天井に満月を思わせる円形の天窓が五十メートルごとに造られ、そこから陽の光が差しこみ、川面を円形に輝かせていた。これが地下水道の「光のアーチ」だった。フランスの捜査員が頭上のリシャール・ルノワール通りに張り付いて、アンリエット号が通過していく様子を捜査本部に次々に通報している。

捜査員たちが天窓から天窓へと次々に移動しながら、この髯面の男を監視したなら、その表情がしだいに険しくなっていったことに気づいただろう。輸送作戦が終盤に近づいているからか、危険が迫っていることに感づいたのか。前方に小さな明かりが見えてくると、髯面の男の瞳は異様な輝きを加えていった。地下水路は終わろうとしていた。

アンリエット号は、捜査本部の置かれたヨット・ハーバー、アルスナル・マリーナを横目に見ながら通り過ぎていった。捜査員たちはカーテンのかげに身を隠して、疑惑船が進んでいくのを息を潜めて見守っていた。ヨット・パーカーを着こんだ捜査員が小型ヨットの船縁に腰掛け、マノー刑事部長から指令がでれば貨物船に飛びのる構えをみせていた。

ワシントンから乗り込んできたシークレット・サービスのオリアナ・ファルコーネ主任捜査官も、この捜査本部の一角に陣取っていた。傍らにいるマイケル・コリンズ捜査官と時おり話をするほかは、ほとんど口をきこうとしない。突然立ちあがると、コリンズを促して捜査本部を出た。

「マイケル、サン・マルタン運河とセーヌ川の合流点にいきましょう。スティーブンとのホットラインだけは開けておいて」

捜査を邪魔するなというマノー刑事部長の視線を無視して捜査本部を抜け出した。

ちょうどそのころ、船を貸したハンチング帽の男が、いきなり自宅に踏み込んできた捜査員から手厳しい追及を受けていた。

「知りあいの紹介で一日契約でチャーター船を仕立ててやっただけだよ。俺はやばい仕事には一切手を出しちゃいない」

「荷主は誰なんだ。名前を言え」

「よく知らねえ。なんでも香港からの移民だとかいってたぜ。俺が船を用立てたのは香港の奴だよ」

「嘘をつけ。お前の船に乗っているのは、香港の連中じゃない。ウクライナ人だ」

「俺は、そんな奴ら知らねぇ、ほんとうだ」

北朝鮮の一団は、セーヌ川の河畔に古びた貨物船を傭船して、チャーター船の到着を待ち受けていた。船籍はパナマ、排水量は七百トン。香港から来た船長を頭に、乗組員はフィリッピン人とレバノン人を含めた総勢九人だった。

サン・マルタン運河から下ってくるチャーター船と合流し、しばしセーヌ川をランデブーしてパリ市内を抜け出す手はずになっていた。そしてはるか下流にある河口の港町ル・アーブルを目指す。このセーヌ川ルートなら当局の眼を巧みにかわして大西洋に抜けられる、と彼らは読んでいた。

アンリエット号はサン・マルタン運河とセーヌ川を隔てる最後の水門を通過して刻一刻とランデブー・ポイントに近づいていった。北朝鮮側が配していた見張りの要員はたったふたり。スケッチブックを手にした女画学生。長い髪に隠れた右耳に携帯電話のイヤフォンが差し込まれていた。いまひとりはボヘミアンの若者。一目でゲイとわかる。このふたりを最後の水門脇に立たせて、巡航ミサイルを積んだチャーター船の到着を見張らせていた。画学生が貨物船の船長にそっと呼びかけた。

「いま最後の水門を通過しつつあります」

ミサイルを積んだチャーター船が貨物船と併走しはじめる瞬間――。

フランス国境警察の首脳陣は、これを合図に水上警備艇の出動を命じる態勢を整えていた。七隻の警備艇がひそかに配されていた。

アンリエット号は、パナマ船籍の貨物船にするすると近づき、舳先に立っている髯面の男が右手を挙げた。

そのときだった。セーヌ川には時ならぬサイレンが鳴り渡った。河畔を散策していた人たちが、一斉に振り向いた。

警備艇群は、武装したフランス国境警察の捜査員たちを乗せ、貨物船とチャーター船の双方に殺到していった。

警備艇がスピーカーで呼びかけた。

「そこの二隻は直ちに停船しなさい。エンジンを停止させなさい。命令に従わなければ銃撃する。警告する。停船命令に従わなければ銃撃する」

銃を構え防弾チョッキに身を包んだ捜査員たちがまずチャーター船に乗り移って叫んだ。

「両手を挙げて動くな。動けばただちに撃つ」

乗組員たちはデッキに引き出されて、拳銃を隠し持っていないかひとりひとり徹底した身体検査を受けている。髯面の男は、この期に及んでもなお守護神「リャザン」に祈りをささげている。職業紹介所から調達された作業員たちは口々に捜査員に訴えた。

「俺たちはただ積み込みの作業をしただけだ。なんにも悪いことなんざしていねぇ」

「うるさい、黙れ。言い分は署のほうで聞いてやる」

捜査員の別の一団が船倉めがけて雪崩れ込んでいった。木箱を覆っていたテント地がまず引き剝がされた。続いて、鋼鉄のバールを持った捜査員がふたりで木箱の蓋をこじ開けた。厳重な梱包が破られ、真っ白に塗られた金属の一部が顔をのぞかせた。蓋がすべて取り払われると、全長八メートルに及ぶ巡航ミサイルが姿をあらわした。周りをぐるりと取り囲んだ捜査員たちからため息に似た歓声があがる。この瞬間まで、獲物が何であるか、現場の刑事たちには知らされていなかったからだ。

フランス国防省から派遣されたミサイル専門家が機体の詳しい点検にとりかかった。

「ウクライナ製の巡航ミサイルX55に間違いありません。アメリカの巡航ミサイル・トマホークに匹敵する新鋭ミサイルです。ウクライナ側がフランスへ売り込み攻勢をかけてきた時、東ウクライナのミサイル工場に招かれて実物を見たことがあります」

軍事関係者の前にはじめて姿を見せた獲物に、専門家も顔を上気させて興奮気味だった。

「乗組員の身柄を国境警察の取調室にすぐに移せ。うるさい記者連中がやってくる前に裏口からそっと連れて行くんだ」

現場に駆けつけたマノー刑事部長は小鼻を膨らませて、逮捕した連中の扱いを部下に指示していた。

フランス国境警察の連絡調整官は、ワシントンへの直通電話を取りあげて叫んだ。

「奇襲にいましがた成功しました」

そして、コリンズを振り返って微笑んだ。

「いや、おめでとう。米仏の連携がこんな戦果を生んだのは久々のことです。明日のル・モンドの見出しが楽しみですな。獲物は、なんとウクライナ製の最新鋭巡航ミサイルX55だったんですから」

コリンズは、オリアナ・ファルコーネを捜査本部の片隅に連れ出して、低い声で告げた。

「ウクライナ製の巡航ミサイルX55は確かに捕獲しました。しかし、肝心なものを取り逃がしたようなんです」

「肝心なものというと」

ファルコーネは眉間にしわを寄せた。コリンズは早口で言った。

「巡航ミサイルの頭脳ともいうべきミサイル誘導装置と心臓に当たるエンジン・ローターがすっぽりと抜きとられていたらしいんです」

ミサイル誘導装置は、衛星から信号を受け取って巡航ミサイルを標的に誘導していく触角の役割りを果たす。一方のエンジン・ローターは、ジェット・エンジンの回転数を巧みに調節するハイテク機能の中枢である。その二つをすっぽりと抜かれてしまっていたのである。

ヨットハーバー「アルスナル」に臨時の記者会見場が設けられ、内外のジャーナリストを招いてプレス・ステートメントが麗々しく発表された。ブリーフィングをまかされたマノー刑事部長は、ホワイトボードを用意させてこんどの逮捕劇について滔々と説明した。

「内偵にあたった国境警察の捜査員がチャーター船の船主をいち早く特定したのが決め手となりましたな。われわれは、北朝鮮のエージェントの足取りもちゃんと摑んでおったのですが、取り引きの決定的な現場を押さえるため、まあ、泳がせておいたというわけです。二兎を追えば二匹とも取り逃がしてしまう。こんな凡庸なたとえで私の捜査方針を批判する声は捜査本部のなかにも確かにあった。こうした大捕り物では、はやる一線の捜査官を抑えるのは、暴れ馬を御するよりよほど難かしい」

マノー刑事部長の会見の様子を脇から見守っていたオリアナ・ファルコーネは、終始、無表情だった。虚飾に満ちた記者会見に、冷ややかな視線を投げかけていた。

マノー刑事部長は満面に笑みを浮かべながらこう会見を締めくくっている。

「そうそう、みなさん、記事のご参考までに申しあげますが、これほどの捕り物でしたから、われわれはサン・マルタン運河にちなんで『アトモスフェール作戦』と呼んでいました。それではこれで」

マノー刑事部長は、腕時計に眼を落として、にやりとした。このぶんなら、愛人と出かけることになっていたオペラのチケットを無駄にせずに済むかもしれない。

スティーブンは、コリンズを誘ってサン・マルタン運河のほとりを歩いていた。

「それにしても、フランス人の修辞能力にはほとほと感心させられる。こんどの作戦をアトモスフェールと呼ぶところなどまったく脱帽だ」

コリンズは冴えない表情で尋ねた。

「アトモスフェールは、例の映画からとったんだろう」

「ああ、『北ホテル』の映画で、ニヒルなエドモンが情婦に別れの言葉をつぶやくんだ。『お前はもう空気のような、アトモスフェールな存在に成り果てた』って。肝心なブツと思って取り押さえたミサイルは、まさしくアトモスフェールな、中身のない虚ろな代物だった。じつに絶妙なネーミングだろう」

「スティーブン、荷物の受け渡しは型どおりやってのけた。だが、肝心のブツは抜いてあった。いったいこれはどういうことなんだ」

「ルーズベルトの陰謀説を信じたくなってきたな。大統領は、アメリカの世論を参戦にひきこむため、真珠湾の奇襲を事前に知っていながら、現地の太平洋艦隊には知らせようとしなかった。だが、空母機動部隊だけは演習を名目に真珠湾から脱出させた。有名なコンスピラシー・セオリーだ」

コリンズは、「ルーズベルトの陰謀」にこと寄せて語られたスティーブンの見立てを、平易に解読してみせた。

「つまり北の司令部は直前になってこの作戦が当局に摑まれていることを知った。だが、作戦を中止してしまえば、情報がどこかから漏れていることがわかってしまう。だから、肝心のブツだけは温存し、ドンガラの取り引きはやって見せたということか。ウクライナの最高幹部たちは、北朝鮮と二重の取り引きをしながら、髯面の男には危険が迫っていることをついに教えなかった。見殺しにしたって訳だ」

「危機が迫っていることを急報した情報源はよほど大切だったということだろう。作戦は予定通りに実行して、逮捕者まで出したんだからな。虎の子のスイス・フランも差し押さえられている。情報源は、それと等価のダイヤモンドだったということだ」

極秘であるべきインテリジェンスがどこかで漏れている――。フランス、アメリカ、イギリス、日本のどこかに「モグラ」がいる。

早くもワシントンでは、ファルコーネ主任捜査官の指示で、情報経路の徹底した洗い直しが始まっていた。コアになるインテリジェンスにアクセスできた関係者はほんの一握りだった。シークレット・サービスにとっては本来の守備範囲を超えたオペレーションであり、アメリカの司法権を超えたいわゆる「域外適用」だったからだ。漏らす価値のある情報――、それはファルコーネとコリンズの二人以外は持っていなかった。米政府の内部には疑惑の人物が存在する余地はなかったのである。

フランス側はどうだろう。作戦を担ったのがほかならぬカウンター・インテリジェンス組織であり、現に防諜には水も漏らさぬ体制が敷かれていた。そもそも、漏らすに値するインテリジェンスなど、作戦の終結間際まで渡されてはいなかった。末端の捜査員たちは積荷が麻薬だと信じていた。

コリンズと別れたスティーブンは、ひとり運河の左岸沿いを歩いて北ホテルに帰ることにした。サン・マルタンの川面はさまざまな人の影を映し出している。そのひとつひとつに見入っているうち、それはいつしか一連の出来事に登場したプレーヤーたちと二重写しになり始めた。

「このなかにモグラがいる――」

気づかぬうちに時雨模様になっていた。サン・マルタンの川面は煙り、チェスナットの葉が雨に打たれて揺れている。川岸には色とりどりの雨傘が行き交っていた。スティーブンは、濡れたまま「麗しきひとのアーチ」を目指して歩みを速めた。

アメリカの同盟国であるイギリスと日本はどうだ。英国秘密情報部にはまだ初歩的な報告すらしていない。これでは漏れようがない。だが、ロンドンから情報が抜けていった可能性はあったかもしれない――。スティーブンは、北ホテルへとひた走った。

こんどのパリ出張は、ロンドンのプロデューサーとカメラの手配を頼んだ中国通のフランス女性のほか誰にも知らせていない。BBCの東京支局には、『パノラマ』の担当者からの取材依頼で急遽ヨーロッパに飛ぶが、行き先は一切言わないように釘をさしてある。湯島のサキには居所を明かしていない。東京の情報管理に抜かりはないはずだった。

北ホテルの階段を二段ずつかけあがって、十六号室からBBCロンドンへ電話を入れた。

「スティーブンです。『シネマ紀行』の途中経過をちょっと報告しておこうと思いまして」

「よお、君らしくもないが、いい心がけだ。逢引きに忙しくて、うまくいっていないのか。締め切りを延ばしてほしいんだな」

「違います。素材のテープはまもなくロンドンに全部届くはずです。ところで、僕の居所を尋ねる電話はなかったですか」

「ああ、かかってきたよ。残念ながら、男だったたな。ロンドンに出張で来たとかいっていた。君ところで会えないかと聞いてきた」

「どんな話し方の人でしたか」

「スタンダードな英語だった。おそらく、イギリスの大学で勉強したアジア系の人だと思う。名前はきちんと名乗っていた。うーん、日本人風だったが、すまん、思い出せない」

「それでなんて答えたんです」

「スティーブンはロンドンじゃない、パリだって教えてあげたぜ」

「それだけですか」

「君は『シネマ紀行』で『北ホテル』を取りあげるので、現地で取材中だと話しておいたよ。でもパリジェンヌと一緒のところを邪魔されてはたまらないだろうから宿は言わなかったぜ。もっともぼくも知らないんだから教えようもない」

「それだけですか」

「そうだよ。ずいぶんと感謝してたよ」

スティーブンは「あたりまえだ」と叫びそうになったが、ぐっと言葉を呑みこんだ。

自分の行動の軌跡を追っているものがどこかにいる——。スティーブンは、麻子に託しておいた手紙を、やはり高遠希恵に届けてもらおうと心をきめた。

モグラ

槙原麻子は、官房副長官の応接室でひとり次官会議の終了を待っていた。ライトグレーのパンツスーツ姿だった。細身のアルマーニをマニッシュに着こなして、ソファーに腰掛けている。

次官会議から戻った高遠希恵は、麻子の洋服姿を眼にして「あら」という顔をした。麻子はすっくと立ちあがって頭をさげた。

「先日はお忙しいところをリサイタルにいらしていただいて、ありがとうございました。お仕事中と存じますので手短に用件をお話しさせていただきます。じつはスティーブン・ブラッドレーがヨーロッパに発ちます前に、わたくしに手紙を託しておりました。きのうまでに連絡をしない場合は、ご都合を伺って速やかに手紙をお届け申し上げるようにと、秘書官の方の連絡先を置いて出かけました。出先からは特に連絡がありませんでしたので、きょうこうしてお届けにあがりました」

麻子は黒のショルダーバッグから一通の手紙を取り出して、応接テーブルのうえに差しだした。そして一礼して立ちあがろうとした。

「麻子さん、ちょっとお待ちになって」

高遠はそういうと、封書を手にとった。裏にはスティーブン流の花押なのだろう、毛筆で封緘がなされていた。それを見つめる高遠の眼光が一瞬鋭くなった。

高遠はおもむろにペーパーナイフを取りあげて封を切り、手書きでしたためられた英文を一気に読み終わった。

「スティーブンから連絡があったら『承った』と伝えてください。麻子さん、あなたの連絡先も教えてちょうだい。もし心配なことがあったらいつでもかまわないわ。秘書官にはあなたのことを言っておきます。二十四時間いつでも連絡がつくようになっていますから」

麻子はファイロファックスの手帳を取り出すと、メモ用紙を一枚抜き取り、ボールペンでさらさらと自分の連絡先を記して、高遠に手渡した。

「彼に何かあったのでしょうか」

麻子は不安げな表情を見せた。

「スティーブンは大丈夫。もうすぐ元気であなたのもとに戻ってくるわ」

麻子が帰ると、高遠はインターフォンを取りあげて秘書官を呼びつけた。

「外務省の官房総務課長にすぐ連絡をしてください。ファイリング・センターにこれから向かいます。鍵を持って扉の前で待っているよう伝えてください。課長がいなければ首席か総務班長でもかまいません。緊急の案件だと伝えて。事情は私から直接お話しします。車の手配をお願いします」

「承知しました」

「それと、もうひとつ」

高遠は退出しようとした秘書官を呼び止めて、槙原麻子が書きつけたメモを渡した。

「警察庁の公安部長と連絡を取って彼女の詳しい前歴を照会して。様子がわかったら至急報告をお願いします」

官房総務課長は総務班長を従えて、ファイリング・センターの入り口で高遠を待ち受けていた。

「閲覧の申請はあとでさせてもらいます。極秘扱いの公電の閲覧簿をすぐに出してください。この間、私がここに来た以降、ファイリング・センターに入ったのは誰か。そのリストと日付を知りたいんです」

その後の閲覧者はあわせて九人だった。リストの四番目に「瀧澤勲」の名前があった。閲覧が申請された公電の項目は、APEC首脳会議に関するごくありふれたものだった。この程度の書類をアジア大洋州局長自らが出向いて検索するはずはない。

高遠は総務課長を伴って、ファイリング・センターのエレベーターを降りていった。日朝交渉の収納棚にまっすぐ歩いていく。

「ここを明かりで照らして」

高遠は棚に近づいて文書フォルダーの一冊にじっと見入ったままだ。

「わたしが書類を見た後で誰か触った人がいるわ」

「どうしてそれが」

「髪の毛をこうしてフォルダーの間に挟んでおいたのよ。書類に触ったひとがいればすぐわかるようにね。指紋も残っているはずだわ」

モグラはほんの一瞬だが、ついに穴倉から顔を覗かせたのだ。

「スティーブン書簡」は、一切の修辞を排して、明晰にして簡潔だった。

北朝鮮は、ウクライナ製の巡航ミサイルX55を欧州の地で入手しようと動き始めている。この作戦に臨んで北朝鮮は、さる日本政府高官をしてアメリカの動向を探らせる挙に出るものと思われる。この高官は、北朝鮮指導部の信任を得たカウンター・パートとの間で極秘のチャンネルを数年にわたって持ち続けてきたと推察される。ミサイル取り引きをめぐって、アメリカ側のインテリジェンスが北朝鮮側に漏洩したと見られる場合には、わが西側同盟に潜む『モグラ』の存在が裏づけられると断じざるをえない。

書簡には最後に追伸の形で短いメッセージが添えられていた。

これよりパリに飛びます。私の身辺もすでに北朝鮮側の監視下に入っていると考えざるをえません。私自身は万全の備えで臨みますが、この手紙を託した麻子の身辺にも危険が及ぶ恐れをなしとしません。なにとぞ、麻子をよろしくお願い申しあげます。

日本外交の内側に巣食っていた病巣をたったひとり追い続けていた高遠希恵。ウルトラ・ダラーの闇に挑んだスティーブン・ブラッドレー。この二人は、モグラをはさんでいまや至近の距離にいた。

拉致

北ホテルの十六号室の電話が鳴った。スティーブンは、東京への帰り支度の手を休めて受話器をとった。

「『麗しきひとのアーチ』の伝言板を見ろ」

フランス語だった。

スティーブンは、階段を駆けおりてホテルの玄関をでた。

ピンク色のポスト・イットが伝言板に張られていた。

「01・44・65・76・31に至急電話をしろ」

紙切れをはがすと十六号室に駆けあがって受話器に飛びついた。

この番号の末尾4桁のうち、最初の二桁には二を足し、最後の二桁には一を足す――そうすべきかと一瞬戸惑った。だがコリンズからの伝言ではありえない。ポスト・イットをはがしている様子も誰かが遠くから監視していたにちがいない。指定された番号をそのまま回してみた。

「アロー」

こんどもフランス語だった。

「伝言をみた」

こちらは英語で応答した。

「アトモスフェール作戦からすぐに手を引け」

相手は依然フランス語だった。

「誰だ、正体を明かせ」

「槙原麻子の身柄は預かった。プロの手並みは知っているな」

「何がほしい。条件をいえ」

「いっただろう。いますぐすべてから手を引け。これ以上の詮索を続ければ、麻子の命はない」

電話はプツンと切れた。

受話器を持った手が強ばった。指先のかすかな震えがとまらない。わけもなくヴォクソールの面接官たちの顔が脳裏をかすめていった。あの時。彼らと言い争ったまま席を立っていれば、麻子をこんな危険にさらさずに済んだはずだ――スティーブンは自らに言い知れぬ怒りを覚えて受話器をたたきつけた。

その受話器を再び鷲摑みにして、麻子の携帯電話を鳴らしてみた。

「おかけになった電話は、現在電波の届かないところにあるか、電源をきっているか……」

テープの声が繰り返されるだけだった。

スティーブンは、とっさに官房副長官付き秘書官の番号を押していた。高遠が電話口に出てくるまで永遠に待たされているような気がした。秘書官の落ち着いた英語を耳にして、自分がいつになく英語で呼びかけていたことにはじめて気づかされた。これまでの作戦は、わが身から遠く離れた戦さに過ぎなかったのかと苦い思いがこみあげてきた。

「お待たせしました。高遠です」

「BBCのブラッドレーです。パリからおかけしています。正体不明のものから電話で『麻子の身柄は預かった。プロの手並みは知っているな』と告げられました」

「それだけですか」

「『いますぐすべてから手を引け。これ以上の詮索を続ければ、麻子の命はない』と。フランス語でした。ネイティブのフランス語ではなかったように思います。急いで麻子の無事を確認してください。学芸大学のマンションか赤坂の稽古場か、どちらかにいるはずです。恐縮ですが、ひとをやっていただけますか」

「スティーブン、落ち着いて。私も全力を尽くします。いつでも電話連絡が取れるようにしておきます。あなたも身辺には気をつけて」

高遠の打った手はすばやかった。警視庁の警備部長を電話で呼び出して槙原麻子の身辺警護を要請し、学芸大学と赤坂に所轄署の刑事を急行させた。

だが、すべては手遅れだった。

その一時間まえ、赤坂の稽古場には黒塗りの車が横付けしていた。

「警視庁外事課のものです」

男は麻子に警察手帳を見せた。

「緊急の用件で参りました。パリでスティーブン・ブラッドレーさんが、事故に遭われました。上着に入っていた手帳に槙原さんの連絡先が入っておりましたので、パリの日本大使館経由で私どもに連絡が入りました。続報は警視庁に来るとおもわれますので、ご足労ください。警察の車が外で待っております」

はしばみ色をした縮緬の着物を身につけた麻子は、篠笛が入った布袋とバッグをもって飛び出した。赤い糸が両端に巻かれた篠笛を左手でぎゅっと摑み、車のドアに手をかけた。ガラス窓には黒っぽいスクリーンがかかっていた。後部座席には短い髪の男が待ち受けていた。

何かおかしい——そう感じた直後に、エーテルの匂いが鼻を突いた。


北ホテルの十六号室では、スティーブンがベッドに腰掛けたまま、天井の一角についたしみを見つめていた。両手はかたく組み合わされて膝の上に置かれている。電話の声が耳に残っていた。麻子は彼らの手に落ちたのだろう。

スティーブンは、痛恨の思いで瀧澤とのやり取りを反芻していた。

瀧澤にぶつけたＢＢＣ「パノラマ」情報。それが端緒だった。瀧澤は、スティーブンが示したこのカードを逆手にとって、シークレット・サービスの動きを探り始めた。そして、あの「消えた七人」のインテリジェンスが決定的なヒントを与えてしまったのだ。

じつはオクラホマの友人がちょっと意外な話を聞かせてくれましてね。

スティーブンは、「消えた七人」のインテリジェンスをこんな風に打ち明けた。あのとき瀧澤は表情をまったく動かさなかった。それをプロの外交官のたしなみとうけとったのだが、スティーブンは読み間違っていた。

膨大な数にのぼる都内からの行方不明者を、数年の単位で同じ職業や年齢層でくくって、ひとつの結論を引き出すのは、あまり論理的なやり方だとはおもわないな。

瀧澤は、こう応じることでこちらが持っているインテリジェンスの深度に探りを入れてきた。

失踪事件が起きたときには、例外なく東京湾内には国籍不明の工作船が出没していた。この事実を在日アメリカ海軍の情報部が摑んでいた。

このひとことが致命傷だったのだ。敵はこれ以後スティーブンを最重要の監視対象にしたはずだ。「ワシントンのこぶりな情報機関にいるオックスフォード時代の旧友」の名は難なく割れてしまったに違いない。松栄亭での初めての出会いからBBCロンドンのプロデューサーへの電話まで、すべての出来事が異なる相貌を見せ始めた。

「ああ」

スティーブンはわれ知らず呻き声をあげ、髪をかきむしった。不意に、いつか聞いた麻子のやわらかな中国語が脳裏によみがえってきた。

麻子を救い出すには一刻の猶予も許されない、すぐに東京へ戻らなければ――こう心にきめたスティーブンは、慌しく北ホテルをあとにした。

「麗しきひとのアーチ」では、菜の花色の傘のもとで、肩を寄せ合う男女が水門に滑り込んでくる船に見入っていた。

エピローグ

一

小さな美術館を思わせる瀧澤邸は、渋谷区松濤一丁目の閑静な住宅街にあった。外壁はコンクリートの地肌をそのままに、三階建ての屋上には厚い磨りガラスの塀を巡らした瀟洒なたたずまいだった。

東京地検特捜部の検事、杉浦俊介は、瀧澤邸のすぐ脇にある間口五メートルほどの大山稲荷に詣でている。賽銭箱に百円玉を投げ込み捜査の成就を祈願した。そのあと、検察事務官を引き連れて、インターフォンを押して来意を告げた。午前六時十七分のことだった。

「東京地検特捜部の杉浦検事です。瀧澤アジア大洋州局長はご在宅でしょうか」

「主人は一昨日から出張に出ております」

「それでは玄関を開けていただけますか」

夫人の泰子はすでにこの瞬間を覚悟していたのだろう。薄化粧をし、濃紺のワンピースを身につけて玄関に姿を見せた。昨夜からほとんど眠っていないのか、その貌《かお》は青白く、前髪が額にかかっていた。

杉浦検事は背広の内ポケットから「国家公務員法違反容疑」の家宅捜索令状を泰子に示した。

「恐縮ですがお宅を捜索させていただきます」

杉浦検事は後ろに控えていた検察事務官を振り返って捜索の開始を促した。

泰子は無言のまま彼らを迎え入れた。

「瀧澤夫人にお話を伺いたいと思います。後ほど検察庁までご足労願います」

「妖刀村雨」と呼ばれる切れ味の鮮やかな交渉スタイルで、国家の首脳をも幻惑して危険な賭けに引きずり込み、将来の外務事務次官への道を歩んでいた実力派アジア大洋州局長に、いま破局が訪れようとしていた。

司直の手が身辺に迫ることを察知していたのだろう。このとき瀧澤は、関西新国際空港からバンコク経由でミャンマーの首都ヤンゴン行きの旅客機に搭乗していた。一般旅券を使っての渡航だった。瀧澤がミャンマーに入ったことは確認されたが、そこで足取りが消えている。

東京地検は、外務省のアジア大洋州局長室にも係官を差し向けていた。だが、すでに室内は、後任局長の着任を待ちうけているといった風情だった。私物はきれいに片づけられ、重要書類も整然と所定の棚に置かれ施錠されていた。国家の機密を漏洩した痕跡など、どこにも残されてはいなかった。星野監督のサインが入ったボールが棚にたったひとつ残されていただけだった。

杉浦検事に率いられた自宅の捜索チームは、瀧澤の書斎にあった手書きの覚書や日程表、それに外務省から持ち帰った公電類など、あわせて二百点あまりの証拠物件を押収しようとしていた。

だが、機密の度合いが高い重要な公電はどこからも見つからなかった。残されていた公電やその複写は、いずれも交渉の日程を記した事務連絡に近いものだった。にもかかわらず、右肩に「秘」と印が押してある公電からは、秘の印が丁寧にハサミで切り取られてあった。これらの公電は、形式的にはなお国家の秘密であり、その扱い如何では罪に問われかねない。瀧澤は、検察の攻めの手口を読んで、慎重に処置したのだろう。役人らしからぬ太っ腹な行動で知られた瀧澤も、極秘の公電の扱いには細心の注意を払っていた跡が窺われた。

家宅捜索を指揮していた杉浦検事は「おや」と思って、その茶色い大型の封筒に眼をとめた。執務机の引出しの奥にそれは収められていた。急いで中身を改めてみた。

縦書きの便箋には「スティーブン・ブラッドレー殿」と日本語でしたためられていた。知人に宛てた瀧澤の書簡だった。杉浦検事は立ったままこの書簡に眼を走らせた。レターヘッドに「瀧澤勲」と灰色の文字が刷りこまれた和紙の用箋に万年筆で文字がびっしりと刻まれていた。文字にも文章にもいささかの乱れもない。杉浦検事は、検察事務官を呼んでこの長文の書簡を渡し「証拠書類二十三番」と記入させた。

スティーブン・ブラッドレー殿

いつものようにスティーブンと呼びかけさせてもらいましょう。この書簡がなぜあなたに託されたのか、意外に思われるかもしれません。私がここ数年にわたって遭遇した出来事の輪郭をよく知り、しかも英国人という立場で事態を冷静に見てきたスティーブンになら、私の心のうちをありのままにお話しできそうだと思ったからです。

まず私の生い立ちをお話ししておきましょう。私の父、瀧澤武は、その日の食事代を稼ぎ出すのがやっとといった貧しい整体師でした。仕事場兼住宅は、鶴橋に程近い舟橋でした。大阪の庶民がキムチを求めるならここといわれる界隈です。私はこの舟橋の家で生まれ育ったのです。自宅というのは、一階が父の診療所、二階が住居というつましいものでした。二階は六畳と四畳半の二間きり、それに小さな台所がついていました。

物心ついた頃から、一階の診療所で父が整体マッサージをするのを見ながら、ひとり遊びをする子供でした。自分が二階にいることを母がなんとなく疎ましく思っているのを子供心にも敏感に感じ取っていたからかもしれません。

あれは四歳か、五歳になったばかりのときだったでしょうか。子供の眼にもはっとするほど面立ちの鮮やかな女性が、父の診療所を訪ねてきました。この美しい女性が整体師だったのか、それとも父の患者だったのかは定かでありません。この女性の面影がいまもはっきりと脳裏に焼きついているのは、私をみつめるそのやさしい眼差しのゆえでした。

そのひとは診療所を訪ねてくるたびに、洋菓子を私に手渡してくれました。あの当時、舟橋の子供たちにとっては鶴橋駅のガード下で食べるキムチ入りの焼きそばが、一番のご馳走だったものです。白いクリームがたっぷりとのったそのケーキは、舌がとろけそうなほどおいしかったことを覚えています。

父はこの女性が訪ねてくるとたちまち上機嫌になりました。そして、その菓子をもって友達のところに遊びにいってこいと私を追い払うのでした。このケーキを母には見せたくなかったのでしょう。そんな父の気持ちを察した私も家では白いケーキの話はしませんでした。

私は、地元の中学、高校をへて大学に入るため上京し、やがて外務省に入省しました。八〇年代半ばにワシントンに在勤していた折のことでした。父が肺がんに冒され、担当医から「あと三ヶ月と覚悟してください」と宣告されたという連絡を家族から受けとりました。私は日米の構造協議をめぐる交渉で一時帰国した際、さっそく父を病院に見舞ったのでした。

がっしりとした体格だった父が、ずいぶんと衰弱して小さくなってしまっていました。そんな父が私の手をとり、眼にいっぱいに涙を浮かべて告白したのです。

「おまえに話しとかなあかんことがある。おまえの実の母親はな、あの白いケーキのひとや」

そして、その実の母親という人が、いま天王寺の老人ホームに入っている事実を告げ、「いっぺんだけでいい。顔をみせにいってくれ」と懇願しました。日本名は春山喜久子。朝鮮名では李仁花。「舟橋のかあちゃんにはなんも言うたらあかん」と何度も繰り返していました。

私は父を見舞ったその足で、教えられた天王寺の老人ホームを訪ねたのでした。老人ホームの談話室で面会したこの女性は、あの白いケーキのころに比べるとずいぶん歳はとっていましたが、かつての秀麗な面差しを偲ばせるものをなおとどめていました。そして、その瞳の奥深くには、何事かを志した人間のみが持つ炎の残り火を宿していたように思いました。

彼女は、すべてを察していたらしく、凛とした威厳を保ったまま私を迎えてくれました。

「勲さん、もう二度とここを訪れてはいけません。まずそのことを約束してください。あなたにとって、私の存在は決してためになりません。あなたなら、きっと近い将来、さらに重要な地位に進んで、責任の重い仕事を任せられることになるでしょう。あなたには、なんとしてもやり遂げてもらいたいことがあるのです」

こう語る女性の瞳は、もはや生みの母親のそれではなく、自らの信条にすべてをささげて悔いない人のそれだったように思います。それはかつて上海の革命記念堂で見た、貧民窟の子供たちとともに在った宋慶齢の面差しを髣髴とさせるものでした。

「勲さん、私は数奇な運命の糸に導かれて日本にやってきました。そして在日の同胞の暮らしぶりを目の当たりにしました。彼らの多くは、戦前から戦中にかけて日本国内の労働力の不足を補うために、なかば強制的に連れてこられた人々でした。そして戦後もその悲惨な暮らしぶりは続きました。こうした過去の償いがなされていない現状を許すわけにはいきません」

その訴えは、在日の同胞への償いから、朝鮮半島の同胞への償いへと向けられていきました。

「三十六年に及んだ日本の植民地支配は、朝鮮半島の北半分ではいまなおその償いが行われていません。あなたがたとえ同胞の血を引いていなくとも、こんな現状を放置していいとする論理は持ち合わせてはいないはずです。朝鮮民主主義人民共和国と国交を樹立し、過去への償いを日本政府にさせてほしい。あなたなら、その扉を開くことができるはずです。その志と実力を兼ね備えているはずです。あなたは私の腹を痛めた子供です。だからわかるのです。母たる私への思いをいささかでも抱いてくれるなら、いまだに償いを受けられないまま飢えに苦しんでいる同胞のために力を貸してほしいのです」

彼女は時おりこみあげてくる感情を抑えかねているようではありましたが、最後まで涙は見せませんでした。

自分を産んでくれたひとの言葉に心を動かされないものなどいないでしょう。この人と過ごした時間のすべてを鮮烈な印象とともにいまでも思い出せます。同時に、プロの外交官としての意識が、どこかで働いたのでしょう。母を名乗る人の言葉に政治の影も見てとったのでした。帰り際に、彼女の食べ残した菓子をそっとつまんで紙に包み、背広のポケットに忍ばせました。すぐに知り合いの医師にＤＮＡ鑑定を依頼しました。検査結果は父の話を裏付けるものでした。

母は中国吉林省の延辺自治区に生まれた朝鮮族でした。朝鮮戦争の勃発後、参戦した中国人民義勇軍とともに北朝鮮に入り、そのまま残留して北朝鮮国籍となったのでした。そこで対日工作員としての訓練を受け、大阪に送り込まれたのでしょう。もはや父が亡くなりましたので、詳しいいきさつはわかりませんが、組織の内部抗争に巻き込まれて窮地にたったとき、延辺の人たちの相談相手になることの多かった父に助けられたと聞きました。父とは日本語で話していましたが、ハングルも中国語も流暢に操ったようです。

いまから振り返ると、私の内面にかすかな変化が兆し始めたのは、やはりあの天王寺の出会いがきっかけだったように思います。

もうひとつの出会いが訪れたのは、それから四年後のことでした。アジア局の審議官として日中航空交渉に赴いたとき、北京の民族飯店のロビーでひとりの人物から声をかけられました。

「瀧澤、久しぶりやなぁ」

私にとっては思いもかけない再会でした。

放課後に校舎の裏に呼び出されては殴られ、鼻血を流してうずくまっていた中学生の自分がとっさに思い出されました。その貧相な体の少年を助けてくれたのがいま眼の前にいる金村克己でした。

「克己じゃないか。こんなところで何をしてるんだ。懐かしいなぁ」

大阪・天王寺の中学、高校で六年間をともに過ごしながら、もう会うこともないとあきらめていた旧友でした。高校を卒業すると、われわれ二人はまったく別の道を歩むことになったからでした。私は東京の大学に進学するため大阪を離れ、一方の金村は、教師たちに進学を強く薦められながら、北朝鮮系の組織に職を得て政治活動に入っていきました。その後は、確か大阪の市内で二度ほど会ったきりでした。風の便りに北朝鮮への帰還船に乗ったと聞きました。

北京の民族飯店で、私は「ピョンヤンに帰ったんじゃなかったのか」と率直に尋ねてみました。

「そうだ、帰国後は朝鮮労働党の組織で仕事を与えられ、そこから金日成記念大学に進学させてもらった。いまは北京に駐在して対外関係を担当している」

「政府機関で働いているのか。それとも党の機関なのか」という私の質問にも、金村はまっすぐに答えてくれました。

「ほんとうは差しさわりがあるのだが、勲のことだ。朝鮮労働党の軍事部門に勤めている」

少年時代の友人は何十年ぶりに出会ってもたちまち昔の親しさが戻ってくるといいます。われわれも三十数年の空白をあっという間に埋めて、かつての友情を蘇らせたのでした。そして、共通の友人の消息からしだいに政治情勢についても意見を交わすようになっていきました。

金村は北朝鮮が置かれている厳しい経済情勢について詳しく語ってくれました。日朝両国は早急に国交を樹立して、日本はその持てる経済力で隣国の国づくりに協力すべきだと金村は説きつづけたのです。われわれは、機微に触れるインテリジェンスにもしだいに踏み込んでいくようになりました。

「自分の家族は延辺出身の朝鮮族だった」

金村克己は、こう一家の出自について語ってくれました。それは、自分を産んだ母、春山喜久子と驚くほど似ていました。中朝国境にルーツを持つ「延辺の男」だったのです。親しい部下にはこう話した局長ポストを目前にしていた私には、二つの選択肢がありました。親しい部下にはこう話したものです。

「いま手元には二枚の白いキャンバスがある。ともに戦後日本外交がやり残した未完の仕事だ。北方領土問題と北朝鮮との国交樹立。このうち、自分が手がけて突破口を開く見通しを持てるのは、北朝鮮との国交樹立だと思う。ぜひアジア局長をやってみたい」

部下には明かしませんでしたが、この決断には、天王寺の老人ホームの出来事が大きな影を落としていました。母はすでに亡くなっていましたが、母のあの日の声は私の内奥でずっと響き続けていました。

やがてアジア大洋州局長となった私にとって、金村との極秘チャンネルは、日朝交渉を打開する文字通りの切り札となりました。現職総理が戦後初めてピョンヤンを訪れて「日朝共同宣言」を発表したあの対北朝鮮外交も、われわれ二人の連携なくしてはありえなかったでしょう。

わが交渉の軌跡には一点の曇りもありません。検察当局は、些細な情報のやり取りを捉えて、私を国家公務員法第一〇〇条の機密漏洩の罪に問おうとしているようです。しかし、東京地検特捜部は公判維持の自信がいまもないのでしょう。数日前に、担当の杉浦検事というひとが「任意で話を聞きたい」と訪ねてきました。私はきっぱりといってやりました。

「私は、絶えて一度も国を裏切って機密を外に漏らしたことなどない。外交上の機密を解除するか否かの権限は、主管局長たる私にある。このことは検察側も承知しているはずだ。私が外交機密を北朝鮮に漏洩した、といくら主張しても、それは局長たる私の権限で機密指定をすでに解いたものだった。日朝交渉の進展にそうした情報の交換が必要と判断したためだ。あなたたちは、この論拠を崩す論理も手段ももちあわせていないはずだ」

私の反論に、杉浦検事は苦しそうな表情を浮かべていました。

数奇な巡りあわせで二つの国家に関わることになった私が、朝鮮半島の山河に生きる人々の幸せに尽くしてなんの恥じるところがありましょうか。過去の償いからひたすら眼を背けて、アジアの同胞から日本を孤立させてしまった政治家と官僚こそ指弾されてしかるべきなのです。

わが友スティーブン、かつて私がアジア大洋州局長室であなたに語った言葉をいまも憶えてくれているでしょうか。

「拉致被害者のご家族にはどんなに忙しくても時間を割いてお目にかかってきた。ご家族の皆さんといつも心をともにしている」

「拉致被害者の会」のバッジを財布から取り出してこう言ったはずです。事実、ことあるごとに「延辺の男」には説き続けたものです。

「北朝鮮が三十六年の支配を理由に日本国内からの拉致行為を正当化しようとするなら、それは自らを卑しめることに他ならない」

あなたには明かすことができませんでしたが、あの消えた七人を含めて拉致被害者の行方を私はいまなお追い続けています。七人のひとり、ハマミチ・カツオは、友人の協力もあって、どこで働いているのか、ほぼ分かりかけています。拉致行為を弁護したり正当化したりしたことは、これまでも断じてありませんでした。

スティーブン、あなたが北朝鮮で印刷されている百ドル札の真相を追跡していく様子を興味深く見守ってきました。私は、世界の基軸通貨たるドル紙幣を大量に偽造することで、アメリカに痛撃を与えようとする北朝鮮の行動を正当化するものではありません。しかしながら、ドルだけが将来共に唯一の基軸通貨だと考えることがどれほどの驕りであるかに、超大国アメリカは思いをいたすべきでしょう。フランクリンを戴く百ドル札をホンモノたらしめたければ、ホンモノとしての理念と行動が求められます。しかし、いまのアメリカは自国の利益のみを優先させているように見えてなりません。こうした一国行動主義の姿勢を改めない限り、アメリカはその覇権に挑みかかる新たなテロリズムを招くことになるでしょう。

スティーブン、あなたの最愛のひとが姿を消したと聞きました。私はあなたとの友情とわが威信にかけて、槙原麻子さんをあなたのもとに取り返すべく、あらゆる手立てを尽くすことを誓います。いましばらく耐えてください。

もうあなたにお会いすることはないかもしれません。短い期間ではありましたが、われらが友情を誇りとしつつミャンマーに旅立ちたいと思います。

さらば、わが友、スティーブン・ブラッドレー。

二

「スティーブン、あなた宛ての瀧澤局長の書簡を読ませてもらったわ」

高遠希恵は、そう言いながら立ちあがり、官房副長官室の片隅にある棚で、志野焼きのカップに湯を注いで暖め、ミラノでブレンドしてもらったコーヒーを淹れた。カップをソーサーにのせて運ぶ手がほっそりとして優雅だった。コーヒーの香りがほのかに漂い、スティーブンの表情がわずかに和んだように見えた。

「頂戴いたします」

スティーブンは一礼してカップを口に運び、高遠と正対した。

「瀧澤局長は、かつて北京の民族飯店でひとりの人物と偶然出会い、それが『延辺の男』だった。でも、これが偶然の出会いだったとは、まさか、あなたも思ってはいないわね」

スティーブンは、以前より頬の線が鋭くなった顔を高遠にまっすぐ向け、小さく頷いた。

そこには、自分の素顔を晒す危険をあえて冒して助けを乞うインテリジェンス・オフィサーの姿があった。

「あの北京での遭遇は、北朝鮮側が仕組んだものなのでしょう。工作員だった瀧澤局長の実の母親、李仁花の最後の仕事だったのかもしれません。天王寺の老人ホームから報告を受けて、北朝鮮の工作当局は持てる最高の切り札を瀧澤局長に差し向けたのだと思います」

高遠はヘーゼル色の瞳をじっと見つめていた。そして、おもむろに首を振った。

「日米の安全保障同盟とは、つまるところ朝鮮半島の有事と台湾海峡の有事、この二つの危機を想定して、それに備えるためのものなのです。でも、この二つの危機には天と地ほどの違いがあることを、あなたはよくおわかりのはずです」

スティーブンは、両手を組んだまま、高遠の説明に聞き入った。

「朝鮮半島で軍事衝突が起きても、米中両国は直接戦火を交えるような愚は犯さないでしょう。もはやそこには死活的な国益がかかっていないからです。その一方で、台湾が独立に傾けば、中国の人民解放軍は迷わず台湾海峡を渡ろうとするでしょう。台湾独立を座視するような指導者は誰も政権を維持できないからです。これに対してアメリカも台湾を防衛するため第七艦隊を差し向けざるをえず、米中は激突することになる」

高遠は立ち上がって、壁に貼ってある世界地図の台湾を指さしていった。

「台湾海峡は超大国が激突するグローバルな戦争の危機を孕んでいます。しかし、朝鮮半島の危機はしょせんはリージョナルな紛争にとどまるでしょう」

スティーブンは高遠の真意をつかみかねるといった表情を見せた。

「高遠さんは、ウルトラ・ダラーの出現から巡航ミサイル売買にいたる一連の出来事に、この台湾ファクターが影を落としている、そう見ているのですか」

高遠の瞳に光度が増した。

「イラク戦争でのアメリカの敗北、あえてそういいましょう、これによって、東アジアでのアメリカのプレゼンスは一層軽くなってしまいました。東アジアでのアメリカのあまりに永き不在は、台湾海峡をめぐる米中の軍事バランスを狂わせようとしています。経済力を背景に中国は海・空軍力を着々と増強し、一方のアメリカは軍事的な優位を喪いつつあるのです。そのことを誰よりも良く知り、恐れているのは、ほかならぬ台湾なのです」

高遠は、コーヒーカップを手に尋ねた。

「スティーブン、あなた、李登輝に会ったことは」

スティーブンは、首を横に振った。

「空恐ろしくなるほど読みの鋭い政治家だわ。台湾海峡をめぐるアメリカの軍事力は、相対的に低下し続けている。このギャップを埋めるには日本の軍事力をもってするほかない――これが台湾の李登輝グループの基本戦略とみていいでしょう」

スティーブンは、核心にまっしぐらに踏みこんでいった。

「朝鮮半島を舞台に起こっていたとみえた一連の出来事は、実は、台湾海峡をめぐる米中のさやあての序曲に過ぎなかったとおっしゃるのですか」

高遠はゆっくり頷いた。

「中国は、来るべき台湾海峡危機でアメリカを牽制し、優位に立つためなら、手元にあるいかなるカードを使うこともためらわないでしょう。台湾海峡に有事が持ちあがった時、日本がアメリカと台湾に加担しないようあらかじめ足かせをはめておく、それが中国の狙いなのです」

スティーブンは、雷に打たれたように高遠の眼を覗き込んだ。

「北朝鮮に精巧を極めた偽札を刷らせて、核弾頭を搭載できる巡航ミサイルを持たせる。それによって日本への抑止力とする――こうしたシナリオの背後に中国の意志があったというのですか」

高遠はうしろの壁にかけてある書を振り返り、やがてスティーブンに視線を戻した。それは宋代の墨蹟だった。

中国の公安当局がこの工作に関わっていたというのか――こう無言で尋ねるスティーブンに、高遠希恵は再び黙って頷いた。

「『延辺の男』のカードを切ったのは、隣の大国だと副長官は見ていらっしゃるのですね」

　スティーブンが「副長官」とあえて呼びかけたのには、高遠の見立てが私的な推測でなく、公的組織の調査を背景にした発言であることを確かめる狙いがこめられていた。

「工作員はダブル・エージェントだというのは、諜報界の公理といわれています。延辺の男をほんとうに使っていたのは、北朝鮮ではありません」

　高遠の物言いは直截だった。

「情報源がからんでいますから、あなたにも詳しいことは申し上げられません。アメリカの組織が、そういえばお分かりね、最近、かなりの大物を釣りあげたんです。中国の公安当局の大物です。亡命事件じゃありません。香港でちょっとした事件を引き起こしたのよ。英国とカナダの二重国籍をもつ女性がらみのね。その処理の過程で先方がほころびを出したというわけです。これ以上は申し上げられないわ」

　北京とピョンヤン。情報の世界にそもそも同盟関係などありえない。これも諜報界の公理なのだ——高遠の眼はそう断じていた。

「高遠さん、あなたがおっしゃるわけにはいかないでしょうから、僕の独り言として聞き流してください。中国の公安当局は、天王寺の老人ホームにいた李仁花から、瀧澤は仕掛ければ落ちるという情報を受け取った。北京は、迷わず金村克己、つまり延辺の男を瀧澤に接近させる指令をくだした。ただ、そこは中国らしく、じっくりと時間をかけて急がなかった。天王寺情報からふたりの遭遇までに費やした四年という月日が、中国の打った布石の周到さをうかがわせている、というわけですね」

高遠はひとことも口を差し挟もうとはしない。膝のうえにそろえた指先に眼をじっと落としたその姿は、肌理《きめ》の細かい白磁を思わせて冷たかった。

「李仁花も延辺の男も、もちろん、北朝鮮の枢要な工作部員だった。とりわけ延辺の男は工作組織の中枢を歩んでいた。日本から北朝鮮への帰国組は、どんなに優秀な人材も、資本主義の腐敗に毒された分子として、過酷な労働に従事させられ、その挙句に収容所に送られたケースが多い。優秀であればあるほど、西側陣営のスパイと疑われる。だが、延辺の男はひとり生き延びた。たしかに凍土の地で自力で生きのびることなど絵空事です。背後では、中国の公安当局がそれと分からないように後押ししたとみていい。当初からダブル・エージェントとして北に忍ばせて置いたとみていいでしょう」

「あなたの独り言として聞いておくわ。でもなんだか、はじめから知っていたみたいにきこえるわ」

こんどはスティーブンがかすかに微笑んで答えなかった。

「私もあなた流に茶飲み話をしようかしら。ふたりの出会いを演出するならピョンヤンを舞台にするのが常道です。瀧澤局長はその頃、アジア局の幹部として北朝鮮をしばしば訪れていたんですから」

高遠は、そのほっそりとした指でコーヒーカップを取りあげた。

「あの民族飯店での遭遇は、もちろん中国側の主導で進められた。中国としては明確な戦略をもっていたのですから。日朝の国交樹立によって、膨大な資金が日本から北朝鮮に流れ込めば、疲弊した金正日体制をしばし延命させることができる。北朝鮮が韓国に吸収合併されるよりは、中国の利益にかなうことは明らかですからね」

「この過程で強まった延辺の男と瀧澤の絆は、北朝鮮がどうしても欲しがっていた巡航ミサイルを買い付ける資金の調達にも役割りを果たすようになっていったというわけですね」

「あなたがここに始めて現れたとき、あなたを『手練れ』って言ったこと、覚えてる。やっぱり、あなた、そうだわ。ちょっと気を許しておしゃべりをすると、一瞬の隙も逃さない。麻子さんの救出につながる情報に誘導していくんですものね。でも、具体的なオペレーションに関わる情報は明かせないわ。わたくしにも公人としての守秘義務があります」

そういいながらも、高遠は、麻子を救い出そうとするスティーブンへの気遣いを示してくれた。

「スティーブン、紳士たるもの、戦術を語らず、でしたね。ただし、戦略状況ならお話しできるわ。今回の一連の出来事では、北朝鮮は北京の単なる駒に過ぎませんでした。むろん、偽ドルを使った通貨のテロルも先刻承知だったのです。そして、中国は核弾頭を搭載可能な巡航ミサイルが北朝鮮に渡るよう陰に陽に助けたのです。日本へ新たな核のカードを突きつけようとね——。しかも、自分は一切手を汚さずに。日本という国は、いったん核で脅されれば、激しく動揺し中国の言うなりになると考えているのでしょう」

「核によって日本を脅しつけようとする振る舞いは、日本を核武装に走らせる。僕にはそう思えてなりません。いまの日本は、官民を挙げて否定するでしょうが、その可能性は否定できません。こんどの事件が、潜在的な核保有国日本の背中を押してしまう危険を孕んでいます」

官房副長官としての自覚なのだろう。高遠は表情をいささかも動かさなかった。

「高遠さん、日本に核のカードを突きつけたいなら、中国がウクライナから入手した巡航ミサイルをなぜ北朝鮮に直接渡さないのでしょうか」

「中国の外交はため息がでるほど老獪だからです」

高遠は、ウクライナ製の巡航ミサイルX55が北京の手に渡ったという「フィナンシャル・タイムス」の報道に関する中国政府の対応ぶりに触れた。

「中国政府は、公式の報道官声明まで出して、ウクライナからの巡航ミサイル導入をきっぱりと否定してみせました。ウクライナ最高検察庁がアメリカに事実を公式に通告したにもかかわらずね。巡航ミサイルを買い付けたことすら否定する国が、信を置いていない北朝鮮に直接、技術供与などするわけがありません。そんなこと先刻承知しているのに質問するなんて、あなたも老獪だわ」

スティーブンは、この自分のどこが老獪なのかといった表情をしてみせた。

「中国は、とりわけ、アメリカの出方を気遣っているのだと思うわ。強大な力を持つ者とどう付きあうべきか、中国人の現実感覚からすれば、ここは慎重にと言うわけなのでしょう。それだけ歴史の風雪に鍛えられているんです」

アメリカを刺激しないよう、北朝鮮が独自に巡航ミサイルを手に入れたように装って、対日抑止のカードとする――なんとしたたかな中国流か、と高遠はいいたいのだろう。

「芸術的なほど老練な手口でしょう。スティーブン、全盛期の英国外交を見ているようじゃない」

「貴重な時間をいただき、ありがとうございました」

スティーブンは思わず苦笑しながら、立ち上がろうとした。

「待って、スティーブン。あなたにどうしても話しておかなければならないことがあります」

高遠のまなざしはいつにない真剣味を帯びていた。スティーブンは、再び、ソファーに腰をおろした。

「麻子さんの渡航歴を調べさせてもらいました。過去六年の間につごう八回、中国に行っています」

「篠笛の演奏で北京や西安を訪れたと本人から聞きましたが」

「確かに合奏をする胡琴のお仲間はいるようね。でも、八回の訪中すべてを演奏旅行と説明するのは難しいわ。麻子さんが、それはみごとな北京語を操ることはあなたも知っているでしょう。しかも、本人はそのことに触れたがらない」

スティーブンは不安げな表情で沈黙した。

「オーチャードホールの楽屋で麻子さんが着ていた着物、あなた覚えている。あの江戸小紋にはごく細かい文字がびっしりと埋め込まれていたわ。そう、百ドル紙幣にも施されているマイクロ文字のように」

「何という文字が」

「紅霞万朶《だ》百重衣。美しくたなびく夕焼けは烈士の晴れ着であろうか、という毛沢東の七律です。革命のさなかに逝った妻、楊開慧を偲ぶ気持ちを行間に滲ませて詠んだのでしょう。六一年の作ですから大躍進の失敗による党内の対立、中ソ対立の激化という内憂外患のまっただなかで詠まれたものです」

高遠がメモ用紙に書き付けた七律の一節をスティーブンは中国語で読みあげた。

「麻子さんからおじいさんのこと聞いたことあるかしら。母方の祖父という人がじつに数奇な生涯を送ったひとなのよ」

スティーブンはまったく知らなかった。

「東北帝大の医学部を出た人なんですが、戦前は満鉄の病院長をしていました。東北三省を制圧した八路軍は、腕のいい結核医を必死で探していた。林彪将軍が胸を病んでいたからです。そこで徴用されたのが麻子さんのおじいさん、松方忠司医学博士でした。いつしか八路の兵士たちに慈父のように慕われる存在となっていったといいます。当時の人民解放軍は、腐敗した蔣介石軍や満州の軍閥を見慣れた人には、潑剌《はつらつ》として、崇高な倫理観に溢れた存在に映ったはずですから、松方博士の献身もほんものだったのでしょう。やがて八路軍とともに徒歩でベトナム国境まで従軍していきました。もうひとつの大長征といっていい壮挙でした。松方博士は、建国期の中国にとって恩人なのです。その縁で娘婿である麻子さんの父親は対中貿易の会社を興し、麻子さんも中南海に招かれるほど首脳部に太い人脈を持っています」

高遠は、ここから先は推測なのだが、と断って言った。

「こうした背景を考えれば、中国側が、麻子さんとあなたの関係を知ったなら、話を聞こうと近づくのに不思議はないわ。金を渡したり、特別な便宜を図ったりする必要すらなかったのでしょう。あなた、中国外交部の周斌次官補を知っているわね。あの京劇の俳優を髣髴とさせるような、そう、眼の覚めるような容貌の外交官が、情理を尽くして説いたと想像してご覧なさい。アメリカの一国主義を批判し、東アジア諸国の連携を説けば、麻子さんに限らず抗うことは難しいわ。わたしでも取り込まれてしまいそう。中国側があの江戸小紋の七文字に託して、苦境を訴えたと考えてご覧なさい。麻子さんが、中国側の意を容れて、ひと肌脱ごうと決意しても不自然じゃないわ」

「周次官補はシルクロードに近い辺境の少数民族の出身でありながら、北京で頭角を現したそうですね。一日も早く官を退いて郷里で瓜を作るのがただ一つの望みだというのが口癖と聞いています」

「スティーブン。あなた、あの手紙のほかは、麻子さんに大切な頼みごとなどしなかったでしょうね」

織り匠ふじむらのことか――。スティーブンは、信じたくないという思いで高遠の言葉を聞いた。

「麻子さんはこの部屋にあなたから託されたという封書を携えてやってきました。スティーブン流のみごとな花押で封緘されていたわ。あとで鑑定に出してみたんですが、事前に開封された疑いがある、という結論でした」

「えっ」

スティーブンは肺腑を射抜かれるような衝撃を受けて言葉をのみこんだ。

「私は、麻子さんが、その筋の、と決めつけているわけではありません。でも、情報の世界に確実なものなど何ひとつありはしないわ。スティーブン、あなた、ほんとうに麻子さんは大丈夫という確信があるの」

スティーブンは、こころなしか青ざめ、ヘーゼル色の瞳をそっと伏せた。

「パリで取り逃がした巡航ミサイルの誘導装置とエンジン・ローターの件だけれど、結末は聞いているわね」

「ええ、ワシントンからの連絡では、モスクワのオセチア・マフィアの仲介で、北朝鮮はウクライナの密輸グループと再び接触を試みた。しかし、ウクライナ側が突如中止を通告してきたとか。瀧澤局長の正体が明らかになり、取り引きの機密がもはや保てないと判断して手を引いたと聞きました」

「私たちがモスクワで裏を取った情報もほぼ同じものです。中国の公安当局も、パリでの乾坤一擲の取り引きをつぶした張本人は、スティーブン、あなただと見ているわ。あなたの動きを、瀧澤ルートだけでなく、麻子さん経由でもつかんでいた可能性は捨てきれません。彼らはあなたを決して許そうとはしないはずよ。だから、麻子さんを人質にあなたを誘い出そうとしてくるはずです。でも、軽々に応じてはだめ、いいわね、スティーブン」

「それじゃ、今回の失踪劇も、仕組まれたものだと――」

「そうとはいいきれません。麻子さんがすすんで彼らに荷担しているのかどうか、それを明らかにする決め手はないわ」

麻子の背後に中国の影が見え隠れしている――その事実だけはスティーブンに告げておかなければ、と高遠は考えたのだろう。

内閣の中枢にあって十重二十重の守秘義務に取り囲まれながら、あえて警告してくれた高遠の厚意をスティーブンは静かにかみしめていた。

だが、同時に、麻子を信じていたい――という痛切な思いがこみあげてきた。

三

その鋼鉄の生き物は、オイルを染みこませた布でひと拭きされるたびに、非情な貌《かお》をあらわにしていった。鋼の面《おもて》が障子越しの月明かりを吸いとって孤独の光を放っている。ロンドンからのクーリエに忍ばせて持ち込んだ禁制のライフル、ロイヤル・アーミーの制式銃「Ｌ96Ａ1」だ。

スティーブンが銃口を覗きこむ。口径七・六二ミリの間道は果てしなく深く、闇の底に陥ちていくようだ。鋼の内側には四つの線条が刻みつけられている。長さ五十一ミリの金属片は、右回りの螺旋軌道を潜りぬけると凶暴な回転弾に変貌する。

ウルトラ・ダラーで核兵器を購い「半島の斧《おの》」を振りおろそうとしている狼たちを仕留めてやる――。スティーブンはそっと引き鉄を引いた。秋の夜気に乾いた音がカチリと響きわたった。

ライフル銃を手早く分解して鋼鉄製のケースに納めると、押入れの茶箱に戻した。

スティーブンはおもむろに文机に向かって居ずまいを正し、ゆっくりと墨をすった。

暗中ニ明有リ

墨痕鮮やかに和紙に書き下ろした。

書の師匠、大石三世子が弟子の気持ちを奮いたたせようと書いてくれた手本だった。

「明と暗とは鋭く対峙すると考えられがちです。しかし、禅の世界では、明かりのなかに闇が有り、闇のなかに明かりが有る、といいます。明暗は互いに反発しあうものではなく、それぞれのなかに溶けこんでいるのでしょう」

こんな短い手紙が雄渾な手跡で添えられていた。以来、日に一度、座敷の文机でひとり墨をすり、狸の太い筆でこの文字を刻んでいる。

濃い茶の大島紬に袴をつけたその正座姿は清々しい。やがてくる対決の秋に期するところがあるのだろう。大島紬は、なか里の女将由良子が誂えてくれたものだった。

「痩せてぴたりとしない洋服より、和服のほうがゆったりとしてお気持ちも休まるでしょう」

こういってサキに託してくれたという。

床の間には藪椿が活けられていた。

「椿は頭から落ちると嫌がる人がいますが、あんなのは迷信ですよ。宮中でもお正月のお目出度い花ということになっているんですから」

こうつぶやきながらサキは、鋏を入れて枝振りを整えたものだった。

秋の夜長、ひんやりとした空気が湯島界隈に漂い、鈴虫の音が天神様の境内から聞こえてくる。

暗中有明の三文字目を書きあげたそのときだった。

廊下を小走りに駆けてくるサキの足音。それは変事を告げていた。障子が慌しくあけられた。

血管が浮き出た手に一通の封書が握られていた。

「外国からです」

切手はミャンマー、消印はヤンゴン、四日前に投函されたことになっている。だが、なぜこんなに遅く配達されたのだろう。サキが呼び鈴に気づいて玄関に行ってみたときには、封書はすでに三和土《たたき》に投げ込まれていたという。柱時計は午後十時三十五分をさしていた。

封書を手で破って開けた。指先がかすかに震えていたのだろう。手紙の端が引きちぎられていた。

スティーブンは一読すると立ち上がった。

「サキさん、これからすぐに出かけます。支度をお願いします」

ひそかにこの日に備えていたのだろう。サキは、真新しい下着、ネイビー・ブルーのジャケット、ワイシャツ、ズボン、ソックス、それにコーパス・クリスティーのタイを乱れ箱に揃えて運んできた。朱塗りの小箱には、MGBのキー、紋章を刻んだカフリンクス、それに天神様のお守りまで入っていた。

スティーブンは、身支度を整えながら、もういちど封書を取りあげてみた。人差し指がこの紙の感触をかすかに憶えていた。

ノートン社製のペーパーだった。生地のまろやかさが際だっている。

綿七十五%、麻二十五%。それはノートン家の秘密とよばれる妙なる配合だった。

瀧澤勲は、このノートン・ペーパーに伝言を書き記して、凍土からのメッセージであることを暗に伝えようとしたのだろう。

スティーブンは文机の引出しから一通の手紙を取りだして言った。

「サキさん、心配しなくていいですよ。麻子はかならず連れ戻してみせます。あすの昼前までに、万一、僕から連絡がないときには総理大臣官邸にこれを届けてほしい。官房副長官の高遠さんがかならず力になってくれるはずです。ただし、僕の電話以外では、どんなことがあっても動いてはいけない。これ以上、犠牲者は出したくない。いいですか、これだけはきっと約束してください」

そう念を押して、高遠希恵に宛てた書簡をサキに手渡した。

やがてブリティッシュ・グリーンのＭＧＢ「ロードスター」は、エンジン音を響かせて、湯島の車庫から発進していった。

「気をつけてくださいね」

いつもはぶっきらぼうなサキの声が妙にやさしかった。

スティーブンは後ろを振り返らず、アクセルをグンと踏み込んだ。

ＭＧＢは、深夜の首都高を経てやがて東名高速へ。ひたすら西を目指して走った。麻子が稽古場から姿を消して五ヶ月。高速道路の後方に百五十日に及んだ苦い日々が飛び去っていった。

スティーブンは、モト・リタのウッド・ステアリングを握りながら、高遠のことばを反芻し続けた。

あなた、ほんとうに麻子さんは大丈夫という確信があるの

麻子が自分のもうひとつの顔をはじめから知っていて近づいてきたことなどありえない。篠笛の師匠に彼女を選んだのはほんの気まぐれだったからだ。

中国の公安当局は、北朝鮮の工作組織に潜ませてあったダブル・エージェント、延辺の男を通じて、瀧澤情報を刻一刻入手していた。そして湯島のブラッドレー邸が、ウルトラ・ダラーを追

いつめる重要な策源地になっている事実を知るにいたった。かくして北京の諜報組織にとって、スティーブンは最重要の標的として浮かびあがったのである。

中国の公安当局は、麻子がスティーブンの恋人だと知るに及んで、その取り込みにもてる秘術の限りを尽くしたはずだ。英国秘密情報部員としての素顔を麻子にそっと明かしたのも北京の諜報組織だったのかもしれない。中国と深い縁で結ばれている麻子なら、攻略方法はあり余るほどだったろう。

麻子は北京が張り巡らした蜘蛛の糸に絡めとられたのだ。初めから自分を裏切っていたのではない――。

スティーブンは、必死で自分にそう言い聞かせようとした。

だが、真相は深い霧のなかに包まれたまま、不安だけが雲のように沸き起こってくる。背中には冷たい汗が滴り落ちていった。

名神高速道路に入ったころから、ＭＧＢのエンジン音にかすかなノイズが混じりはじめた。巡航速度を百四十キロと思い描いて走っているのだが、思うようにスピードがあがらない。レブカウンターが示すエンジンの回転数は二千三百八十まで落ちている。

やはり車の整備を済ませておくべきだった。緊急の呼び出しがいつあるかもしれない。そう考えて愛車を湯島の車庫に待機させておいたことが誤りであった。

京都南のインターチェンジをおりると、遥か東山の峰々が白々と明け初めようとしていた。ＭＧＢは、葛野大路から天神川通りを北上していった。

スティーブンは、ならびがおか——と口ずさんで、朝焼けの空にくっきりと映えた双ケ丘のシルエットを見あげた。彼方の山の端が、かたちのいい麻子の乳房と二重写しになった。

朝靄のなかを車は宇多野の福王子交差点に差しかかった。南インターから一時間あまりの行程だった。

ここから周山街道を北上せよ

瀧澤の手紙はこう命じていた。

福王子交差点から街道沿いを走り、般若寺町を抜けて左手に北山銘木店を見る。そして、しばらく進むと平岡八幡宮がある。バスの停留所にして四つ目だ

手紙はこと細かに進路を指し示している。

MGBは神社の山門をくぐり抜け、社を正面に見て二百メートルほど直進した。スティーブンはそこで車を降りると、昨夜来の強い風で散った紅葉を踏みしだきながら、本殿に近づいていった。木の葉に隠れた玉砂利がキュッキュッと音をたてた。朝靄のなかに椎の神木がそそり立っていた。樹齢八百年を数える故だろう。木の股が幾重にもささくれ立ち、神木にも死が間近に迫っていることを窺わせた。

背中に射るような視線を感じる。

注連縄《しめなわ》が巻かれた巨木の根元近くに書き付けが置かれてあった。瀧澤の手紙の通りだった。封書を抜き取って、とっさに後ろを振り返った。だが、ひとかげは見あたらない。

周山街道を北上し中川トンネルを目指して進め。トンネルの手前に右に折れる一本の林道がある。そこに車を乗り入れよ。やがて「沢の池」につきあたる。そのほとりに麻子が待っている。平岡八幡宮から四十五分以内に現場に到着せよ。警察に漏らせば麻子の命はない。すべては見張られていると心せよ。

スティーブンは、車にとって返すとイグニッション・キーを差し込んだ。エンジンのかかりが鈍くなっている。ようやく車をスタートさせ、再び周山街道を北上していった。高雄の神護寺への参道を左手に見あげながら、やがて槇尾《まきお》の西明寺にいたり、ついで栂尾《とがのお》の高山寺を目指して、一本道をのぼっていった。三尾の懐深くを進むにつれて、あたりは秋の気配を濃くし、街道の両脇を埋め尽くす紅葉は錦繍を織りなして一層あでやかになった。幌を取り払ったMGBの頭上からみはるかす山の樹々は燃え立つように美しかった。MGBは、めらめらと全山を焼き尽くす劫火のまっただなかをかいくぐるようにひた走っていく。

麻子とふたり、この美しい光景に埋もれてしまうことができたら、と思う次の瞬間には、麻子の北京語が頭の片隅に響き出す。そして疑念の海にまっさかさまに落ちていくのだった。

幾重にも折り曲がる周山街道がその勾配をしだいに増すにつれて、MGBのエンジンが喘息患者のようなあえぎ声をたてはじめた。四気筒のシリンダーは、ついに二つが息を止めてしまった。レブカウンターの数字がみるみる落ちていく。

愛車をここで乗り捨てるべきだろうか。だが、こんな田舎道では拾ってくれる車など見つかるまい。指定の時間に遅れてしまえば、麻子はふたたび連れ去られてしまう。いまは片肺運転に賭けてみよう。スティーブンはアクセルを目一杯に踏み込んだ。MGBはつづら折りの坂道をよろよろと登っていった。マフラーは青白いガスを苦しそうに吐き出している。

行く手にようやく中川トンネルの入り口が姿を見せた。

バックミラーには追跡してくる車は見あたらない。トンネルの手前を右に折れ、北山杉の林道に分け入っていった。アクセルを踏む右足は痺れてすでに感覚がなくなっている。

すらりとのびた北山杉は、下枝をきれいに払われ、長いトンネルが続いている。MGBは時折枝を払いのけながら縫うように林道を突き進んでいった。アスファルトの舗装はところどころ剝がれており、そのたびに車体はおおきくバウンドしてハンドルをとられそうになる。

林道がなだらかなのぼりに差しかかると、遥か眼下を流れる菩提川のせせらぎが聞こえてきた。あたりの空気はひんやりと湿り気を帯び、苔と樹脂の入り混じった山の匂いがたちのぼってくる。麒麟草が可憐な顔をのぞかせていた。

北山杉の間に白い建物が見え隠れしている。かつては結核患者を数多く収容していたサナトリウムだ。いまは長期のリハビリ患者だけを引き受けている。中国から漢方医や鍼灸師など多くの医療関係者が研修に訪れていると地元案内は説明している。

瀧澤からの手紙で福王子が指名されたときに、真っ先に思い浮かべたのがこのサナトリウムだった。北京の諜報機関のキャップ格をつとめる新華社の東京特派員が月に一度決まってここを訪れる。名うての情報関係者なら知っているインテリジェンスだ。麻子を五ヶ月も幽閉しておくことのできる施設はここを置いてない。このサナトリウムを作戦のベースキャンプに仕立てて、今度の作戦が練られたのだろう。

一帯の住民に気取られることなく、水際だったオペレーションを敢行するにはかなりの組織力がいる。それほどの力量は、北朝鮮の工作組織にはない。高遠副長官がいうように、やはり豊富な資金力をもつ中国の公安組織の仕業に違いない。

彼らは、麻子に束の間の自由を与えて解き放ち、自分をおびき寄せようとしている。こちらにとってもこれがただいちどのチャンスとなろう。ウッド・ステアリングを握る手がじっとりと汗ばむ。

ＭＧＢは右手から左手に落ちていく傾斜面に沿って、かぼそい林道を沢の池をめざして走り続けている。中国のスナイパーがこの北山杉の高みに潜んでいれば、幌を取り払った運転席にいる自分など一発で仕留められてしまう。スティーブンは狙撃手の内懐深くに分け入ろうとしていた。林道の行く手にススキが見え隠れしている。もう沢の池が近いのだ。

不快な喘ぎ声をあげるエンジン音のあいまに、彼方から曲の調べが聞こえてきた。

その妙なる音に心を奪われてしまったのだろう。アクセルを目一杯に踏み込んでいたはずの右足を思わず緩めてしまった。レブカウンターの数字がみるみる下がり、エンジンは奇妙なうなり声をあげて停止した。

静止した標的は死を意味する。スティーブンはとっさに運転席から転がりだして地べたにひれ伏した。

北山杉の間から響いてくるのは篠笛の音色だった。

ああ、麻子は生きている。

あの音色は紛れもなく、麻子が奏でる「グリーンスリーブス」だ。

だが、いつもの澄んだ音色とはどこかが違う。いつもの麻子らしい、おもいっきりのいい指打ちのリズムが伝わってこない。篠笛の音色に必死の形相を滲ませることで危険がすぐそこに迫っていることを訴えようとしているのかもしれない。

スティーブン、いま池のほとりに飛び出してはいけない。あなたの頭はライフル銃で粉々に砕かれてしまう——。

彼らの指定した時間まであと六分。狙撃手は果たしてどこに潜んでいるのか。

スティーブンは、地べたを這ったまま助手席の側に回り込み、ドアを開けて鋼鉄のケースを引き出して北山杉のなかに分け入った。ケースを開いて軍用ライフル「L96A1」を取り出し、望遠スコープを装着した。ついでライフル銃を背負って下草のうえをじりじりと前進していった。

北山杉の樹間が少しずつ明度を増していく。ススキが秋風にそよぎ、沢の池はもうそこに迫っていた。北山杉で覆われた山あいに翡翠をひとしずく落としたように輝いている。青竹色に染まった水面を篠笛の音色が滑るように渡ってきた。

麻子は対岸の大きな岩のうえに座り、篠笛をひとり奏でている。

深緑色のセーターにグレーのスカート姿だった。彼らのお仕着せなのだろう。

スコープに映し出された麻子の表情は青白かった。笛をもつ指が哀しみを湛えて美しい。麻子の背後にスナイパーが潜んでいるはずだ。背の高いススキに身を沈めて必死に探し求めるが、その姿はどこにも見あたらない。ちらりと腕時計を見た。平岡八幡宮を出てちょうど四十五分が経っていた。

その瞬間、北山杉の斜面に一条の光が走った。狙撃手の望遠レンズに朝日が反射したのだ。スティーブンはライフルを構えてスコープを覗きこんだ。北山杉の木陰に男の影がわずかに動いた。頭からぼろをまとったようなギリースーツに身を包み、ロシア製のセミオート・ライフル銃、ドラグノフを抱えている。

その黒光りした金属の地肌が火を噴いた。すぐ脇の杉の幹がめくれ、落ち葉が舞い散った。正確な狙撃だった。続いて、二発、三発、四発と、狙い定めた銃弾が撃ちこまれてきた。敵は木陰で一発撃っては、つぎの木陰へと素早く動いて射撃してくる。

スティーブンは、敵が北山杉から飛び出してくるつぎの瞬間をじっと待ち受けていた。ロイヤル・アーミーのライフル「Ｌ96Ａ１」のバイポットを地面に立てて照準を絞り込み、ぼろの男めがけて引き鉄を引いた。

距離五百五十メートル。五十一ミリの金属弾が標的に吸い込まれていった。

ドラグノフの男は沈黙し、あたりに静寂が戻ってきた。

二十秒ほどの沈黙だった。

鳴りやんだはずのドラグノフが、あたりの空気を切り裂いてふたたび火を噴いた。

標的は麻子だった。

弾丸が水面にあたってしぶきが飛んだ。

つぎの瞬間、ザブーンという音があたりのしじまを破って、水の面が波立った。麻子は篠笛を右手に持ったまま岩を蹴って水のなかに姿を消していった。

短い叫び声を残して、水面におおきな波紋が広がっていった。

「L96A1」からは、二発、三発、四発と銃弾が放たれた。ドラグノフの咆哮がようやく止み、あたりに静寂が戻ってきた。ついに標的のドラグノフにとどめを刺したのだろう。スティーブンは、六・五キロのライフル銃を構えたままススキの間から飛び出し、麻子が沈んだ水面めがけて全力で駆けだしていった。

水際まであと十五メートルと迫ったときだった。七・六二ミリの弾丸がしじまを破ってスティーブンの左肩を掠めとり、続いて右の脇腹をえぐりとっていった。ドラグノフの男は深傷《ふかで》を負いながらも最期の牙をむいたのだ。スティーブンは、ライフルを岸辺に打ち棄て、弧を描いて水面に飛び込んだ。血が水のなかに噴き出している。激痛に耐えながらも水底に降りていった。

麻子が姿を消してやがて二分になろうとしている。絶望と戦いながら麻子の姿を追い求めた。池のなかはエメラルドグリーン一色の世界だった。

藻のなかに深緑色のセーターが揺れ動いている。篠笛の師匠は驚くような息の長さで水中に潜んでいた。真っ白な二本の腕がスティーブンにさしのべられた。口元には微笑みすら湛えられている。それは、清らかで、不思議な、そして、不敵にして悪魔的な麻子だった。

ふたりは指をからませながらゆっくりと水面をめざして昇っていった。きらきら輝く陽光がたゆとう水の面にさしこみ、麻子の背後は燃えるような朱色に染めあげられていた。

装画　岡本三紀夫
装幀　新潮社装幀室
本書は書下ろしです

ウルトラ・ダラー

二〇〇六年三月一日　発行

著　者　手《て》嶋《しま》龍《りゅう》一《いち》

発行者　佐藤隆信

発行所　株式会社新潮社
東京都新宿区矢来町七一
郵便番号　一六二―八七一一
電話　編集部（03）三二六六―五四一一
　　　読者係（03）三二六六―五一一一

印刷所　凸版印刷株式会社

製本所　加藤製本株式会社

乱丁・落丁本は、ご面倒ですが小社読者係宛お送り下さい。送料小社負担にてお取替えいたします。
価格はカバーに表示してあります。

ISBN4-10-382303-8　C0093